D1135904

David Foenkinos

Les souvenirs

Gallimard

David Foenkinos est l'auteur de treize romans dont *Le potentiel érotique de ma femme*, *Nos séparations*, *Les souvenirs*, *Je vais mieux* et *Charlotte*. Ses romans sont traduits dans une quarantaine de langues. *La délicatesse*, paru en 2009, a obtenu dix prix littéraires. En 2011, avec son frère Stéphane, il en a réalisé une adaptation cinématographique avec Audrey Tautou et François Damiens.

1

Il pleuvait tellement le jour de la mort de mon grand-père que je ne voyais presque rien. Perdu dans la foule des parapluies, j'ai tenté de trouver un taxi. Je ne savais pas pourquoi je voulais à tout prix me dépêcher, c'était absurde, à quoi cela servait de courir, il était là, il était mort, il allait à coup sûr m'attendre sans bouger.

Deux jours auparavant, il était encore vivant. J'étais allé le voir à l'hôpital du Kremlin-Bicêtre, avec l'espoir gênant que ce serait la dernière fois. L'espoir que le long calvaire prendrait fin. Je l'ai aidé à boire avec une paille. La moitié de l'eau a coulé le long de son cou et mouillé davantage encore sa blouse, mais à ce moment-là il était bien au-delà de l'inconfort. Il m'a regardé d'un air désemparé, avec sa lucidité des jours valides. C'était sûrement ça le plus violent, de le sentir conscient de son état. Chaque souffle s'annonçait à lui comme une décision insoutenable. Je voulais lui dire que je l'aimais, mais je n'y suis pas parvenu. J'y pense encore à ces mots, et à la pudeur qui m'a retenu dans l'inachèvement sentimental. Une pudeur ridicule en de telles circonstances. Une pudeur impardonnable et irrémédiable. J'ai si souvent été en retard sur les mots que j'aurais voulu dire. Je ne pourrai jamais faire marche arrière vers cette tendresse. Sauf peut-être avec l'écrit, maintenant. Je peux lui dire, là.

Assis sur une chaise à côté de lui, j'avais l'impression que le temps ne passait pas. Les minutes prétentieuses se prenaient pour des heures. C'était lent à mourir. Mon téléphone a alors affiché un nouveau message. Je suis resté en suspens, plongé dans une fausse hésitation, car au fond de moi j'étais heureux de ce message, heureux d'être extirpé de la torpeur, ne serait-ce qu'une seconde, même pour la plus superficielle des raisons. Je ne sais plus vraiment quelle était la teneur du message, mais je me rappelle avoir répondu aussitôt. Ainsi, et pour toujours, ces quelques secondes insignifiantes parasitent la mémoire de cette scène si importante. Je m'en veux terriblement de ces dix mots envoyés à cette personne qui n'est rien pour moi. J'accompagnais mon grand-père vers la mort, et je cherchais partout des moyens de ne pas être là. Peu importe ce que je pourrai raconter de ma douleur, la vérité est la suivante : la routine m'avait asséché. Est-ce qu'on s'habitue aux souffrances ? Il y a de quoi souffrir réellement, et répondre à un message en même temps.

Ces dernières années n'avaient été pour lui qu'une longue déchéance physique. Il avait voyagé d'hôpital en hôpital, de scanner en scanner, dans la valse lente et ridicule des tentatives de prolonger notre vie moderne. À quoi ont rimé tous ces derniers trajets en forme de sursis ? Il aimait être un homme ; il aimait la vie ; il ne voulait pas boire avec une paille. Et moi, j'aimais être son petit-fils. Mon enfance est une boîte pleine de nos souvenirs. Je pourrais en raconter tellement, mais ça n'est pas le sujet du livre. Disons que le livre peut commencer ainsi, en tout cas. Par une scène au jardin du Luxembourg où nous allions régulièrement voir Guignol. On prenait le bus, on traversait tout Paris, ou peut-être ne s'agissait-il que de quelques quartiers, mais ça me paraissait démesurément long. C'était une expédition, j'étais un aventurier. Comme tous les enfants, je demandais à chaque minute :

« On arrive bientôt ?

— Oh, que non ! Guignol est au bout de la ligne », répondait-il systématiquement.

Et pour moi, le bout de cette ligne avait le goût du bout du monde. Il regardait sa montre pendant le trajet, avec cette inquiétude calme des gens qui sont toujours en retard. On courait pour ne pas rater le début. Il était excité, tout autant que moi. Il aimait forcément la compagnie des mères de famille. Je devais dire que j'étais son fils, et non son petit-fils. Au-delà de la limite, le ticket pour Guignol était toujours valable.

Il venait me chercher à l'école, et ça me rendait heureux. Il était capable de m'emmener au café, et j'avais beau sentir la cigarette le soir, face à ma mère il niait l'évidence. Personne ne le croyait, et pourtant il avait ce charme énervant de ceux à qui l'on ne reproche jamais rien. Toute mon enfance, j'ai été émerveillé par ce personnage joyeux et facétieux. On ne savait pas très bien ce qu'il faisait, il changeait de métier tout le temps, et ressemblait plus à un acteur qu'à un homme ordinaire. Il avait été tour à tour boulanger, mécanicien, fleuriste, peut-être même psychothérapeute. Après l'enterrement, ceux de ses amis qui avaient fait le déplacement m'ont raconté de nombreuses anecdotes, et j'ai compris qu'on ne connaît jamais vraiment la vie d'un homme.

Mes grands-parents se sont rencontrés dans un bal[1]. À l'époque, c'était commun. Il y avait des carnets de bal, et celui de ma grand-mère était bien rempli. Mon grand-père l'avait repérée, ils avaient dansé, et tout le monde avait pu constater une harmonie entre leurs genoux. Ensemble, ils étaient comme une rhapsodie des rotules. Leur évidence se transforma en mariage. Dans mon imaginaire, c'est un mariage figé, car il n'existe de ce jour qu'une seule photo. Une image en forme de preuve et qui, avec le temps, fixe d'une manière hégémonique tous les souvenirs d'une époque. Il y eut quelques balades romantiques, un enfant, puis un deuxième,

1. J'apprendrai qu'il ne s'agit pas de la vérité. S'ils aimaient danser, leur rencontre avait eu lieu dans des circonstances bien plus dramatiques ; des circonstances que je raconterai plus tard. Chacun est libre de modifier ses souvenirs, surtout les rencontres amoureuses.

et un enfant mort-né. Comment imaginer la violence du passé, celle d'un temps où l'on perdait un enfant comme on rate une marche. On avait diagnostiqué la mort de l'enfant au sixième mois de grossesse. Ma grand-mère avait bien senti qu'il ne bougeait plus, mais elle n'avait rien dit, refusant de mettre des mots sur son angoisse, pour se persuader aussi que rien n'arrivait vraiment. Que les bébés avaient le droit de se reposer comme les adultes. Épuisés de tourner en rond dans l'utérus. Et puis, elle avait dû admettre l'atroce réalité : une absence s'était installée dans son ventre. Elle avait ainsi passé trois mois à attendre que la mort sorte d'elle. Le jour de l'accouchement, ce fut une procédure classique. L'enfant fut expulsé, en silence. Au lieu d'une couverture chaude, on le mit dans un linceul. L'enfant sans vie fut prénommé Michel. Ma grand-mère n'eut pas le temps de déprimer. Il fallait travailler, s'occuper des autres enfants, et puis elle tomba à nouveau enceinte ; j'ai toujours trouvé cela étrange, mais ils appelèrent ce petit garçon Michel. Mon père est ainsi le second Michel, et il s'est construit sur le fantôme de ce prédécesseur mort-né. Il n'était pas rare à l'époque que l'on donne ainsi le nom d'un mort à un enfant. J'ai souvent cherché à me rapprocher de mon père, avant d'abandonner toute tentative. J'ai mis sa fuite incessante sur le compte du fantôme avec qui il cohabitait. On cherche toujours des raisons à l'étroitesse affective de nos parents. On cherche toujours des raisons au manque d'amour qui nous ronge. Parfois, il n'y a simplement rien à dire.

Les années passèrent, il y eut des guerres et des murs, et les deux premiers enfants quittèrent le foyer familial. Mon père resta seul entre ses parents, et cette période lui sembla pour le moins étrange. Subitement, il était fils unique. Toute l'attention se concentrait sur lui, l'étouffait. Alors, il partit à son tour, un peu prématurément, faire son service militaire. Lui qui était lâche et pacifiste. Ma grand-mère se souvenait du jour où son dernier fils avait quitté la maison. Mon grand-père, pour dédramatiser, avait soufflé : « enfin seuls ! », une tentative stérile de masquer l'effroi. Ils avaient allumé la télévision pendant le dîner, alors qu'ils l'avaient toujours interdit à l'époque des enfants. On remplaçait le récit d'une journée d'école par celui d'un conflit afghan. Ce souvenir-là hantait ma grand-mère, car elle y avait vu la ligne de départ de la solitude. Comme ses deux aînés, Michel passerait de temps à autre sans prévenir, pour laver du linge ou dîner. Et puis, progressivement, il appellerait pour annoncer sa venue. Avant de finir par écrire « dîner chez mes parents » sur son agenda, plusieurs jours à l'avance, quand il prévoirait d'aller les voir.

Mes grands-parents décidèrent alors d'emménager dans un appartement plus petit, car « gâcher des pièces vides, ça ne se fait pas ». Je crois surtout qu'ils ne voulaient plus de la vision quotidienne du passé, des chambres pleines de leur mémoire affective. Les lieux sont la mémoire, et bien plus : les lieux survivent à la mémoire. Heureux dans leur nouvel appartement, ils avaient presque l'air d'un jeune couple qui débute dans la vie. Mais non, ils débutaient dans la vieillesse. Ils amorçaient leur lutte contre le temps. Je me suis si souvent demandé comment ils passaient leurs journées. Ils ne travaillaient plus, les enfants venaient les voir moins souvent, leurs petits-enfants encore moins. Leur vie sociale aussi se rétrécissait, frôlant l'effacement certaines semaines, et le téléphone sonnait surtout pour des tentatives de démarchage. On pouvait être vieux, mais conserver un intérêt commercial. Je me demande finalement si ma grand-mère n'était pas heureuse de se faire harceler. Mon grand-père s'énervait : « Raccroche ! Oh ! Mais pourquoi tu lui racontes ta vie ? » Il lui tournait autour, tout rouge : « Elle m'énerve, elle m'énerve, je ne la supporte plus. » J'ai toujours été fasciné par cette routine de l'agacement entre eux, et j'ai mis du temps à y voir une sorte de jeu mélodramatique. Ils se disputaient, se regardaient méchamment, et pourtant jamais ils n'ont passé une journée l'un sans l'autre. Jamais ils n'ont connu le mode d'emploi de la vie autonome. Les disputes avaient le don de souligner le sentiment d'être vivant. On meurt sûrement plus vite dans l'harmonie conjugale.

Et puis, un détail changea tout. Ce détail, c'est une savonnette. Mon grand-père avait survécu à la guerre ; il avait été blessé dès les premiers jours de combat par un éclat d'obus. À quelques mètres de lui était mort son meilleur ami, écrabouillé. Le corps explosé de ce soldat avait d'ailleurs atténué pour lui l'impact de l'obus, le protégeant, le laissant abasourdi mais sauf. Je repense souvent à cet obus qui, à quelques mètres près, aurait tué mon grand-père. Tout ce que je vis, les souffles de mes heures

15

et les battements de mon cœur, ne doit son existence qu'à quelques mètres. Peut-être même est-ce une question de centimètres. Parfois, quand je suis heureux, quand je contemple une femme suisse ou un paysage mauve, je pense à l'inclinaison de l'obus, je pense à chaque détail qui a poussé le soldat allemand à tirer son obus ici et maintenant, et non pas là et une seconde plus tôt ou plus tard, je pense à la folie de l'infime qui fait que je suis là. Et que mon grand-père était donc là, survivant, et bienheureux de se sortir de cette galère à laquelle il ne comprenait rien.

Je reviens au détail, car c'est ce détail qui me rend fou. Une simple chute, et sa vie a basculé. Quelques millimètres ont suffi pour plonger un homme dans le périmètre de l'agonie. Il est tombé dans la douche à cause d'une savonnette (je pense à ce mot : « savonnette »). Il s'est cassé deux côtes, et fracturé le crâne. Je l'ai vu à ce moment-là, il était affaibli, mais j'ai pensé qu'il s'en remettrait, que tout repartirait comme avant. Mais il n'y aurait plus jamais d'avant. Il allait enchaîner les problèmes physiques, jusqu'au dernier jour. Au début, j'étais très mal, je ne supportais pas de le voir ainsi, en homme blessé. Il détestait les visites, nous voir autour de son lit d'hôpital avec nos sourires pathétiques. Il ne voulait pas être aimé, il voulait être oublié, il voulait que personne ne lui rappelle à quel point il se sentait misérable. Ma grand-mère lui tenait compagnie chaque après-midi, tricotant, et je sentais que même cette présence lui était insupportable. Il aurait voulu la virer, il aurait voulu qu'on lui foute la paix, et crever. Cette période a duré si longtemps, des angines incessantes aux infections pulmonaires, comme s'il devait rattraper une vie entière de bonne santé. Et puis, on a repéré une lésion à l'œil. Il ne voyait presque plus. Il a voulu croire qu'il pourrait recouvrer entièrement la vue. Il était prêt à faire tous les exercices, à se plier aux ordres des excités de l'espoir. Mais sa souffrance lui brûlait le visage. Son autre œil clignait de manière pathétique, comme un appel au secours. Certains jours, il était défiguré.

Et maintenant, il est mort.

Dans la chambre, face à son corps, une image m'a saisi : la mouche. Une mouche posée sur son visage. C'était donc ça, la mort. Quand les mouches se posent sur nous et qu'on ne peut plus les chasser. C'est cette vision qui m'a été le plus pénible. Son immobilité agressée par cette grosse conne de mouche. Depuis, j'écrase toutes les mouches. On ne peut plus dire de moi : il ne ferait pas de mal à une mouche. Cette mouche-là, j'y ai pensé souvent par la suite, elle ne savait pas où elle avait posé ses pattes de mouche, elle ignorait tout de la vie de mon grand-père, elle s'arrêtait sur le dernier visage de mon grand-père, sans même savoir que cet homme avait été un adulte, un adolescent, un nouveau-né. Je suis resté un long moment à l'observer, puis mon père est arrivé. Avec un visage que je ne lui connaissais pas. Pour la première fois, je le voyais pleurer. C'était tellement étrange pour moi d'assister à ça. Ses larmes étaient un poisson avec des jambes. J'avais toujours eu l'impression que les parents ne pouvaient pas pleurer. En nous donnant la vie, ils se desséchaient les yeux. Nous sommes restés ainsi, silencieux, ce qui ne changeait pas nos habitudes. Mais il y avait comme un embarras. Celui d'extérioriser son chagrin. Les bons jours, je pouvais penser que la sécheresse affective de mon père était une forme de pudeur. Voilà que cette pudeur était mise à mal. Nous étions gênés de montrer notre douleur. Mais en même temps, rivés que nous sommes dans la mise en scène permanente de nos vies, on veut que ça se voie. On pleure pour montrer aux autres qu'on pleure.

Nous sommes restés un long moment sans parler. Trois générations d'hommes. J'ai pensé qu'il serait le prochain, et c'est ce qu'il devait penser lui aussi. Comme dans une guerre de tranchées, en tombant le soldat qui se trouve devant vous vous propulse au premier rang de la boucherie. Le père est celui qui pare la mort, qui protège. Quand il n'est plus, nous voilà accessible au rien. J'ai longtemps contemplé mon grand-père, et pourtant, ce n'était pas lui. J'avais aimé et connu un homme vivant. Là, c'était un masque de cire, un corps sans âme, une incarnation grotesque de la vie échappée.

Tous les membres de la famille sont arrivés, un par un, procession sinistre du dernier jour. Et ma grand-mère bien sûr, extrêmement digne, parvenant à rester debout alors que chaque parcelle d'elle était effondrée. Puis, subitement, elle s'est mise à crier. Des cris de douleur où elle hurlait son désir de le rejoindre aussitôt. Il y a dans cette génération qui s'enfuit l'idée concrète que l'on est unis pour la vie et pour la mort. Passer sa vie ensemble, c'est aussi mourir ensemble. J'ai senti que ma grand-mère était sincère. Il fallait la retenir. On tenta de la calmer, on lui fit boire un peu d'eau, mais sa douleur continuait de me sembler insoutenable. Quelques jours plus tard, au cimetière, elle se tint un moment devant le caveau. Elle savait qu'elle jetait une fleur sur sa future demeure. Il ne pleuvait plus, nous avons pleuré. On tenta de le résumer un peu, d'esquisser les souvenirs d'une vie, puis on le mit sous terre, et alors ce fut tout.

2

Un souvenir de mon grand-père

C'était un merveilleux dimanche. Mon grand-père venait d'acheter une voiture, il était si fier. Il disait « mon auto » comme il aurait pu dire « mon fils ». Avoir une voiture signifiait réussir sa vie. Il proposa à toute la famille une promenade en forêt. Ma grand-mère prépara de quoi faire un pique-nique. Et ce mot-là aussi, « pique-nique », sonnait d'une manière si magique. Il roula doucement, sa femme à sa droite et ses trois garçons tassés sur la banquette arrière. Ils auraient pu aller jusqu'à la mer, et la lune même paraissait atteignable. Il trouva un joli coin de forêt, près d'un lac. Le soleil passait entre les branches des arbres, donnant à la vision du jour comme l'éclat d'un rêve.

Mon grand-père aimait profondément sa femme. Il admirait sa force et sa douceur, il respectait ses qualités morales. Cela ne l'avait pas empêché d'être attiré par d'autres femmes, mais plus rien ne comptait maintenant. Il n'y avait plus que le dimanche en famille, avec les sandwichs. Tout le monde avait faim. Mon grand-père avala sa première bouchée, et ce fut comme une accélération du bonheur. Il aimait le pain, il aimait le jambon, mais sa femme avait pris soin d'ajouter une mayonnaise[1] maison divine. Cette mayonnaise surpassait tout, cette mayonnaise cristallisait la beauté de son plus beau souvenir.

3

Pendant les jours qui ont suivi, j'ai été un étranger dans ma vie. J'étais là, je vivais, mais j'étais comme irrémédiablement attaché à la mort de mon grand-père. Puis les douleurs s'échappent. J'ai pensé à lui de moins en moins souvent, et maintenant il navigue paisiblement dans ma mémoire, mais je n'éprouve plus le poids au cœur des premiers temps. Je crois

1. Des années plus tard, il avait demandé à sa femme : « Peux-tu refaire ta mayonnaise ? » Elle avait répondu : « Je ne me souviens plus de la recette. » Mon grand-père n'acceptant pas cette réponse, y voyant sûrement bien davantage que l'oubli d'un ingrédient, y voyant la fin d'une époque, y voyant quelque chose de tragiquement révolu, harcela sa femme pour qu'elle reproduise la fameuse mayonnaise. Il resta des heures en cuisine avec elle, goûtant chaque tentative, s'emportant pour un zeste de citron mal venu. Rien à faire, il n'avait aucun moyen de retrouver cette forme étrange de paradis perdu.

même ne plus ressentir de véritable tristesse. La vie est une machine à explorer notre insensibilité. On survit si bien aux morts. C'est toujours étrange de se dire que l'on peut continuer à avancer, même amputés de nos amours. Les jours nouveaux arrivaient, et je leur disais bonjour.

À cette époque, je rêvais de devenir écrivain. Enfin non, je ne rêvais pas. Disons que j'écrivais, et je n'étais pas contre l'idée que toute cette stimulation neuronale me soit utile pour occuper concrètement mes jours. Mais rien n'était moins sûr. Je me souviens si bien de ces années où je ne savais rien de mon avenir. J'aurais tout donné pour avoir des éléments de ma vie d'adulte, pour me rassurer, pour qu'on me dise de ne pas m'inquiéter car je trouverais un chemin à suivre. Mais rien à faire, le présent reste immobile. Et personne n'a eu l'idée d'inventer les souvenirs du futur. Je voulais vivre une vie un peu héroïque, enfin rien de sportif, mais disons que j'avais choisi de devenir veilleur de nuit en pensant que cela faisait de moi un marginal. Je crois aussi que c'était à cause d'Antoine Doinel. Je voulais être le héros de François Truffaut. Ce que j'appelais « ma personnalité » était le fruit baroque de toutes mes influences. La nuit, dans un hôtel, j'allais enfin réunir les conditions idéales pour laisser apparaître le génie fatigué qui sommeillait en moi.

J'ai trouvé un emploi dans un petit hôtel parisien. C'était si calme. La bêtise des hommes se reposait, et j'étais aux premières loges de cette pause. Les femmes aussi se reposaient, mais cela me procurait une tout autre sensation. Quand une inconnue montait dans sa chambre, il m'arrivait de l'imaginer nue, et ça me faisait mal. Est-ce que ma vie allait être comme ça ? Être bloqué au rez-de-chaussée pendant que des femmes montent les marches ? Je pouvais fantasmer, maudire aussi parfois leurs accompagnateurs. J'avais lu des statistiques attestant qu'on fait davantage l'amour à l'hôtel que chez soi. Veiller la nuit, c'est veiller l'amour des autres. Mes espoirs érotiques étaient souvent interrompus par des touristes éméchés qui rentraient tard. Après avoir été vidés de tous les bars du quartier, il ne leur restait plus qu'une jambe à tenir : la mienne. J'ai ainsi eu les conversations les plus idiotes de ma vie. Je dis idiotes, mais peut-être étaient-elles extrêmement intelligentes. Il y a une heure dans la nuit où l'on ne peut plus avoir de jugement sur les mots. J'écoutais, je pensais, je fantasmais. J'apprenais de quoi devenir un homme.

Gérard Ricobert, le propriétaire de l'hôtel, semblait satisfait de mon travail. Et il y avait de quoi. J'étais sérieux et docile. Je ne râlais même pas quand la relève du matin se pointait en retard. Il lui arrivait de passer en pleine nuit pour vérifier si je ne dormais pas ou si je n'avais pas invité une fille à me tenir compagnie (hypothèse hautement improbable). Chaque fois, je voyais bien qu'il était désarmé de me trouver assis tout droit sur ma chaise, parfaitement actif, et je sentais qu'au fond de lui il jugeait un tel professionnalisme ridicule. Il me proposait toujours une cigarette, et j'acceptais en espérant que faire des volutes nous éviterait de parler. Un soir, avisant mon carnet de notes posé sur le comptoir de la réception, il demanda :

« Tu écris ?

— Heu… non.

— Les vrais écrivains sont toujours ceux qui disent qu'ils n'écrivent pas.

— Ah… je ne sais pas.

— Tu sais que Modiano, quand il avait à peu près ton âge, a été veilleur de nuit ici ?

— Non ? C'est vrai ?

— Ben non… je déconne. »

Il partit en chuchotant : « Allez, bonne nuit Patrick. » Ma concentration était fichue. Pourquoi venait-il exercer son humour sur moi ? Sans doute était-il du genre à monopoliser de longues minutes dans les dîners en ville, racontant des anecdotes dès l'apéritif (toujours les mêmes ; il devait vivoter socialement sur un maigre vivier de quelques histoires, dont il avait testé le succès auprès des membres dociles de sa famille ; sa hantise, bien sûr, étant de répéter la même histoire à la même personne). À cette époque, je ne le connaissais pas, et j'avais peur de devoir supporter, par obligation professionnelle, ses saillies et autres considérations sur la société. J'éprouvais l'angoisse d'avoir à rire de ses blagues, alors que rien ne me faisait moins rire qu'une blague, fût-elle la plus hilarante du monde.

J'allais me tromper tant de fois sur les gens, dans ma vie. Si bien que j'aboutirais à la résolution suivante : je n'émettrais plus le moindre avis sur une personne avant de l'avoir côtoyée au moins six mois. Il était hors de question que je me fie à mon intuition malade et sûrement gangrenée par l'abus de rêverie, ou le simple manque d'expérience en matière de relations humaines. Que savais-je de cet homme, au fond ? Je ne savais pas qu'il éprouvait une certaine tendresse pour moi, et que, par ses plaisanteries, il tentait maladroitement de la manifester. Chacun exprime ses sentiments comme il peut. Pouvais-je deviner qu'il allait maintenant rentrer chez lui et affronter la froideur de sa femme ? Il allait ouvrir la porte de leur chambre, hésiter un moment, avant de s'asseoir sans bruit sur le bord du lit. Comment pouvais-je savoir qu'il se mettrait alors à lui caresser les cheveux d'une manière si délicate ? Rien à faire, elle continuerait de dormir. La tentative de son mari demeurerait dans une impasse sensuelle.

Le matin, j'aimais marcher un peu avant de prendre le métro. Je croisais les ouvriers africains qui devaient penser que j'étais un de ces jeunes nantis qui sortent de discothèque à l'aube. Je dormais jusqu'au milieu de l'après-midi. Au réveil, je relisais les quelques notes que j'avais pu prendre pendant la nuit, et j'étais catastrophé par l'éclat de ma médiocrité. Pourtant, quelques heures auparavant, j'avais cru en moi, et pensé que je tenais là le début d'un roman prometteur. Il suffisait d'un peu de sommeil pour changer l'éclairage d'une inspiration. Est-ce que tous ceux qui écrivent ressentent cela ? La sensation de puissance qui annonce celle de la faiblesse. Je ne valais rien, je n'étais rien, je voulais mourir. Mais l'idée de mourir sans même laisser un brouillon valable me paraissait pire que la mort. Je ne savais combien de temps je continuerais à vivre ainsi, dans l'espoir de pouvoir saisir concrètement ma pensée. Peut-être que cela ne viendrait jamais, et alors il me faudrait trouver d'autres chemins pour mener ma vie. Je faisais des listes, les jours de déprime, pour envisager tous les métiers possibles. Au bout d'une heure, sur ma feuille, j'avais écrit : éditeur, professeur de français, critique littéraire.

4

Un souvenir de Patrick Modiano

Une grande partie de l'œuvre de Patrick Mo-diano est hantée par la Seconde Guerre mondiale. Il éprouve l'étrange impression d'avoir vécu cette période, alors qu'il est né en 1945. Son obsession des faits, des noms, des lieux, ou même des horaires des trains offre le goût d'une autobiographie anti-cipée ; peut-être même, pourrait-on aller jusqu'à parler de mémoires d'outre-naissance. Livret de famille, *publié en 1977, compte parmi ses livres les plus personnels. En exergue, il reprend ce si beau vers de René Char : « Vivre, c'est s'obstiner à achever un souvenir. » Dans* Livret de famille, *il y a surtout cette phrase qui me semble être une des clés de son œuvre, une phrase qui me touche parti-culièrement tant elle fait écho à des étrangetés que je peux ressentir, et qui confère au souvenir une folie qui nous échappe : « Je n'avais que vingt ans, mais ma mémoire précédait ma naissance. »*

5

Je rendais souvent visite à ma grand-mère. À mon arrivée, je la trouvais systématiquement assise. Était-elle perdue dans ses pensées ? Je l'ignore. Le regard dans le vide, elle semblait comme égarée dans l'absence. Je ne sais pas comment font les personnes âgées pour traverser les heures creuses. Je pouvais la voir par la fenêtre, alors qu'elle ne me voyait pas. C'est l'inconvénient du rez-de-chaussée : on ne peut pas cacher son inactivité. Elle était comme une poupée de cire dans un musée poussiéreux. Tandis que je contemplais son immobilité, le monde entier semblait s'arrêter. Les époques se mélangeaient dans mon esprit. Je voulais être un enfant qu'elle gardait le mercredi ; je voulais faire marche arrière, lui redonner le goût de son utilité. Depuis la mort de mon grand-père, son monde n'existait plus. Qu'est-ce qui pourrait la faire se lever ? Quel espoir en l'avenir peut-on avoir à quatre-vingt-deux ans ? Comment vit-on en sachant que l'avenir est une peau de chagrin ? Comment puis-je le savoir, moi qui attends tout de la vie ? J'attends l'amour, l'inspiration, la beauté du hasard et même la prochaine coupe du monde de football. Avant de sonner, ce jour-là, j'ai continué de l'observer. J'étais ébahi par cette image de lac lisse. Je me suis dit que la mort anticipe son passage, élargit son domaine d'influence, en attaquant les dernières années d'une vie. Je pouvais voir la fuite de son regard. Pourtant, dès qu'elle a entendu la sonnerie, elle s'est levée pour ouvrir. En me voyant, elle m'a adressé un grand sourire. Je suis entré dans le salon, elle s'est précipitée dans la cuisine pour me préparer un café. J'avais été témoin des minutes précédentes, elle ne le savait pas, et là, subitement, elle m'offrait un étrange manège. Elle était une actrice jouant pour moi la comédie de la vie.

Dans le salon, on s'asseyait sur les deux canapés, face à face. On se souriait gentiment, et on n'avait rien à se dire. Passé les premières questions sur la journée, sur la famille, sur comment ça va toi et toi comment ça va, on s'engouffrait dans le blanc des mots. Mais ça ne me dérangeait pas plus que ça. Avec mon grand-père, c'était pareil les dernières années. On est là, près d'eux. Et cela suffit, non ? Je jouais le rôle du bon petit-fils, je trouvais parfois une ou deux anecdotes capables de grappiller quelques secondes, de grignoter du terrain au silence. Mais je ne cherchais jamais à faire des efforts factices. Je n'étais pas dans une situation sociale. D'autres jours, je ne sais pas vraiment par quel mécanisme cela se produisait, mais nous étions capables de parler sans nous arrêter. Je retrouvais ma grand-mère, pleine d'énergie et de vie. Souvent, ces conversations étaient liées aux souvenirs. Elle me parlait de sa jeunesse, de mon grand-père et même de mon père, un sujet qui ne m'intéressait pas vraiment. Je préférais les récits de la guerre, les récits de la lâcheté ordinaire, les récits qui faisaient que je l'écoutais comme un livre. Elle me racontait la vie sous l'Occupation. Il y a des passés extrêmement charismatiques qui refusent d'admettre que leur temps est révolu ; le bruit des sentinelles allemandes dans les rues fait partie de cette catégorie qui n'en finit plus. Je sens que ma grand-mère les entend encore. Elle est pour toujours cette jeune femme terrée dans une cave, blottie contre sa mère, contrainte au silence par la peur et le bruit des bombes. Elle est cette fille effrayée de ne plus avoir de nouvelles de son père, qui songe qu'elle est peut-être orpheline à présent…

… l'immense délicatesse de ma grand-mère la poussait à interrompre ses souvenirs quand ils devenaient trop pénibles. Subitement elle me demandait : « Et toi alors ? Raconte-moi ton hôtel. » Il n'y avait pas grand-chose à raconter, mais sa façon de me poser sa question me poussait à inventer. C'est peut-être comme ça qu'est né mon goût pour la fiction. On raconte des histoires aux enfants ; moi, les histoires, je les racontais à ma grand-mère. J'inventais des péripéties dans mon hôtel, des clients farfelus, deux Roumains avec trois valises, et je commençais à y croire, moi aussi, à cette vie palpitante qui n'était pas la mienne. Je la laissais, et je rejoignais mon hôtel pour affronter le calme de la vérité.

6

Un souvenir de ma grand-mère

Les conséquences du krach boursier américain de 1929 mirent un peu de temps à se faire sentir dans le reste du monde. C'est en 1931 que les États-Unis décidèrent de retirer leurs capitaux investis en Europe. Cette décision changea radicalement la vie de ma grand-mère. Elle vivait alors en Normandie, dans un petit village non loin d'Étretat. Ses parents tenaient une quincaillerie (ainsi, elle jouait souvent avec des clous). Avec la crise, chacun serait contraint de se débrouiller comme il le pourrait, de tenter d'obtenir gratuitement ce qu'il payait avant. On réduisait chaque dépense. Il y a peu de temps, j'ai vu quelques photos de cette époque si difficile, véritable prologue social de ce qui arriverait dix ans plus tard, avec des files inouïes pour la soupe populaire. Les commerçants furent les premiers touchés. Les parents de ma grand-mère tentèrent de faire face le plus longtemps possible, sautant un repas par jour, ne changeant pas de vêtements, mais l'étau se resserra au point de les obliger à fermer leur boutique. Pour survivre, ils devaient aller chercher les clients ; autrement dit, rendre leur quincaillerie mobile. Il fallait aller de ville en ville, s'installer sur les places de mairie ou dans les marchés, s'habituer à l'itinérance. Ils s'en sortiraient ainsi, et, bien des années plus tard, ils ouvriraient une nouvelle quincaillerie, mais dans l'est de la France cette fois-ci. Pour vivre le plus loin possible du passé.

Ce fut terrible pour ma grand-mère. On lui annonça qu'elle devrait arrêter l'école. Sa mère lui avait dit avec conviction : « Ce ne sera que pour quelques semaines… » Ainsi, en pleine classe de 9e (l'équivalent de notre CE2), elle dut abandonner ses amis et ses cahiers. Des décennies plus tard, elle n'aurait pas oublié le cours de géographie qui allait être le dernier de sa vie. Un cours sur les plus grands sommets du monde. Elle n'était plus rien, et voilà qu'on lui parlait du Kilimandjaro et de l'Everest. Ces mots-là, elle les conserverait comme les vestiges de son enfance inachevée. Après le cours, tous les élèves étaient venus l'embrasser. Juste avant de sortir, elle s'était retournée pour voir les enfants alignés qui lui disaient au revoir de la main. Elle avait fixé cet instant dans son esprit, tout le monde était là, exactement comme pour la photo de classe. Mais elle n'était plus sur la photo.

7

Ma grand-mère avait traversé tant d'épreuves, d'horreurs, de morts. Tout cela l'avait rendue robuste malgré elle. Elle possédait ce que certains appellent *les carapaces de la souffrance*. Je ne sais pas où elle puisait le courage de continuer à se montrer forte et dynamique. Peut-être craignait-elle d'être placée dans une maison de retraite ? Peut-être avait-elle compris avant nous ce qui allait lui arriver, qu'il fallait à tout prix retarder cette terrible échéance, en paraissant le plus vivante possible. Et puis, il y eut un épisode un peu similaire à celui de la savonnette. Un jour, mon père la découvrit allongée dans son salon, du sang dégoulinant de la tempe. Il resta un instant immobile, pétrifié, persuadé d'être face à la mort de sa mère. Mais elle respirait. Par chance, découverte très vite après sa chute, elle fut hospitalisée et reprit rapidement connaissance. Au passage le médecin glissa à mon père que les chutes étaient la première cause de mortalité en France. J'ai veillé ma grand-mère à l'hôpital pendant sa convalescence. Son front luisait de transpiration. Il faisait chaud, l'été arrivait. Je l'épongeais, exactement comme elle m'avait épongé pendant ma varicelle vingt ans auparavant. On inversait les rôles.

Elle resta en observation plusieurs jours. C'était un miracle qu'elle ne se soit rien cassé. Mon père et ses frères commencèrent à évoquer l'idée d'une maison de retraite, et l'un de mes oncles avoua même s'être déjà renseigné. Ils firent semblant d'hésiter, de peser le pour et le contre, mais la décision était prise. Il n'y avait aucune alternative. À son âge, cela devenait trop dangereux de vivre seule. Le fait qu'elle ait réchappé de cette première chute était perçu par tous comme un signe indiscutable. Pour elle, pour la protéger, ils n'avaient pas le choix. Un de mes oncles avait pourtant une grande maison, mais cela revenait au même. Il était souvent en déplacement, et elle se retrouverait seule. À la maison de retraite, elle serait toujours en compagnie. Et puis des médecins viendraient régulièrement la voir, vérifier sa tension, son cœur ou je ne sais quoi. Elle serait à l'abri, et c'était bien là l'essentiel, non ?

J'étais protégé de la nécessité de participer à ce choix par la génération qui me séparait de ma grand-mère. Ce n'était pas à moi de décider, mais bien à ses fils, et j'en ressentais comme un soulagement. Disons que le soulagement est la version douce de la lâcheté. Ma grand-mère déclara immédiatement qu'elle ne voulait pas y aller. Pendant quelques jours, elle cessa de manger. Elle disait : « Je veux rester chez moi, je veux rester chez moi, je veux rester chez moi. » Elle répéta trois fois cette phrase. Pour qu'on la comprenne mieux ? Pour chacun de ses fils ? Mes oncles tentaient de lui expliquer que c'était pour son bien, alors elle rétorquait que, s'ils se souciaient tant d'elle, ils devaient simplement l'écouter. Je voyais bien qu'elle mettait beaucoup de force dans ce combat, elle perdait de l'énergie et n'était parfois plus certaine de ses arguments. Surtout quand on lui parlait de sa chute. Que se passerait-il si elle tombait à nouveau ? Eh bien, elle mourrait. Voilà ce qu'elle répondait. Je préfère mourir chez moi, je préfère mourir chez moi, je préfère mourir chez moi. Ses enfants envisagèrent un temps de faire machine arrière, mais en reconsidérant froidement la situation, il était évident qu'il n'y avait pas d'autre solution. Il n'y avait pas que la chute. Il y avait les courses, et pour faire les courses, il fallait de l'argent. Tout ça, elle ne pouvait plus le faire. Elle ne pouvait plus aller retirer de l'argent à un distributeur de billets, c'était trop risqué, il y avait trop d'agressions ; et puis, elle ne pouvait plus porter l'eau, le lait. Il y avait bien la solution de se partager toutes les tâches. Mais au fond, il reviendrait à mon père de tout faire. Car si l'un de ses frères se déplaçait beaucoup pour son travail, l'autre passait sa retraite dans le Midi. C'était l'impasse.

Survint alors un changement. Pas un acte majeur, ni même une décision, juste un signe infime que ma grand-mère perçut dans le regard de ses enfants. Elle céda en discernant la panique dans leur regard. Elle vit soudain à quel point elle n'était plus une mère, mais un poids. Est-ce cela la ligne de démarcation de la véritable vieillesse ? Quand on devient un problème ? C'était insoutenable pour elle qui avait vécu librement, sans dépendre de personne. Alors, pour tout simplifier, elle avait soufflé : d'accord. Peut-être aussi s'était-elle rangée à l'avis général, car elle savait que ses fils n'étaient pas des bourreaux et qu'il y avait aussi une part de vérité dans leur parole, une part de justesse dans leur insistance. Je crois qu'elle aurait voulu que la décision vienne d'elle. Elle aurait voulu encore un peu maîtriser sa vie, mais c'était trop tard. Elle était en décalage avec la vérité de sa condition. Et c'était ce qu'elle avait vu dans les yeux de ses fils, ce mélange d'effroi et de malaise, qui l'avait conduite à prendre conscience du présent. C'est ce regard-là qui lui avait fait dire : « d'accord ». Mais ça, elle ne l'avait prononcé qu'une seule fois.

Le jour du déménagement, mon père a garé sa voiture sur le bout de jardin devant l'immeuble de sa mère. J'étais avec lui. Nous avons sonné, elle a ouvert la porte, elle n'a pas dit bonjour, mais seulement : « Je suis prête. » Pourtant, nous n'apercevions qu'une toute petite valise. Une valise ridicule, pathétique. Une parodie de valise.

« C'est tout ce que tu prends ? a demandé mon père.

— Oui.

— Tu... ne veux pas prendre quelques livres ?... Je suis en voiture....

— ...

— Bon, on va y aller alors. »

J'ai saisi la valise, et constaté sa légèreté. Elle voulait laisser ses affaires chez elle. Peut-être était-ce une façon de rester encore dans son appartement. Cette valise vide pesait tous les mots. Mon père, pourtant, lui apporterait quasiment tous ses vêtements les jours suivants. Sur le palier, ma grand-mère a demandé :

« Tu me promets que tu ne mets pas l'appartement en vente ?

— Oui, promis.

— Si je ne me plais pas, je veux pouvoir revenir.

— D'accord, d'accord. »

Mon père avait cette façon de dire oui à tout, en pensant le contraire. Mais je dois avouer qu'il m'a impressionné ce jour-là. Car il a tout fait pour ne rien montrer. Pour ne pas dévoiler son malaise. Il m'a rappelé ces hôtesses de l'air qui, au cœur d'insoutenables turbulences, continuent à sourire et à servir des boissons chaudes comme si de rien n'était. Son attitude allégeait la situation. On s'écrasait en pleine montagne, et il souriait à sa mère en lui recommandant simplement d'attacher sa ceinture. Plus tard, en voiture, il commença tout de même à montrer quelques signes de nervosité.

Sur la route, ma grand-mère a gardé le silence. Et quand on lui posait des questions, elle hochait la tête, ou se contentait d'un oui ou d'un non. J'étais à l'arrière, toujours silencieux. Je n'étais pas d'une grande utilité à la mascarade instaurée par mon père. La mascarade du merveilleux futur. En roulant, il ne cessait de répéter que ça allait être formidable : « Oui, tu vas voir…. c'est vraiment très bien… ils sont très heureux de t'accueillir… et puis, il y a un ciné-club… tu aimes le cinéma ! Hein, tu aimes le cinéma ? Et puis, il y a aussi un club de gym… au début, ça m'a un peu surpris… mais tu vas voir, c'est très bien… je me suis renseigné… vous vous passez un ballon… et… puis, il y a des ateliers mémoire… euh… des concerts… oui, c'est ça, j'ai vu sur le programme… Ils ont régulièrement des élèves du conservatoire qui viennent donner des récitals… bon, ça leur permet aussi de s'entraîner… mais c'est agréable d'écouter des jeunes… Tu me diras quand ils viennent, hein ? Tu me diras, car je voudrais bien en profiter aussi… oh vraiment, tu vas être bien, maman… tu vas être très bien… oh oui… formidable… Ça va ? Tu n'as pas trop chaud ? Tu veux qu'on s'arrête ? Que j'ouvre la fenêtre ? Que je baisse la climatisation ? Tu me dis si tu as chaud, hein ? Tu me dis ? Tu veux que je mette de la musique ?... Bon ça roule bien… on ne devrait pas tarder… normalement, il y a un petit pot pour t'accueillir… du punch… je leur ai dit que tu aimais bien le punch… je ne me suis pas trompé, hein ? C'est le punch que tu aimes ?... Et puis j'ai oublié de te dire, mais tu as un téléphone dans ta chambre… si tu veux, tu peux m'appeler… en tout cas, moi je vais t'appeler ce soir pour voir si tout va bien… Mais bon, si ça se trouve, tu ne seras pas dans ta chambre… si ça se trouve, tu te seras déjà fait des copines… et vous serez en train de jouer au Scrabble… Ah tiens, c'est vrai… tu vas trouver des partenaires… ah c'est bien, ça !... À mon avis, tu vas battre tout le monde… Tu es très forte en mot compte triple… Et il me semble qu'à l'accueil tu as plein d'autres jeux, si tu veux les emprunter… Et la directrice, elle m'a dit que, parfois, on vous propose des sorties… Et même qu'une fois ils sont allés assister à l'enregistrement de *Questions pour un cham-*

pion… ah, je suis sûr que ça te plairait ça ! Hein ? Ça te plairait, non ? Tu l'aimes bien cette émission ? Hein, tu l'aimes bien ?... Dis donc, c'est fou… on parle, on parle… et on est déjà arrivés… ah voilà, une superbe place… Elle est vraiment très pratique cette maison, on peut se garer juste devant… oh, oui… c'est vraiment bien ça, c'est très pratique… un point très positif encore… Voilà, on est arrivés… On est bien, hein ? »

De tout le trajet, mon père n'a pas cessé de parler. Comme s'il voulait à tout prix étouffer par les mots toute possibilité d'une pensée autonome. Il ne fallait laisser aucune brèche à la lucidité. Mais bon, il n'avait peut-être pas besoin d'en rajouter, et d'inventer des détails comme le pot d'accueil. Quand ma grand-mère est arrivée à la maison de retraite, tout le monde a été certes très gentil avec elle, mais il n'y avait rien d'exceptionnel. Rien de spécial n'était prévu. Tous les vieux l'ont regardée, et ils m'ont semblé bien plus vieux qu'elle. Soit elle faisait jeune, soit il n'y avait ici que des centenaires. Ce n'était pas une maison de retraite, au sens de retrait de la vie active, mais une maison de mourants. Ils tirent jusqu'au bout la pelote de leur autonomie, et ils arrivent dans ces maisons d'assistance au moment où ils peuvent à peine tenir debout. J'ai découvert un monde de visages désincarnés, un monde en forme de transition avec la mort. Les derniers moments de ces hommes et de ces femmes condamnés à vivre encore. J'étais effaré par le nombre de pensionnaires en fauteuil roulant. Évidemment, ma grand-mère ne se ferait jamais d'amis ici.

Nous avons découvert sa chambre. Elle était petite mais plutôt bien aménagée. Il y avait un lit, une armoire et un petit réfrigérateur. Mon père a dit qu'il allait lui acheter un nouveau poste de télévision. Je le sentais prêt à repartir dans un monologue du genre de celui de la voiture. Mais ma grand-mère a gâché ses intentions en assurant que tout allait bien, et qu'elle voulait se reposer maintenant. J'avais une boule dans l'estomac à l'idée de la laisser là. Dans le couloir, mon père a continué la mascarade, juste pour moi cette fois. Il me disait qu'elle allait être bien et qu'il était soulagé de la savoir ici. Cette phrase, c'était comme un appel au secours. Depuis plusieurs heures, il moulinait dans le vide. Il attendait désespérément que quelqu'un lui réponde enfin. Que quelqu'un lui dise ce que j'allais lui dire : « Oui, c'est vrai. Elle va être bien. »

Pourtant, dès ce premier jour, j'ai su que quelque chose de dramatique allait se produire.

8

Un souvenir de mon père

Mon père fait partie de ces gens qui fondent la my-thologie de leur existence sur une anecdote. Anecdote que les proches entendent à longueur d'année, cha-cun soufflant à l'entame de ce récit tant de fois entendu. Adolescent, il était plutôt renfermé, mal à l'aise avec son corps, et craintif. La stature de mon grand-père avait sûrement été pour lui quelque peu étouffante. *Observateur attentif des jeunes filles, il rêvait d'elles, et pensait, dépité, que ce serait là à jamais sa seule façon de les approcher : par le rêve. Il décida ainsi un jour de « faire une croix » sur les filles. Ironie absolue : au moment même où il songeait à tracer cette croix, il repéra une jeune fille qui sortait d'une église. Sans savoir pourquoi, il fut attiré par elle, c'était fou, c'était évident, c'était instinctif. Il devait à tout prix lui parler. Mais dès qu'il avança vers elle, il commença à souffrir. Cette image, cette fille sortant de l'église, le hantait déjà comme si elle était un souvenir et non le présent. Une fois face à elle, il se mit en travers de son chemin et lui dit : « Vous êtes si belle que je préfère ne jamais vous revoir. » Il ne savait pas pourquoi il avait proféré une telle phrase, aussi belle qu'étrange. Je préfère passer tous les détails ajoutés par mon père dans la composition du souvenir, car, chaque fois qu'il racontait cette anecdote, il rajoutait un petit quelque chose : des péripéties, des bouleversements climatiques, si bien que le court-métrage de cet instant prenait des allures de superproduction hollywoodienne.*

Mon père aimait plus que tout ce souvenir car il estimait, sûrement à juste titre, que c'était la seule fois de sa vie où il avait été héroïque, étonnant, et même charmant. Il n'en revenait pas d'avoir été soumis à une telle pulsion. Et puis, bien sûr, pour saisir entièrement la saveur de ce moment, il fallait ajouter que cette femme allait devenir sa femme. Cette femme allait devenir ma mère.

9

Le jour où nous avons accompagné ma grand-mère, l'attitude de mon père m'a surpris. Je n'ai pas l'habitude de le voir ainsi investi, ainsi troublé. Il est plutôt du genre à montrer une émotion par décennie. J'allais comprendre que cette nouvelle sensibilité avait un lien avec sa propre situation. Depuis quelques mois, il était à la retraite. Lui dont les agendas avaient toujours été planifiés par des secrétaires se retrouvait maintenant grand ordonnateur de ses heures. Je devinais qu'il avait compris la vacuité de la grande majorité des relations humaines tissées au cours d'une vie professionnelle. Il avait passé sa carrière dans l'univers des banques, et plus particulièrement dans l'une d'entre elles pendant les vingt dernières années. Et tout cela avait gentiment abouti à un honorable poste de chef d'agence.

Pour son dernier jour, on avait organisé un grand pot de départ au siège. Le moment avait été sympathique ; on peut même oser le mot de « convivial ». Il y avait du punch, quelques petits mots par-ci par-là pour vanter les mérites d'une très belle carrière, des petites tapes dans le dos, une cotisation de quelques collègues (certains avaient dû rechigner à verser leurs dix euros, mais bon, on n'échappe pas comme ça à l'obligation sociale de la quête), pour offrir un voyage en Tunisie, dans un hôtel-club au rabais à une date à choisir parmi les plus désespérantes du calendrier. Puis chacun avait dû retourner à ses occupations et, très vite, ils s'étaient retrouvés à deux ou trois autour du buffet. Mon père aida à ranger, à jeter les gobelets en plastique prévus pour son pot de départ. Ce geste fut le dernier de sa vie professionnelle. Une collègue constatant qu'il restait un peu de jus de pomme dans une bouteille lui dit avec un grand sourire plein d'humanité salariale : « Tiens, tu n'as qu'à la prendre pour chez toi. » Il s'exécuta sans rechigner, comme pour masquer la douce humiliation du moment. Après tant d'années à se sentir important, il rentrait chez lui avec un fond de jus de pomme. C'était la version moderne des honneurs.

Cela l'avait abattu, vraisemblablement. Mais je ne suis pas assez proche de lui pour en être certain. Les premiers temps, il était passé régulièrement à l'agence, et tout le monde faisait mine d'être heureux de le revoir, on évoquait quelques dossiers qui sur le moment avaient paru cocasses ou étonnants mais qui, avec le filtre des années, avaient perdu tout intérêt. On se demandait comment ça allait, et puis, comme tout allait bien, il n'y avait rien à dire. Alors mon père souhaitait une bonne journée à la cantonade et promettait de repasser bientôt pour prendre des nouvelles. Mais un jour cette formule de politesse se transformerait en mensonge, car il ne repasserait plus. Et personne ne s'inquiéterait de savoir ce qu'il devenait. Il se poserait plus tard la question suivante : « N'ai-je pas réussi ma carrière au détriment de quelque chose d'autre ? Quelque chose de plus vaste, de plus solide, de plus humain ? » Cette question, à l'évidence, était apparue au moment de la mort de son père, et elle se faisait plus pressante maintenant, aux premiers jours passés par sa mère dans une maison de retraite. Je décelais dans son altruisme sa propre peur de vieillir. Étrangement, j'étais touché par sa confusion. Il était perdu entre son rôle de fils et son rôle d'homme vieillissant. Cela le déstabilisait et provoquait chez lui une nouvelle forme de sensibilité, comme cette scène dans la voiture où il avait joué les hôtesses de l'air.

Au tableau de famille que j'ai déjà esquissé, il faudrait enfin ajouter : ma mère. Je suis assez surpris qu'elle n'apparaisse que maintenant dans ce récit. Il faut dire que, cet été-là, nous ne l'avons presque pas vue. Il est probable que, si elle était restée, mon père se serait trouvé moins disponible pour ma grand-mère. Il avait toujours considéré sa femme comme une priorité dans sa vie. Mais là où de nombreuses épouses auraient apprécié cette hiérarchie émotionnelle, ce n'était pas tout à fait le cas de la sienne. Elle était bien contente de prendre le large. Tout comme mon père, elle découvrait tout juste l'étrange plaine temporelle qui s'offrait à elle : la retraite. Professeur d'histoire en collège, elle semblait avoir été éprouvée par les dernières années. Malgré son amour évident du métier, une vocation même, je sentais bien à quel point elle n'en pouvait plus. Elle disait toujours : « Quand je serai à la retraite, je pourrai faire ci, et je pourrai faire ça… » Elle n'imaginait pas que son rêve se transformerait en cauchemar — mais ça, il est prématuré d'en parler. Pour l'instant, elle voulait savourer. Et dès le premier été qui ne s'achèverait pas pour elle par une rentrée des classes, elle avait fait ses valises pour un long périple avec des copines.

Elle se trouvait donc en Russie au moment où ma grand-mère était entrée en maison de retraite. Elle avait décidé de faire le grand circuit de l'« Anneau d'or », la tournée des monastères. Depuis toujours elle aimait les lieux religieux, sans être pour autant pratiquante. Sa préférence allait aux églises orthodoxes, où l'atmosphère parfumée aux encens avait, selon elle, *l'odeur de l'éternité*. Oui, je me souviens qu'elle me disait cela quand j'étais petit. On assistait aux messes de Pâques à l'église de la rue Daru, et elle soufflait : « Sens comme c'est bon, sens l'odeur de l'éternité. » Ça me paraissait si impressionnant à sentir pour le petit nez que j'avais. Et en même temps, je trouvais cela si beau.

Cet été-là, elle m'a envoyé une lettre avec une photo d'elle sous une grande statue de Lénine. Je trouvais ce choix plutôt surprenant ; avait-elle oublié que l'arrivée au pouvoir des bolcheviques s'était accompagnée de destructions massives de lieux de culte ? Ça ne lui semblait pas étonnant d'aller visiter des monastères, d'aimer plus que tout ces enceintes, et de poser tout sourire à côté de Lénine. Sur ce cliché, elle avait l'air si heureuse. Pleine de ce bonheur un peu inquiétant. J'avais été surpris qu'elle parte tout de suite, dès la fin de l'année scolaire. Après tout, elle aurait pu voyager un peu plus tard. En septembre, les prix auraient été moins élevés. Plus rien ne la poussait à suivre le mouvement de masse des travailleurs. Mais non, elle avait voulu se volatiliser immédiatement. C'était comme une fuite. Ou une peur. Mais je ne savais pas vraiment quelle peur. Celle de se retrouver avec mon père ? Elle l'aimait, là n'était pas la question. Mais dorénavant ils seraient tous les deux à la maison, tous les jours et toutes les nuits. Il n'y aurait plus de congrès de banquiers. Il n'y aurait plus de voyages organisés en Pologne avec des élèves de seconde. Ma mère avait rêvé de ce moment, mais cela l'angoissait de le vivre en même temps que mon père. Elle aurait voulu qu'il continue à travailler. Cela avait été envisagé, mais finalement la direction de la banque ne lui avait pas demandé de rester plus longtemps. Il fallait faire de la place. Une nouvelle génération arrivait. Leur génération, quant à elle, pouvait désormais rester à la maison. Ce n'était pas forcément facile à vivre, je peux le comprendre. Et je peux donc finalement apprécier la décision de ma mère, celle de partir aussitôt pour la Russie. Visiter des monastères, arpenter une région du monde qui demeure ancrée dans le passé. Oui c'est ça, elle était partie pour un endroit où le temps n'avance pas.

10

Un souvenir de ma mère

Elle sortait d'une église ce jour-là quand elle avait vu un jeune homme foncer littéralement sur elle. Elle ne pourrait jamais oublier la frayeur qu'elle avait ressentie. Il marchait d'un pas assuré, la folie dans le regard, quelques gouttes de sueur sur le front. À l'évidence, il s'apprêtait à l'aborder, mais une fois face à elle, peut-être avait-il pris subitement conscience du caractère étrange de sa pulsion, il ne sut que dire. Il resta un instant immobile, aussi inexpressif qu'un

*tableau d'art moderne. C'était exactement ça, il y
avait de la modernité dans cette scène. Au bout d'un
moment, ma mère voulut se dégager de cette situation
gênante. C'est alors qu'il prononça la phrase : « Vous
êtes si belle que je préfère ne jamais vous revoir. »
Puis il partit, aussi vite qu'il était arrivé. Ma mère se
souviendrait de cette scène, parce qu'elle était originale bien sûr, mais aussi parce qu'elle ne pouvait pas
imaginer une seule seconde qu'elle épouserait plus
tard ce fou. Sur le moment, elle avait pensé : « Quel
grand malade[1]. »*

11

Je me suis rendu compte assez vite que ma
première impression sur mon patron avait été fausse.
Je ne sais plus quel romancier a écrit : « Il faut se
méfier de la première impression, elle est souvent
bonne. » Peut-être Fitzgerald. Ça pourrait être Fitzgerald. Disons que c'est Fitzgerald. Enfin, toujours est-il
que la citation ne valait rien dans ce cas-là. Derrière le
rire gras, et la présence lourde, se cachait un homme
qui allait compter dans ma vie. Et pour une raison,
surtout : il serait le premier à me parler comme si
j'étais un écrivain. C'était étrange pour moi qui avais
toujours manqué d'ambition, qui n'aurais jamais misé
un centime sur ma capacité à réussir, d'être ainsi
considéré. Quand il évoquait un sujet littéraire, et

---

1. Je trouverai bien un moyen de raconter, plus tard, la suite
de cette histoire. Comment le hasard a fait qu'ils se sont revus
quelques mois après. Et surtout : comment ils se sont mis d'accord sur l'étrange projet de passer leur vie ensemble.

même politique ou historique, il disait : « Toi l'écrivain, tu dois savoir ça. » Je ne savais jamais bien sûr de quoi il parlait, mais il demeurait perché, quoi qu'il arrive, dans la haute estime qu'il avait de moi.

Il me demandait de quoi parlait mon roman. Mais c'était d'une façon très pudique, très peu intrusive :
« Si tu ne veux pas m'en parler, je peux très bien comprendre. Vous, les écrivains, vous adorez le secret. Je le sais bien.
— …
— Enfin, si tu veux mon avis. Tu devrais écrire un roman historique. Ça marche toujours très bien. La Deuxième Guerre mondiale, les gens adorent ça. La Shoah, c'est très fort quand même.
— Ah… merci du conseil. Je vais y penser. »
Je n'osais lui dire que j'avais tenté maintes fois d'écrire un roman sur la collaboration. Sur les derniers jours des collaborateurs, juste avant l'épuration. Quand tous les petits chefs de l'Occupation se sont retrouvés subitement traqués. J'avais pris de nombreuses notes sur la fuite de Robert Brasillach, quand il était caché dans une chambre de bonne. Et qu'on avait arrêté sa mère pour le faire sortir. Je pensais si souvent à ces jours de la chute. Et puis, j'avais tenté d'écrire cette scène où de Gaulle, seul dans son bureau, avait décidé du sort de Brasillach. Avait décidé de sa condamnation à mort. Je pensais à ce soldat vaillant, immense combattant, général devenu chef de la France libre qui, subitement, se retrouvait à couper une tête avec son stylo. J'avais envie d'écrire ce roman juste pour cette scène-là. J'y pensais tellement que c'est devenu impossible. L'obsession est contre-productive. C'est

valable aussi avec les femmes. Et puis, j'avais pris trop de notes pour écrire ce roman. Je m'étais senti encombré de documentation. En tout cas, j'avais utilisé ce prétexte pour renoncer à mon projet. Et il faut trouver de bons prétextes pour mettre un terme à une ambition, sans avoir à se dire : « Je n'en suis pas capable. »

Gérard (mon patron m'avait demandé de l'appeler par son prénom) était venu m'apporter ce soir-là un ventilateur :

« Je ne pouvais pas te laisser travailler dans ces conditions. On a l'impression d'être tout le temps dans le métro. À l'heure de pointe.

— Ah oui, c'est vrai.

— Ou on se croirait dans un sauna. Comme si on était enfermé à clef dans un sauna.

— Ah oui, c'est pas faux. Ça ressemble aussi à ça.

— Ou dans le désert du Nevada ! Oh oui, c'est ça. Tu sais, celui qu'on appelle la Vallée de la Mort. C'est insoutenable. Tu suffoques là-bas. Mieux vaut éviter la panne d'essence là-dedans, je te le dis. »

Je ne sais pas pourquoi il voulait à tout prix trouver des comparaisons à notre chaleur. Pourtant, elle était extrême, suffocante, incomparable. C'était la saison qui allait demeurer dans les mémoires françaises comme *l'été de la canicule*. Je l'ai remercié pour le ventilateur. J'avais trouvé adorable qu'il débarque en pleine nuit pour améliorer mes conditions de travail. Après la mise en route, il s'est installé dans le gros fauteuil du hall. Puis, il a essayé le petit canapé situé à l'opposé de la pièce. Il s'est levé à nouveau pour se fixer au milieu de la réception. Il semblait indécis. Je me demandais ce qu'il faisait.

« Il ventile vraiment bien, ce ventilateur. Et sa rotation est large. À n'importe quel endroit, tu as toujours une petite brise qui vient te chatouiller. Non vraiment, c'est du bon matériel ça.

— Oui, c'est vrai, ça fait du bien. »

Je ne savais jamais comment relancer la conversation avec lui. Je voyais bien qu'il tentait d'établir une connivence, mais j'étais mauvais en relance interrogative. Chacune de ses phrases aboutissait chez moi à l'énoncé d'une constatation définitive. Il y a des gens qui pourraient parler des heures pour ne rien dire, ce sont ceux qui dissertent sur la météo, et qui seraient capables de faire une thèse sur un nuage, tout ça pour ne pas avoir à rentrer chez eux. Gérard était de ceux-là, et moi je n'arrivais pas à formuler une pensée susceptible de contribuer au lancement d'une discussion. C'est peut-être à cause de cette incapacité que je me suis mis à parler de ma grand-mère. Oui, je lui ai exposé mes angoisses, presque pour lui faire plaisir. Mais assez vite, je me suis rendu compte qu'en parler me faisait du bien. Surtout à une personne qui n'avait pas de lien direct avec ma famille. Depuis quelques jours, j'étais obsédé par mes visions initiales de la maison de retraite. J'avais eu l'impression de visiter la salle d'attente de la mort. Je ne pouvais plus penser à autre chose. C'était peut-être très immature, mais j'avais conscience pour la première fois de la déchéance qui m'attendait. J'éprouvais alternativement la nécessité de ressentir l'intensité de la vie, et un sentiment profond de vacuité. Alors, tout me paraissait dérisoire et absurde.

Cet été-là allait devenir meurtrier. Nos vieux allaient arrêter de se faire discrets, envahissant subitement les morgues. C'est une forme de protestation comme une autre. La presse poserait une question cruciale : « Comment un pays occidental peut-il laisser mourir ainsi ses aînés ? » La réponse était pourtant évidente. C'est justement parce que nous sommes occidentaux que la catastrophe est arrivée. Les Européens n'ont aucune tradition ancestrale concernant le sort des vieux. Les Français ont ainsi découvert l'horreur gériatrique. Subitement, on découvrait des hommes et des femmes délaissés, mourant seuls dans leur appartement. Gérard était heureux d'avoir un si beau sujet de conversation. Il a enchaîné de nombreuses réflexions, et je ne voulais pas le couper. C'était facile de parler d'un problème qu'il ne connaissait pas encore ; que ferait-il dans quelques années avec ses parents ? Il critiquait toutes les familles qui, entre deux pastis au soleil, passaient un petit coup de fil pour chasser la culpabilité :

« Hein maman, faut bien que tu boives… C'est très important… hein ? Tu n'oublies pas… ils ont dit deux litres d'eau par jour… allez tout le monde t'embrasse… Tu vas voir, on t'a envoyé une carte postale… on pense bien à toi ! Bon je dois te laisser… Tu n'oublies pas de boire… »

Il semblait fier de sa petite imitation, mais s'est aperçu que ça ne me faisait pas rire. Parce que, moi aussi, j'allais faire partie du club des cartes postales maintenant. J'allais faire partie de ceux qui appellent, et que ça ennuie d'appeler car ils ne savent pas quoi dire, qui n'osent pas demander si ça va, car forcément ça ne va pas. Et puis, comme il y a toujours des blancs dans la conversation, au bout d'un moment, les vieux ont la gentillesse d'avouer avoir mal quelque part, aux dents aux jambes aux yeux, où vous voulez c'est pareil, ils nous offrent comme ça le seul rôle qu'on peut avoir : celui de la constatation de la douleur. On constate, on constate, on espère avec conviction que ça va passer, mais au fond on se dit que c'est atroce d'avoir toujours mal quelque part. On se dit aussi que c'est ce qui nous attend, cette agonie, cette souffrance de chaque geste.

Se ressaisissant, Gérard a proposé :

« Et si on invitait ta grand-mère à l'hôtel ? Une ou deux nuits. Ça lui changera les idées.

— C'est très gentil de votre part, merci. Mais je ne suis pas sûr qu'elle voudra.

— Et un ventilo ? Elle en a un, j'espère ? Car les gens se jettent dessus comme des fous, c'est la pénurie. On se croirait en temps de guerre. Mais je peux t'en avoir un sans problème. J'ai de bons contacts.

— C'est gentil, elle en a déjà un.

— En tout cas, tu n'hésites pas. Si tu as besoin de quoi que ce soit. »

À ce moment, un client est descendu. Tout fripé, on aurait dit qu'il dormait dans sa valise :

« Vous n'avez pas de l'eau minérale ? J'ai vidé les deux bouteilles du minibar déjà.

— De l'eau minérale ? Ah… mince… je vais vous en trouver… je vous apporte ça dans votre chambre », dit Gérard, tout gêné.

Quand le client est remonté, il a soufflé : « Heureusement que j'ai un pack de six bouteilles dans mon coffre. On est sauvés. » Il est alors parti en courant, comme un superhéros qui allait sauver la planète de la soif. Une fois seul, je me suis approché du ventilateur, et me suis mis à sourire dans le vent.

12

Un souvenir de Francis Scott Fitzgerald

L'écrivain américain pourrait plonger dans de si beaux souvenirs. Des vestiges de fête, des parfums de femme, du champagne, la grande époque de la French Riviera, mais tout ça... c'est du passé. À présent, Fitzgerald n'est plus rien. Il vit dans la misère à Hollywood. Il cachetonne, tout le monde l'a oublié. Sa vie est un compte à rebours vers le néant. Désespéré, malade, il est surpris d'apprendre, complètement par hasard, qu'une troupe de théâtre de Los Angeles répète une pièce tirée de son livre Un diamant gros comme le Ritz. *Il décide de se rendre sur place. Il se fait beau, il loue une très belle voiture pour l'occasion. Au moment où il entre dans la salle, il est d'abord déçu. Il est face à une troupe d'amateurs. Il voit tous ces jeunes gens, et finalement il est touché car la jeunesse est son paradis perdu. Il s'approche d'eux, et tous remarquent cet homme qui avance vers la scène. Ils s'arrêtent, le regardent. Ils vont sûrement le reconnaître, être très émus de cette apparition de l'auteur du texte qu'ils répètent. Mais non, rien. Un jeune homme, visiblement agacé, peut-être le metteur en scène, n'apprécie pas l'interruption. Il demande à Fitzgerald ce qu'il fout là, dit que ça ne se fait pas d'entrer comme ça dans un théâtre. L'écrivain est surpris, mais après tout il a l'habitude de ne plus être reconnu. Il décline son identité, et c'est alors qu'une jeune femme, une très belle jeune femme d'ailleurs, avec de longs cheveux lisses, s'approche de lui. On peut lire tout l'étonnement du monde sur son visage quand elle prononce : « Mais on pensait que vous étiez mort. » Voilà, c'est le souvenir de cette phrase-là que l'auteur de* Gatsby le Magnifique *ne pourra plus oublier.*

13

L'été est passé, les températures ont chuté, et une nouvelle forme de routine s'est emparée de nous. On allait voir ma grand-mère à tour de rôle. Mon père et moi étions les plus assidus. Je me retrouvais assis au bord de son lit, et proposais une promenade dans le parc ou une sortie en ville, pour aller manger une glace. Elle répondait qu'elle n'en avait pas envie, mais que j'étais gentil de le lui proposer. J'étais très mal chaque fois que je repartais. Je pensais : « Comment puis-je laisser cette femme qui m'a tant aimé, qui m'a consolé, qui m'a fait des soupes et des moussakas, comment puis-je la laisser là ? » L'ironie de tout ça : elle faisait des efforts pour ne pas alourdir mes visites. Elle cherchait à me montrer que ça allait, certes ce n'était pas facile, mais elle assurait qu'elle allait s'habituer à sa nouvelle situation. D'une certaine manière, sa délicatesse accentuait mon malaise. J'aurais presque préféré qu'elle soit odieuse ; la laisser là aurait alors été supportable.

On marchait ensemble dans les couloirs de la maison de retraite. Mon regard s'arrêtait toujours sur les croûtes accrochées aux murs. Leur vie était déjà suffisamment dure, je me demandais pourquoi ils infligeaient aux résidents une double peine visuelle. La plupart étaient des paysages déprimants, des terres idéales pour provoquer une avalanche de pulsions suicidaires. Il y avait aussi un tableau avec une vache. Le peintre devait être un pensionnaire et on l'exposait pour lui faire plaisir. Après renseignement, non, personne ne savait qui avait peint cette horreur, ni pourquoi elle était pendue là. On ne se souciait pas de l'esthétique. Mon dégoût pour ce tableau allait pourtant provoquer chez moi une étrange réaction : à chacune de mes visites, je ne pourrais faire autrement que de m'arrêter devant pour le contempler. Cette vache faisait maintenant partie de ma vie. Elle serait, pour toujours, le symbole de la laideur. Ce n'est pas rien d'avoir ainsi un accès à la laideur, comme un point de mire à l'horizon vers lequel il ne faut surtout pas aller. Cette vache-là, je passerais ma vie à la fuir.

Je partageais cette obsession avec ma grand-mère, et ce dégoût commun nous poussait à rire. Les jours où je sentais qu'elle allait mal, où je respirais son malheur d'être là, je m'approchais d'elle pour chuchoter : « Tu veux qu'on aille voir la vache ? Ça te ferait du bien ? » Et elle souriait. Finalement, celui qui avait décidé d'accrocher ce tableau était un brillant esprit. Il avait compris que la meilleure façon de se soulager de la laideur, c'est de l'accentuer. Cette vache, finalement, je ne voulais surtout pas qu'on nous l'enlève. Elle nous faisait un bien fou. Ma grand-mère, sensible à l'élégance et aux choses raffinées, était profondément esthète. C'est d'ailleurs sûrement elle qui m'a transmis cette forme de goût nécessaire à l'amour des mots. Elle me disait souvent :

« On devrait vieillir avec la beauté. Ou plutôt, on devrait se soulager de la vieillesse par la beauté.

— C'est vrai…

— On devrait voir de belles personnes, de beaux paysages, de beaux tableaux. J'ai vu tant d'horreurs dans ma vie. Pourquoi dois-je assister maintenant au spectacle du délabrement des autres ? »

Que dire ? Elle avait raison. À chaque pas, on croisait des hommes et des femmes qui avaient tous des difficultés, pour parler, pour marcher, ou même pour rester propre. On se faisait aborder sans cesse par ceux qui me demandaient une cigarette ou mon téléphone pour appeler un parent. On aurait pu si facilement se croire dans un asile de fous. Dans la foule des délabrés, un homme me touchait particulièrement. Je savais même son nom : M. Martinez. Mais je ne suis pas certain de son prénom : Gaston Martinez peut-être, ou Gilbert. Enfin, peu importe. On ne pouvait pas le louper : il était toujours installé au même endroit, dans le couloir. Il passait ses journées, la tête penchée, avec une serviette sur son pull pour le protéger d'un filet de bave qui pendait éternellement. J'avais pris l'habitude de lui dire bonjour, mais il ne répondait pas. L'infirmier le déplaçait le soir pour le rentrer dans sa chambre. Il était discret, absent de lui-même, et c'était presque difficile de penser qu'il était en vie. Cet homme-là n'avait quasiment jamais de visites. Je me demandais vraiment à quoi il pouvait penser, et même s'il pensait.

Au fil de mes visites, j'avais pris l'habitude de regarder les pensionnaires. De *vraiment* les regarder. De les considérer non pas comme des figurants de la maison de retraite, mais comme des hommes et des femmes qui avaient eu des vies. Des hommes et des femmes qui avaient reçu du courrier dans leur boîte aux lettres, qui avaient eu des problèmes pour trouver une place de parking, qui avaient couru pour ne pas arriver en retard à un rendez-vous important, qui avaient eu des peines de cœur et des moments de jouissance, qui avaient été ébahis par le premier homme sur la Lune, qui avaient arrêté de fumer par peur de mourir trop tôt, qui s'étaient brouillés puis réconciliés avec des amis, qui avaient perdu leurs bagages lors d'un voyage en Italie, qui avaient attendu avec une grande impatience d'être majeurs, et ainsi de suite pour arriver à aujourd'hui. Je ne pensais qu'à une chose : ils avaient eu mon âge un jour. Et un jour, j'aurais leur âge. Ici, je marchais à travers qui je serais.

Enfin, pour achever la thématique de la laideur, il y avait les repas. Pour ma grand-mère c'étaient les pires moments de la journée. Deux fois par jour (car le petit déjeuner se prenait en chambre), elle était installée face à une femme dont le visage était un remède contre l'appétit. Et quel appétit ? Les menus étaient toujours identiques : « On a l'impression que c'est différent, mais ils changent juste l'ordre des mots. Tiens, viens voir le menu du jour ! » Nous avons alors marché vers le petit hall où étaient disposées quotidiennement

toutes les informations. Le mardi, c'était la journée cinéma. Ils proposaient une séance à 15 heures. Aujour-
d'hui, c'était *La Grande Vadrouille*[1]. Juste à côté était
indiqué le menu :

Déjeuner

Velouté de courgettes au basilic
Salade tourangelle
Filet de merlan à l'aneth
Fenouils à la crème
Plateau de fromages
Dessert lacté

*

Dîner

Potage Crécy
Hachis parmentier
Salade iceberg
Corbeille de fruits de saison

Apparemment, la direction faisait un effort pour
présenter les choses de manière agréable. On aurait
presque pu croire à un repas gastronomique :
« Regarde, me dit-elle, ils n'arrêtent pas de
rajouter des mots qui ne servent à rien. La salade,

1. Au cas où quelqu'un ne l'aurait pas vu.

c'est juste une salade. Et ils mettent tourangelle pour nous faire croire qu'on voyage. Et le potage Crécy... Crécy rien du tout !

— Oui, je ne sais même pas ce que c'est.

— Et le mieux c'est ça... regarde bien, c'est fabuleux... c'est la salade iceberg !

— Ah oui, là c'est très fort.

— Je me demande s'ils ne se moquent pas un peu de nous là. Ça veut dire qu'on coule tu crois ? »

J'aimais quand elle était de cette humeur persifleuse. Le repas était son sujet de plainte préféré. Elle ne pouvait plus s'arrêter. Elle ne supportait plus de manger des aliments bouillis ou hachés :

« Ils ne pensent pas assez à ceux qui ont encore des dents. Ils ne font que des menus pour les sans-dents. C'est de la discrimination. »

Je me suis mis à rire. Elle aussi, un temps plus tard. Elle n'avait pas tout de suite saisi le caractère comique de ce qu'elle me racontait. J'allais la soutenir dans sa lutte. Elle serait la Che Guevara de la cause dentaire. Puis elle a arrêté de rire. Tout ça n'était pas drôle, en définitive. J'ai proposé :

« On pourrait aller déjeuner dehors, la prochaine fois. Il y a une brasserie pas très loin, avec des fruits de mer.

— Tu vas te ruiner.

— Mais je n'ai pas dit que c'était moi qui payais...

— Je n'ai pas d'argent. Ton père m'en donne un petit peu, quand j'en ai besoin. Tu te rends compte... c'est lui qui me donne mon argent de poche. »

Elle a dit ça avec un petit sourire, mais je sentais bien que c'était encore un bastion qu'elle avait abandonné dans la lutte pour la préservation de son autonomie. Il était sans doute nécessaire de prendre des décisions à la place de certaines personnes âgées, mais il me semblait que, en l'occurrence, on avait anticipé le mouvement. Ma grand-mère avait toute sa tête, et n'en était que plus consciente de tout ce qui lui échappait.

Nous avons continué à marcher un peu, avant de nous asseoir devant le film. Il n'y avait personne. On était tous les deux assis devant ce grand télé-viseur. De Funès a alors prononcé le célèbre : « But alors… you are french. » Et nous avons ri comme si nous le découvrions. Finalement, on pouvait avoir vu ce film des centaines de fois, le plaisir restait le même. Ça marchait encore. Ces images sont exemp-tées de lassitude. Elles ne vieillissent pas. Et j'ai pensé à cette expression toute faite que pourtant j'adore : « Ce film n'a pas pris une ride. »

14

Un souvenir de Gaston Martinez

Il y a plusieurs décennies, Gaston Martinez s'est retrouvé empêtré dans une tourmente sentimentale. Boxeur ayant marqué les esprits d'avant-guerre (cer-tains se souviendront de son combat mythique contre le Franco-Argentin Raoul Perez), il avait décidé d'interrompre sa carrière par amour. Son entourage, son entraîneur, sa famille, tout le monde avait cri-tiqué ce choix, mais c'était ainsi : il était tombé fol-lement amoureux. Enfin, le mot « tomber » n'est pas tout à fait juste, puisque cette fille n'était autre que sa compagne de bac à sable. Il avait l'impression d'être né amoureux d'elle. Sa fiancée souffrait trop de le voir sur le ring, alors il avait abrégé son calvaire, et sa peur de se retrouver avec un homme au nez cassé. Elle le trouvait si beau.

Éléonore était institutrice et ils aimaient le soir lire tous les deux les copies des élèves. Si Gaston avait gagné sa vie avec ses mains, il n'en était pas moins intelligent. L'amour fou qu'il ressentait pour Éléonore ne s'était jamais affaibli, et ils avaient maintenant une petite fille, appelée Anna en hommage à Anna Karenine. Et puis, il rencontra une autre femme. Il ne pensait pas que cela pouvait arriver. Il se rendait compte que les femmes le regardaient, mais il se sentait inaccessible. Il se sentait protégé par son évidence monogame. Il aurait dû comprendre aussitôt que cela n'avait plus rien à voir avec la raison, que cette femme-là, nouvellement installée dans leur immeuble, cette femme qui s'appelait Lise, et qui allait devenir sa Lise, fragilisait toutes ses certitudes. Il se souvenait de cette partie de sa vie avec effroi, torturé entre deux femmes, et deux vies. Mentant à l'une, et faisant de l'autre la complice du mensonge. Il trouvait que ce qui lui arrivait était le pire des châtiments : aimer deux femmes. Pendant des semaines, il allait vivre avec la torture au cœur. Il allait perdre des kilos, ne sachant que faire pour sortir de ce piège. Perdre Éléonore lui semblait impossible. Perdre Lise l'était tout autant. Finalement, il prit une décision, une décision qui ne supportait pas de jugement car ce n'était que la seule

possibilité admise par son corps : il décida de partir,
de quitter la France. Dans l'incapacité de choisir
l'une des deux femmes, il abandonna les deux.

Quelques mois plus tard, il revint chez lui. Comme
ça, un soir, sans prévenir, il pénétra dans son salon.
Sa femme était là, exactement comme au jour de son
départ, le temps ne passait pas sur elle, silencieuse,
et belle de ce silence. Sans rien dire, ils allèrent se
coucher. Quelques minutes auparavant, en entrant
dans le hall, il avait noté que le nom de Lise avait
disparu des boîtes aux lettres. Il n'aurait plus de ses
nouvelles. Il se sentait bien, il ne comprenait pas
pourquoi il avait traversé cette épreuve, cette épreuve
qu'il fallait oublier maintenant. Il n'y parviendrait
pas, bien sûr. Mais la douleur s'était échappée, enfin.
Au cœur de la nuit, Éléonore appuya sur l'interrup-
teur. Elle voulait voir l'homme qui lui avait tant
manqué. Peut-être allait-elle prononcer des mots de
rancœur ou de douleur ? Mais non, elle avait simple-
ment dit : « Mon amour, tu es si beau. »

15

Mon père m'a téléphoné pour me demander un
service. Une amie de ma grand-mère venait de
mourir, et celle-ci voulait se rendre à tout prix à l'enterrement. Comme il ne pouvait pas l'accompagner,
il espérait que je serais libre. Il a ajouté :
« Cela lui ferait vraiment plaisir d'y aller.
— Très bien, j'y vais avec elle.
— Ah merci. Je te prêterai ma voiture… », s'est-il

empressé d'ajouter, comme s'il voulait tout de même être là, à travers les aspects techniques de cette expédition sinistre. En raccrochant, j'ai pensé à cette phrase : « ça lui ferait vraiment plaisir ». Et aussi à celle-là : « elle veut *à tout prix* y aller ». Il avait raison ; ma grand-mère rechignait à aller se promener, refusait toutes mes propositions de visite de musée prétextant fatigue ou douleur, mais là la machine humaine s'organisait pour trouver les forces nécessaires. Il y a un âge où les seules sorties qu'on accepte sont les enterrements. J'ai du mal à comprendre. Est-ce que, plus proche de la mort, j'aurais moi aussi envie d'assister aux enterrements des autres ? N'aurais-je pas plutôt envie de fuir cette cérémonie qui m'attend ? Peut-être les personnes âgées vont-elles aux enterrements des autres par peur qu'il n'y ait personne le jour de leur propre enterrement ? Ça serait comme une forme inconsciente de renvoi d'ascenseur préventif. Enfin, non. Je ne vois pas un mort rendre une invitation. Si on va à l'enterrement de quelqu'un, il ne pourra pas venir au nôtre. C'est une relation à sens unique. Ma théorie ne tient pas debout. Non, vraiment, je ne voyais pas pourquoi ma grand-mère voulait *à tout prix* y aller. Surtout qu'il ne s'agissait pas non plus d'une amie très proche. C'était une amie qu'elle voyait de moins en moins, et que maintenant elle ne verrait plus jamais. Le mieux, c'était que je lui pose la question (finalement, les circonstances ont fait que je ne lui ai rien demandé).

En entrant dans la maison de retraite, j'ai compris que quelque chose de grave s'était passé. Je suis allé voir l'hôtesse d'accueil pour lui demander quel était le problème. Je n'ai jamais aimé cette femme. D'une cinquantaine d'années, elle était toujours très désagréable (les deux faits ne semblent pas liés). Chaque fois que je la voyais, elle était en train de râler. Elle avait un côté 1942, mais du mauvais côté de 1942. Elle disait qu'elle attendait la retraite avec impatience, et j'avais envie de lui dire de prendre une chambre tout de suite ici. Je trouvais ça fou qu'une femme qui baignait ainsi dans la déchéance humaine soit si pressée d'accélérer le mouvement. Je mettais son agressivité sur le compte d'une misère sentimentale quelconque, sur le compte d'un mauvais signe astrologique, et finalement sur le compte de la simple connerie. Compte ultime dont elle allait faire preuve maintenant :

« Il y a eu un suicide. Une femme de quatre-vingt-dix ans s'est jetée par la fenêtre de sa chambre.

— …

— Ce qui est dommage, c'est qu'on va annuler la représentation théâtrale. C'était des petits jeunes du cours Simon qui devaient venir aujourd'hui. C'est bête quand même, elle aurait dû se foutre en l'air demain celle-là. »

C'est vraiment ce qu'elle a dit. Et c'est désolant que je me souvienne si bien de cette phrase, alors qu'il m'arrive parfois de rechercher sur le bout de ma langue des vers perdus de Paul Éluard. Pourquoi la bêtise est-elle plus mémorable que la beauté ? J'ai continué mon chemin. Hormis cette stupide femme, tout le monde semblait terrifié par ce qui venait de se produire. Le silence dominait le lieu. Des ambulanciers emportèrent le corps. Pendant des jours, le personnel d'entretien chercherait en vain à nettoyer la trace de sang laissée sur le sol de ciment par l'occupante de la chambre 323. La directrice de l'établissement aurait peur d'une contagion. Il arrive si souvent qu'un suicide provoque d'autres suicides. Mais là, ça ne serait pas le cas. Ce suicide demeurerait unique, pour le moment tout du moins.

J'allais être obsédé par la vision de cette femme se jetant de sa fenêtre. Il fallait un courage inouï pour accomplir un tel geste. Pour certaines personnes âgées, l'existence atteint un jour un palier à partir duquel elles jugent que la vie ne vaut plus d'être vécue. J'ai vu des octogénaires se laisser mourir, en refusant de s'alimenter. C'était une forme de suicide. La possibilité d'exercer, une ultime fois dans sa vie, une volonté. Ceux-là luttaient avec les seules armes à leur disposition, en n'ouvrant pas la bouche, en recrachant, en vomissant. La plupart de ceux que j'ai croisés dans la maison de retraite voulaient mourir. Ils ne disent pas mourir d'ailleurs, ils disent « partir ». Et aussi : « en finir », pour souligner davantage le calvaire. Car la vie ne finit parfois jamais, c'est le sentiment qu'ils ont. On parle souvent de la peur de la mort, et c'est étrange comme j'ai vu autre chose. Je n'ai vu que l'attente de la mort. J'ai vu la peur qu'elle ne vienne pas.

Je pensais trouver ma grand-mère effondrée. Sûrement voudrait-elle annuler notre sortie ? Mais non, elle était là, debout, prête. Et même : elle était parfumée. C'était surréel de la découvrir ainsi, pimpante, alors que je venais de croiser ce qu'il y a de plus violent dans la condition humaine. Je lui ai demandé si elle savait, et elle a répondu que oui. Elle ne me paraissait pas du tout affectée, toute concentrée qu'elle était sur ses préparatifs. À vrai dire, j'ai compris plus tard que nous n'avions pas la même notion du temps. Cet enterrement, ça faisait trois jours qu'elle y pensait en permanence. C'était comme un point lumineux dans son horizon. C'était comme si elle avait une raison valable de passer soixante-douze heures. Et en attendant ce moment, rien d'autre ne comptait vraiment.

Nous sommes montés dans la voiture, et je ne pouvais toujours pas penser à autre chose :

« Tu la connaissais… cette femme qui s'est suicidée ?

— Non. Elle restait tout le temps dans sa chambre.

— On la laissait comme ça ?

— Elle ne pouvait presque plus se déplacer. Je ne sais pas comment elle a fait pour sauter. À mon avis, quelqu'un l'a aidée.

— Tu parles sérieusement ?

— Ce n'est que mon avis. Je ne sais pas, mon chéri. C'est bizarre, c'est tout. »

Elle parlait avec la plus grande indifférence. Et pourtant, je connaissais mieux que quiconque sa sensibilité et sa gentillesse. J'ai roulé en silence. Au bout d'un moment, en regardant l'autoradio, elle m'a demandé si on pouvait mettre de la musique. Nous sommes tombés sur une chanson de Serge Gainsbourg, *Je suis venu te dire que je m'en vais*, cette chanson que Jane Birkin aurait pu considérer comme l'annonce d'une rupture, alors qu'elle était l'annonce du temps qui n'existera plus : « Tu te souviens des jours anciens et tu pleures. » Il y avait tant de tristesse et de beauté dans cette mélodie, dans ces mots inspirés par Verlaine. Avec le choc du matin, quelques larmes ont coulé de mes yeux. Je n'avais pas pleuré depuis si longtemps. Cette mélodie surpassait en émotion des moments pourtant bien plus difficiles, comme l'enterrement de mon grand-père, où je n'avais pas pleuré. Pas question que ma grand-mère me voie ainsi. C'était absurde de pleurer maintenant, alors que je l'accompagnais à un enterrement. D'une manière générale, je commençais à trouver tant de choses absurdes.

Toute ma vie, cette chanson serait liée à cet instant. Il m'arrive de l'entendre par hasard, dans une rue ou un appartement, ici ou ailleurs, et je me retrouve alors immédiatement dans la voiture, en route pour le cimetière. Chose étrange : cet air est si profondément ancré en moi que je me rappelle aussi toutes les autres fois où j'ai pu l'entendre depuis. Ainsi, à chaque écoute, je suis propulsé dans une poupée russe de sa mélodie, où se mêlent des souvenirs divers, incompatibles, de l'acide au sucré, et tout cela aboutit à la plus petite poupée, celle du cœur, celle du souvenir initial : celui de la voiture (maintenant).

16

Un souvenir de Serge Gainsbourg

Le Divan *est une émission de télévision française créée par Henry Chapier et diffusée pour la première fois le 4 avril 1987. Le concept consistait à allonger sur un divan une personnalité, et à l'interviewer à la*

manière d'un psychanalyste. Le 20 septembre 1989,
quelques mois avant sa mort, Serge Gainsbourg
s'était prêté au jeu. Mais il a refusé de s'allonger sur
le divan, prétextant facétieusement : « J'aime bien la
position couchée, mais jamais seul. » Au cours de
cette émission, il a relaté ses souvenirs. Notamment
ceux de son enfance. Son père, immigré russe, était
pianiste dans les dancings et les bars. Il a initié le
petit Lucien (le vrai prénom de Gainsbourg) au piano.
Selon lui, c'était la meilleure école. Chaque jour de
son enfance, Serge écoutait son père jouer. Il évoque
dans l'émission les morceaux de Bach, Chopin, les
études et les préludes, et aussi Cole Porter ou Gers-
hwin. Les principaux souvenirs de son enfance sont
donc sonores, et il conclut l'évocation par cette si
belle phrase : « Chaque jour de mon existence, j'ai eu
ces vibrations prémonitoires de mon futur. »

17

Nous avons marché dans les allées du cimetière.
Parfois, ma grand-mère s'arrêtait devant une tombe, et
je songeais : elle la regarde comme un jeune couple
visite un appartement témoin. Je ne pouvais m'empêcher de me dire que, la prochaine fois, je ne serais pas
avec elle, mais que je viendrais lui rendre visite. En cet
instant, j'étais cent fois plus déprimé qu'elle. Et mes
yeux étaient sûrement encore rouges. Elle avançait,
presque à vive allure, vers le lieu de la cérémonie.
Nous avons rejoint le petit groupe. Très petit, vraiment. À peine plus de dix personnes. Et voilà, cela
ajoutait de l'horreur à l'horreur de cette journée. Je

trouvais ça atroce d'assister à un enterrement si déserté. Ça me donnait envie d'être plus sociable, de me faire plein de nouveaux amis (si possible plus jeunes que moi). Pourtant, j'allais apprendre que la femme pour qui nous étions là, Sonia Senerson, avait été une danseuse très connue et entourée. La plupart de ses amis étaient morts, les autres ne pouvaient plus se déplacer. Elle mourait à un âge avancé, et donc seuls les parents proches étaient présents. C'est ainsi ; plus on meurt tard, plus on est seul le jour de ses funérailles.

Les enfants de Sonia, et ses petits-enfants, étaient ravis de nous voir. Enfin, « ravis », le mot n'est peut-être pas le plus approprié, mais disons qu'ils étaient contents qu'une amie se soit déplacée. Je me souviens d'une fille qui n'arrêtait pas de me regarder. Et je dois dire que je la regardais aussi. À vrai dire, nous nous regardions. La morbidité de la journée offrait étrangement un éclairage nouveau sur les possibilités de la vie. Ma tristesse me poussait dans une envie, et je n'étais pas loin même d'une certaine frénésie. Cette fille avait de longs cheveux et la vie était courte. Il n'est pas étonnant que la proximité de la mort vous propulse dans une énergie sexuelle. J'aurais plus d'une fois l'occasion de m'en rendre compte. Mais cette fois-ci, cette première fois, j'étais tout aussi gêné qu'excité. Quelques minutes auparavant, je trouvais la vie atrocement sinistre, et voilà qu'elle m'apparaissait subitement comme un chemin semé de surprises sensuelles. Sans oser me l'avouer, je crois bien que je draguai un peu pendant l'enterrement. Un prêtre orthodoxe (tiens, cela aurait plu à ma mère) évoquait les faits majeurs de la vie de la défunte, et parfois, tout en étant concentré sur cette fille, j'attrapais au vol des éléments biographiques de cette femme qui était une inconnue pour moi. On évoquait ses exploits, sa façon miraculeuse d'interpréter *Le Lac des cygnes*, et nous étions là devant sa dépouille, devant son corps immobile pour toujours, à vanter ses entrechats apparemment mythiques. Je me demandais comment j'allais faire pour obtenir le numéro de cette fille ; il était peu probable que je la croise une autre fois par hasard ; nous n'avions pas d'amis communs, et le vague fil social qui nous reliait venait de se réduire à néant. À cet instant, je ne pensais qu'à ça. Le souvenir de la femme qui s'était suicidée le matin même, quasiment sous mes yeux, ne m'effleurait plus. Tout passait si facilement. Et pourtant, la réalité, à ce moment, était celle-ci : le corps d'une femme dans son linceul, enfermé dans un cercueil scellé, s'enfonçait sous terre.

L'assistance est restée un instant silencieuse. Il n'y avait pas une immense émotion ; cette mort-là n'était en rien surprenante. On pouvait davantage ressentir une sorte de douceur, de tendresse même. La fille de la défunte, qui devait avoir plus de soixante-dix ans, est venue vers nous. Et je n'ai pas compris tout de suite pourquoi elle m'a dit :

« Jeune homme, ça me touche que vous soyez ému comme ça.

— Oui… oui…, toutes mes condoléances, madame… »

J'avais complètement oublié les quelques larmes que j'avais versées en arrivant. Mes yeux mentaient sur l'origine de leur émotion. Mais peu importe. On me prenait pour un garçon sensible. Puis, la femme s'est adressée à ma grand-mère :

« Vous savez… ma mère parlait souvent de vous…

— C'était réciproque.

— Et puis, je crois qu'elle aimait aussi beaucoup votre mari. À ce que j'ai compris, c'est un sacré personnage !

— … »

Je crois que ma grand-mère aurait voulu répondre aussitôt, mais elle n'y est pas parvenue. J'ai compris, par ce moment blanc, à quel point son mari était toujours présent dans ses pensées, à quel point une simple évocation pouvait faire mal. Finalement, elle balbutia, mais sans dramaturgie excessive, que le sacré personnage était mort. La femme, désolée, eut un geste appuyé de tendresse. Nous étions dans la valse des condoléances.

Ma grand-mère souffla qu'elle était fatiguée. Elle voulait rentrer, tout de suite. Le projet d'aborder la jeune fille tombait à l'eau. Au fond, ça devait sûrement m'arranger. Je n'avais pas à admettre mon manque de courage. Nous avons lentement quitté le lieu de la cérémonie. En marchant, je tournais la tête de temps en temps, et chaque fois je pouvais voir qu'elle continuait à m'observer. Plus je m'en éloignais, plus je la trouvais belle. Et plus j'accumulais de la frustration. L'éclair d'un instant, j'ai pensé à l'anecdote de mon père, celle qu'il nous avait racontée des milliers de fois, sur la rencontre avec ma mère, quand il était allé lui dire : « Vous êtes si belle que je préfère ne jamais vous revoir. » Je me suis dit que je pouvais aller lui dire ça, moi aussi, à cette fille.

Mais non, c'était absurde, complètement absurde, car je n'avais qu'une envie : la revoir. Je ne voulais pas qu'elle entre dans la déprimante catégorie de toutes ces filles avec qui on échange un regard ou un sourire, toutes ces filles avec qui on se dit qu'il aurait pu se passer quelque chose, et qui finissent dans la pire catégorie : celle des regrets. Non, je ne voulais pas de ça avec elle. Mais que faire ? Je devais choisir entre être un bon petit-fils ou un conquérant de la féminité. L'hésitation occupa mon esprit jusqu'à ce que nous arrivions devant la voiture.

Je n'allais cesser de penser au visage de cette fille et à son sourire, la brèche dans la morbidité de cette journée. Je me demandais comment la revoir. Et puis, j'ai trouvé. Il y avait un moyen. Celui de venir le plus souvent possible me recueillir sur la tombe de cette amie de ma grand-mère, en espérant que la jeune fille aurait la même idée. Personne ne viendrait autant que moi fleurir la tombe de Sonia Senerson.

18

Un souvenir de Sonia Senerson

Le mari de Sonia était d'origine russe, une origine qui dictait sa conduite. C'est ainsi qu'en 1941, il décida de quitter la France pour rejoindre les troupes de l'Armée rouge. Elle tenta de l'en dissuader, mais ce fut peine perdue. Elle n'entendit plus parler de lui, et se retrouva seule avec leur fille.

Les années passèrent, et elle se résolut à continuer sa vie sans lui. Elle déposa toute son énergie, et son cœur, dans son obsession pour la danse. Elle devint une immense artiste, rayonnant de son élégance lors de nombreux ballets. Sa réputation dépassa les frontières et elle finit par être invitée en Russie. À cette époque, en pleine guerre froide, où personne ne voulait y aller. Mais elle motiva toute sa troupe pour accomplir le voyage. Elle rêvait de Moscou, elle rêvait de savoir enfin ce qu'était devenu son mari. Les représentations furent un véritable triomphe. Elle obtint un rendez-vous avec un haut fonctionnaire qui promit de faire des recherches sur son mari. Dès le lendemain, il lui communiquait une adresse. Le soir, elle eut beaucoup de mal à danser. Elle ne cessait de penser à l'adresse. Son mari était donc vivant. Des centaines d'hypothèses parcouraient son esprit, au premier rang desquelles, bien sûr, l'éventualité qu'il se soit remarié. Des larmes coulèrent abondamment sur ses joues pendant les applaudissements, et tout le monde y vit le degré supérieur de sa sensibilité d'artiste.

Elle demanda à un danseur de la troupe de l'accompagner à l'adresse en question. Elle allait mettre un terme à dix ans de douleur et d'incertitude. Ça y est, la voiture était garée devant un petit immeuble de la banlieue moscovite. Dans le hall, elle chercha son nom sur les boîtes aux lettres, mais en Russie, à cette époque, elles ne portaient pas de noms. Elle monta les marches tout doucement, puis sonna. Une femme ouvrit, demanda ce qu'elle voulait. C'était une femme, c'était donc ça. Mais Sonia, après une absence de quelques secondes, réalisa que cette femme était trop

âgée. Ce ne pouvait pas être une épouse. Elle prononça le nom de son mari, et la vieille femme lui
proposa d'entrer. Il était là. Oui, il était là. Assis sur
une chaise, dans la cuisine. Elle s'immobilisa. C'était
lui. C'était l'homme de sa vie, l'homme qu'elle avait
tant pleuré.

Une minute entière passa, pendant laquelle elle
l'observa. Lui ne bougeait pas la tête. Sonia avança
vers lui et comprit alors qu'il était aveugle. Il avait
préféré disparaître plutôt que de revenir en France et
ne plus pouvoir voir sa femme et sa fille. Sonia posa
sa tête sur son épaule. Quelques mois plus tard, elle
parviendrait à obtenir de l'administration soviétique
de le ramener en France avec elle. Un soir, il lui dirait
doucement : « Ton visage est dans mes souvenirs. »

19

Nous avons repris la voiture. Ma grand-mère semblait fatiguée, mais j'ai proposé qu'on aille déjeuner
à la brasserie aux fruits de mer. C'était le moment de
se faire plaisir. Elle ne répondit pas tout de suite, paraissait perdue dans une hésitation. Finalement, elle
annonça :
    « Je préfère qu'on aille chez moi.
    — … Chez toi ?... C'est-à-dire ?
    — Eh bien, à mon appartement. Je veux revoir
mon appartement. »
    Je suis resté silencieux. Personne ne lui avait encore
avoué la vérité. Quand je dis personne, je parle de
mon père et de mes oncles. Malgré leur promesse de

ne pas vendre l'appartement, ils l'avaient fait. Sans même le lui dire. Et si vite. Cela avait été un très mauvais concours de circonstances. Quand elle avait quitté l'immeuble, son voisin du dessus avait contacté aussitôt mon père pour racheter l'appartement. Vu la mollesse du marché immobilier, une telle offre ne pouvait pas être ignorée. Les trois fils avaient prévu de conserver l'appartement, mais ils savaient très bien que cette décision était une mascarade. Quoi qu'il arrive, il serait vendu un jour ou l'autre. Alors, devant l'insistance du voisin, ils cédèrent. Insistance, et aussi une façon un peu brutale de faire des affaires. Il menaçait de retirer son offre, posa un ultimatum. J'apprendrais bien plus tard qu'il avait eu une conversation avec ma grand-mère, quelques jours avant son départ. Il avait demandé, forcément intéressé : « Vous partez ? » Et elle avait répondu : « Ce n'est que provisoire. » Alors il avait compris l'urgence de la situation. Il rêvait d'agrandir son appartement, pour avoir une pièce où il pourrait enfin entreposer correctement sa collection de petits trains.

Quelques années auparavant, elle avait mis l'appartement au nom de son aîné, pour éviter des taxes sur l'héritage je crois. Alors voilà, l'affaire avait été conclue. Mais il ne fallait rien dire à ma grand-mère pour l'instant. Car elle commençait gentiment à se faire à l'idée de la maison de retraite. Ils avaient prévu de le lui annoncer plus tard. Je précise que ce n'était pas une question financière. Mon oncle mit l'argent de la transaction sur le compte de ma grand-mère. En attendant qu'elle décide plus tard de ce qu'elle voulait en faire, quand ils lui diraient la vérité. Ils auraient voulu prolonger encore un peu le secret immobilier, mais les circonstances et l'insistance de ma grand-mère ont fait que c'est ce jour-là qu'elle a découvert qu'elle n'avait plus de chez-elle. Que son chez-elle était maintenant, et de manière définitive, la maison de retraite.

J'ai prétexté que je n'avais pas le temps, mais elle rétorqua : « Tu as le temps d'aller à la brasserie, mais pas chez moi ? » De toute façon, je ne voulais pas mentir. Je ne voulais pas endosser ce rôle. Alors je lui ai tout dit. Elle est restée silencieuse un long moment, avant de me demander : « Raccompagne-moi, s'il te plaît. » Sur la route, j'ai tenté de prendre la défense, certes mollement, de ses enfants. Mais, au fond, je pensais comme elle. Je pensais qu'ils avaient mal agi, qu'ils n'auraient jamais dû procéder à la vente sans le lui dire. Quand nous sommes arrivés, elle m'a embrassé sur le front, et m'a remercié. J'ai proposé de l'accompagner à sa chambre, mais elle a dit non. Elle a dit non. Elle a dit non.

Cette vérité lui a fait si mal. Elle s'en foutait de l'appartement : elle était obsédée par les meubles, les rideaux, les couverts. Tout avait été donné ou jeté, ça la rendait folle. Ses fils ne s'étaient pas rendu compte de l'importance du matériel. Ils s'étaient dit que ce n'était rien, qu'elle n'en avait pas besoin, sans comprendre que là n'était pas la question. Ils n'avaient pas saisi la mémoire des objets ; ils avaient saccagé la dimension humaine d'une fourchette ; ils avaient jeté cette couverture qui l'avait réchauffée pendant plusieurs hivers ; ils avaient définitivement éteint la lumière de cette lampe sous laquelle elle avait lu tant de livres le soir avant de dormir. Faire tout ça sans la prévenir, c'était la pousser vers la mort. Ils eurent beau s'excuser, et tenter de lui expliquer l'opportunité unique qui avait rendu obligatoire une démarche précipitée, rien n'y fit, elle comptait demeurer retranchée dans son ressentiment ; elle comptait mourir maintenant à l'abri de ses enfants.

Cette nouvelle donne a fortement ébranlé mon père. Davantage investi que ses frères dans la préoccupation de sa mère, il avait toujours tenté de faire au mieux, et voilà qu'elle ne lui parlait plus. Chaque nuit, il avait peur qu'elle meure ainsi. Sans avoir pardonné. Il n'avait personne avec qui partager son angoisse. Ma mère n'était jamais là. Elle consultait quotidiennement Internet pour trouver des occasions de voyager à petit prix. Mon père ne comprenait pas pourquoi elle ne lui proposait jamais de partir avec elle. C'était comme ça. Dès qu'elle rentrait de voyage, on sentait qu'elle tournait en rond et qu'il fallait qu'elle reparte. Nous n'avions pas encore discerné ce qu'il y avait d'inquiétant dans cette fuite perpétuelle. Nous pensions qu'elle voulait profiter de la vie, pas qu'elle ne supportait plus la sienne. Mon père était malheureux, et pour une fois laissait paraître son chagrin. Et c'est la réalité de ce chagrin qui viendrait à bout de la volonté de ma grand-mère. Elle le prendrait un jour dans ses bras, en lui disant :

« Ne me fais plus jamais ça…

— Oui maman, je te le promets… je suis tellement désolé… »

Quel étonnement pour tous les deux de vivre cette

scène qui possédait un si étrange écho avec le passé. On eût dit un moment de l'enfance, où la maman pardonne à son petit qui a commis une grosse bêtise. Le jour de la réconciliation (et c'était comme un retour à la vie), ma grand-mère demanda de l'argent à mon père : « J'ai envie d'aller chez le coiffeur. » Il fut si heureux de pouvoir à nouveau se rendre utile.

20

Un souvenir du voisin, propriétaire
actuel de l'ancien appartement de
mes grands-parents

À l'âge de treize ans, il fantasmait sur sa voisine, une femme d'une trentaine d'années aussi sensuelle que mariée. Belle, elle était surtout dotée d'une poitrine généreuse. Chaque nuit, il s'imaginait, tel Robinson Crusoé, échouer non pas sur une île déserte mais sur les seins de sa voisine. Il voulait vivre là, c'était assurément le plus beau pays du monde. C'est alors qu'il eut une idée : percer un trou dans le mur de sa chambre. Selon ses plans, la chambre à coucher des voisins se trouvait juste derrière. « À coucher... et pas que ça ! », gloussait-il en élaborant son projet machiavélique. Il profita d'un déplacement de son père (conducteur de trains, celui-ci s'absentait de longues journées) pour commencer les travaux. Autant le dire tout de suite, ce fut un échec. Les voisins découvrirent le trou dans le mur et portèrent plainte. Le père du voisin régla finalement le problème à l'amiable, moyennant finances, et fila une grande baffe à son fils. Il lui cria dessus : « Mais ça ne va pas, tu es complètement malade ! » Et c'est ainsi que ses projets d'autoéducation sexuelle avortèrent.

21

Sans m'en rendre vraiment compte, en vivant la nuit, je m'étais éloigné de beaucoup de mes amis. En prenant mon service à 20 heures, je ne pouvais plus aller aux soirées, au cinéma, partager l'insouciance nocturne. C'était bien d'être reclus pour pouvoir écrire, mais tout ça finissait par ressembler à une impasse. Je ne vivais pas assez pour devenir romancier. Comment pouvais-je parler de l'amour alors que j'étais terré ici, dans la solitude des nuits ? La personne que je voyais le plus, finalement, c'était mon patron. Il passait de plus en plus souvent. Un soir, frappé par la flemme de rentrer chez lui, il avait carrément pris une chambre dans son hôtel. Puisqu'il était si présent dans ma vie, je pourrais essayer d'en faire un personnage de roman. À condition de modifier son nom, absolument pas littéraire. Je puisais l'imagination où je le pouvais, car mes rêveries n'aboutissaient jamais à rien de concret. Je n'arrivais pas à inventer quoi que ce soit. Mon esprit se promenait dans un champ délimité comme un enclos : celui de mes yeux. Je commençais à m'angoisser sérieusement. Il fallait que je vive des choses. Il fallait que je saute d'un train, quelque part en Europe, au hasard d'une folie préméditée. Je pouvais aussi prendre des notes sur ma grand-mère, sur les maisons de retraite, mais j'avais peur de faire fuir les gens avec un tel sujet. Enfin, j'avais surtout peur de me faire fuir moi, de ne pas supporter le quotidien des mots sur ce thème. Je pensais sûrement qu'il fallait tordre le réel, et non pas s'y soumettre. Je voulais raconter des histoires avec deux Polonais, être dans l'héroïsme de la virgule. Au fond, je rêvais qu'il m'arrive quelque chose de grand.

Ce qui me surprenait le plus, c'est que je me retrouvais souvent avec mon père. On se voyait à la maison de retraite, et je n'avais pas l'habitude d'une telle régularité dans nos rapports. On avait un sujet de discussion, et c'était quelque chose d'étonnant pour moi qui avais passé mon adolescence à partager avec lui des silences, pour ne pas dire des incompréhensions. Bien sûr, il ne m'interrogeait jamais sur ma vie. Que je travaille dans un hôtel la nuit ou une boucherie le jour, cela suscitait chez lui la même absence de curiosité. Peut-être, envisagerais-je, à un moment donné, d'acheter un appartement, et cela nous ouvrirait de subites possibilités de discussion, car le crédit immobilier demeurait son sujet favori. Mais nous avons le temps, je n'ai pas l'âme d'un propriétaire ; je ne comprends toujours pas l'intérêt qu'il y a à emprunter de l'argent pour le rembourser pendant vingt ou trente ans. J'aimerais déjà tant savoir ce que je ferai demain. Il y avait quelque chose de pathétique dans sa façon d'essayer de me faire croire, par ses remarques, qu'il était encore au cœur de l'actualité économique. Il ne voyait pas à quel point son attitude trahissait brutalement la réalité, à quel point on pouvait lire sur son visage qu'il avait été écarté des chemins de la compétitivité. Pour la première fois de ma vie, j'ai commencé à ressentir de la peine pour lui ; cela remplaçait progressivement l'indifférence.

C'était bientôt l'anniversaire de ma grand-mère, et il me demandait si j'avais une idée pour lui faire plaisir. Je lui dis que oui, que j'avais prévu quelque chose qui l'étonnerait. J'étais vraiment très content de mon idée. Malheureusement, mon cadeau était personnel. Il devait se débrouiller tout seul. Subitement, il pensa à une robe de chambre, avant de se souvenir qu'il lui en avait déjà acheté une l'année d'avant. « C'est compliqué avec les vieux. Ils ne veulent rien. Mais, si tu n'achètes rien, ils vont te faire la gueule », finit-il par dire pour conclure sur son manque d'inspiration. Il n'avait pas tort. Ma grand-mère était du genre à ne pas aimer les cadeaux. Mais bon, ce n'était pas la peine de se mettre dans un tel état. Je lui ai conseillé de l'emmener manger des fruits de mer et, bien sûr, il m'avoua que cela avait été son idée initiale. Il espérait que ses deux frères pourraient se libérer ce jour-là. Je ne sais pas pourquoi cette vision des trois enfants et de leur mère dans une brasserie me parut immédiatement déprimante. Il y avait tant de lourdeur maintenant, dans cette famille. Pourquoi les liens étaient-ils si distendus ? Mon père ne s'entendait pas très bien avec ses frères, et je n'avais pas vraiment de rapports avec mes oncles. Les souvenirs joyeux de mon enfance avaient été balayés par une réalité morne, et je n'arrivais plus très bien à savoir si j'avais enjolivé le passé par mon innocence, ou si le présent était réellement devenu plus terne. J'ai pensé aussi que mon grand-père avait été comme une sorte de patriarche charismatique, et que la famille partait en lambeaux affectifs, maintenant qu'il avait disparu. Et les choses allaient empirer. Mes oncles viendraient fêter l'anniversaire de leur mère, avec mon père, et le déjeuner serait sinistre. L'apothéose de ce sinistre serait sûrement l'arrivée du gâteau apporté par une équipe de serveurs sous-payés qui surjoueraient une bonne humeur au rabais.

Peut-être les choses ont-elles été plus joyeuses. Après tout, je n'étais pas là. Mais je n'invente pas non plus. Il y avait une telle léthargie, exactement à l'image de la discussion avec mon père sur le cadeau d'anniversaire. C'était comme si la vieillesse de ma grand-mère avait contaminé tout le monde ; comme si la culpabilité de l'avoir laissée là, contre son gré, empêchait toute marche arrière dans la légèreté. On avançait tous dans une rue aux murs étroits, de plus en plus étroits, et le rétrécissement paraissait inéluctable. Je n'en pouvais plus. Souvent, quand j'éprouvais des instants de lassitude, des malaises momentanés, je rêvais de quelqu'un sur qui me reposer. D'une femme qui serait comme un refuge, ou simplement une alliée. Mon cœur était comme une chaîne de vélo qui a déraillé ; j'en avais assez de tourner dans le vide ; je voulais que mon cœur batte enfin utilement. J'attendais tout de la tendresse.

Le lendemain de l'anniversaire de ma grand-mère, je suis allé la chercher vers 13 h 30. Tout le monde dormait, atmosphère de sieste, et nous nous sommes échappés comme des voleurs. Ce n'est pas facile de faire une surprise à une femme d'un tel âge. Elle ne voulait pas sortir sans savoir où nous allions.

« Ce n'est pas loin, tu vas voir. Fais-moi confiance.

— Bon d'accord…

— Et si ça ne te plaît pas, je te ramène. Ne t'inquiète pas. »

Malgré des esquisses de bouderie sur son visage, elle s'était préparée pour l'occasion. Elle avait mis sa robe préférée, la même que pour l'enterrement de Sonia Senerson, celle des grandes occasions. J'étais du niveau d'une sortie au cimetière ; cela accentuait la pression.

« Je croyais que tu voulais aller chez le coiffeur ?

— … Mais j'y suis allée…

— Ça ne se voit pas beaucoup.

— Tu n'as pas l'œil. C'est ton problème, ça.

— … »

J'ai préféré couper court. J'ai évité d'avoir l'opinion de ma grand-mère sur mes capacités à passer au travers des modifications de la féminité. Cela ne m'a pas empêché de maugréer intérieurement pendant que je conduisais. Je trouve fatigantes les femmes qui nous demandent si nous avons remarqué tel ou tel changement physique. Elles sont des tyrans de leur apparence, et nous des esclaves de la constatation. On peut être passionné par une femme, l'aimer profondément et donc aveuglément, sans avoir à remarquer son nouveau fond de teint. Parfois, ce sont même des détails invisibles à l'œil nu ! Il arrive que les femmes s'offusquent du fait que le mouvement microscopique qu'elles viennent d'opérer ne nous saute pas aux yeux, dans une sorte d'attentat à l'évidence. On ne peut pas dire qu'à cette époque j'avais beaucoup d'expérience en matière féminine, mais j'avais déjà remarqué cette obsession narcissique qui semblait obligatoirement liée à la naissance d'un sentiment. Le fait d'être aimée provoque non pas une assurance mais un nouveau terrain de fragilité. Ainsi, j'ai vu des femmes, qui me paraissaient fortes ou autonomes par rapport à ce besoin d'être admirées, commencer à réclamer des attentions d'amour à mesure que la réciprocité affective était établie. C'est l'un des (innombrables) paradoxes du système féminin. Et c'est une digression le temps du trajet.

Ces derniers mois, ma grand-mère avait attrapé la lubie du coiffeur. Ce n'était jamais significatif, on lui coupait vaguement une mèche, mais ça devait lui faire du bien de s'occuper ainsi d'elle ; c'était une preuve tangible de vie. Mon père lui donnait de l'argent, et il lui disait qu'elle pouvait aussi aller chez la manucure ou se faire faire un soin du visage. Il ne fallait pas qu'elle hésite à se faire plaisir. Je trouvais ça magnifique qu'elle prenne en considération son apparence. Pourtant, malgré sa préparation active pour notre sortie ensemble, elle tentait gentiment de maîtriser son angoisse. Où allions-nous ? Je me suis garé devant un petit immeuble du XXe arrondissement de Paris. C'était un endroit assez mal desservi par le métro, ce qui rendait sûrement les loyers plus abordables. Nous étions jeudi, et pourtant il y avait dans ce quartier une ambiance de dimanche. J'avais l'impression qu'on quittait la semaine, qu'on quittait la vie active, qu'on entrait dans une société anesthésiée.

Nous sommes entrés dans l'immeuble. Au moment de sonner à l'interphone, j'ai vu que la porte du hall était ouverte. Ce qui m'arrangeait. Ainsi, je n'avais pas à annoncer notre venue, et risquer de déflorer la surprise. J'ai repéré l'étage. Une fois dans l'ascenseur, ma grand-mère a demandé :

« Bon, tu ne veux toujours pas me dire où on va ?

— Tu vas le savoir dans deux minutes.

— Ça ne sent pas très bon, ici.

— Même pas deux minutes. Regarde, on arrive. »

Un long couloir qui desservait les appartements, un peu comme dans les hôtels, mais, en dehors de ça, ça ne ressemblait vraiment pas à un hôtel. J'ai dit à ma grand-mère de ne pas bouger, le temps que je repère le numéro. Puis, je suis revenu la chercher. L'homme habitait au bout du couloir. J'avais déjà peur que mon idée soit ridicule, ou ratée, ou les deux. Et les quelques mètres qui nous séparaient de la porte ne firent qu'accentuer mon angoisse d'avoir organisé tout ça pour rien. Juste avant de sonner, j'ai chuchoté : « Ça va ? Tu es prête ? » Et d'une manière tout à fait surprenante, elle m'a répondu : « Tu me fais penser à ton grand-père. » Je suis resté un instant sans bouger. Figé par une émotion soudaine. Elle avait raison. C'était sûrement de lui que j'avais hérité ce goût du n'importe quoi qu'on vivait en cet instant.

J'ai sonné. Pendant quelques secondes, il ne s'est rien passé. Peut-être la sonnette ne marchait-elle pas ? J'ai frappé. Toujours rien. Je ne voulais pas croire que j'avais organisé tout ça pour rien. Enfin, nous avons entendu un bruit infime. Il fallait se concentrer pour le distinguer, et j'allais comprendre pourquoi. L'homme qui ouvrait la porte marchait sur des patins. C'était un méticuleux de premier ordre, qui avait les chaussures en horreur. Et en horreur aussi le bruit, d'où la désactivation de sa sonnette. Il demanda d'une voix un peu nasillarde : « C'est pour quoi ? » Je répondis alors par une phrase qui acheva de plonger ma grand-mère dans la perplexité : « Nous sommes vos plus grands fans. » Rassuré probablement par cette entrée en matière flatteuse, il ouvrit la porte, mais son étonnement ne parvint pas à masquer un petit fond persistant d'inquiétude. Nous découvrîmes alors un homme sans âge (disons qu'il s'était perdu entre quarante-deux ans et soixante-cinq ans) et très grand ; oui vraiment grand, peut-être comme devait l'être le général de Gaulle. La comparaison s'arrête sûrement là. Cet homme massif avait des yeux ronds, et il luttait contre une calvitie à coups de mèches maladroitement étalées sur un front large. Sous ses airs de colosse dégarni, il y avait quelque chose de très étonnant : on aurait dit que c'était lui qui arrivait chez quelqu'un.

Il s'est raclé la gorge ; cela voulait dire que c'était à moi de parler :

« Cher monsieur, merci vraiment de nous ouvrir. Comme je viens de vous le dire, ma grand-mère et moi sommes vos plus grands admirateurs. Nous ne connaissons pas entièrement votre œuvre…

— …[1]

---

1. J'écris trois points de suspension, et ce n'est pas pour marquer un silence ; l'homme a ouvert la bouche, et on aurait vraiment dit que trois petits points en sortaient.

— C'est surtout le tableau de la vache… ça peut vous paraître un peu excessif… mais je dois vous avouer que nous vouons une sorte de culte à ce tableau…

— …

— Il se trouve… qu'il est exposé non loin de l'appartement de ma grand-mère… et… et…

— Entrez, je vous prie », dit le peintre.

Nous l'avons alors suivi dans son salon à la décoration minimaliste. Il n'y avait qu'un canapé qui trônait là, un peu perdu, comme un enfant abandonné. Il a dit qu'il allait chercher quelque chose dans sa chambre. Nous nous sommes regardés, en silence, avant de subitement pouffer de rire. Ça me surprend d'employer le verbe « pouffer », mais il y avait vraiment de ça, ce côté potache du rire.

« Mais tu es fou !

— Quoi ? Ça ne te fait pas plaisir ? Tu rencontres ton idole ! »

Notre hôte est revenu avec une chaise, une bouteille et trois verres. Il a servi tout le monde. Visiblement, il n'était plus vraiment à l'aise avec l'idée d'être dans une situation sociale. Il a voulu qu'on trinque. Je n'arrivais pas à savoir si cet homme me touchait ou s'il me faisait peur. Je ne savais pas si nous étions en face d'un artiste émouvant et un peu allumé ou d'un psychopathe de la pire espèce.

Au bout d'un moment, il a balbutié :

« Ça fait très longtemps qu'on ne m'a pas parlé de mes tableaux… Vous êtes sérieux ou vous vous foutez de moi ?

— Non, on vous adore vraiment… »

Il a alors laissé un blanc dans la conversation. Et je n'avais aucune idée de la manière de mettre un peu de couleur dans son blanc. J'avais peur qu'il perçoive l'ironie de notre démarche, mais non il ne semblait pas se méfier outre mesure. Il avait vécu si longtemps à l'abri du moindre intérêt de quiconque qu'il en avait perdu tout sens du second degré.

« J'ai arrêté il y a si longtemps…

— Votre tableau de la vache, c'est celui-là qu'on aime. On va le voir régulièrement.

— Vous l'avez peint quand ? a demandé ma grand-mère.

— Je ne sais pas. Ça ne me dit rien, ce tableau. Je ne m'en souviens plus. À une époque, j'ai peint beaucoup. Parfois plusieurs toiles par jour.

— …

— C'était mon obsession. Et puis, je ne sais pas, c'est arrivé comme ça… j'ai tout arrêté… je me suis dit que ça ne servait à rien… que j'étais nul…

— … »

Il parlait doucement, et on avait l'impression qu'il était le premier surpris par ses mots. Il parlait de la peinture comme on cherche à reconstituer un rêve le matin en s'éveillant. Et nous, on était là, à l'écouter. On jouait aux fans. Mais bon, en même temps, ce n'était sûrement pas plus mal qu'il ait arrêté. Il avait fait preuve d'une belle lucidité, car le tableau de la vache, malgré toute l'affection qui balbutiait en moi pour cet homme, demeurait une croûte incontestable. Une croûte qui traverserait la postérité avec son statut de croûte. Ma grand-mère, sûrement un peu prise de pitié, osa :

« C'est dommage, vous auriez dû continuer…

« — Ah bon ? Vous trouvez ?

— Oui, vous aviez un style. Personne ne peint les vaches comme ça. »

Ça c'est sûr, personne ne peint les vaches comme ça, ai-je pensé. Le peintre parut véritablement ému. À partir de cet instant, j'ai compris que ma surprise allait emprunter un nouveau chemin. On était venus pour rire, pour se moquer peut-être un peu aussi, et finalement on allait remotiver un artiste en perdition. Je voyais son visage reprendre des couleurs, et c'en était fini des blancs entre ses mots. Il avait envie de parler :

« Maintenant, je me souviens…. J'ai eu une période où je faisais des portraits d'animaux. J'ai fait une longue série sur les chats. Il y a quelque chose de si étonnant chez le chat. Il a atteint cette aisance suprême du bonheur à ne rien faire. Les hommes n'y arrivent pas. Au bout d'un moment, ils sont obligés de gesticuler, de parler, d'organiser quelque chose.

— Ah oui, maintenant que vous le dites…, acquiesça ma grand-mère.

— Si ce n'est pas indiscret… vous faites quoi maintenant ? ai-je demandé.

— Je ne fais rien. Il y a dix ans, j'ai touché un héritage. Pas énorme. Mais de quoi vivre. Alors j'ai arrêté de travailler. J'étais prof d'arts plastiques. Enfin, j'avais surtout des classes de sixième. Je n'en pouvais plus des gosses. Ils m'ont dégoûté de la gouache.

— …

— Mais vous voulez que je vous dise le plus drôle ? a-t-il repris.

— Euh oui…

— C'est que je me suis retrouvé à travailler au collège Pablo-Picasso. C'est fort, quand même. Tous les matins, j'avais le nom de Picasso au-dessus de ma tête… J'avais arrêté la peinture, et le Picasso veillait sur ma médiocrité… Mais bon, je vous ennuie avec mes histoires…

— Non… non, bien sûr que non », avons-nous répondu sur un ton qui manquait tout de même de conviction. Mais notre hôte ne le remarqua pas, et continua. Pour la première fois depuis longtemps, il évoqua sa vie, et quelques souvenirs. Quelque chose d'émouvant se passait. Nous avions momentanément extirpé cet homme-là de sa profonde solitude.

Puis il s'est mis à nous poser des questions. Il s'est intéressé à mon travail, m'a dit que je l'avais bien choisi, que les meilleures idées se formaient la nuit. Je me souviens qu'il a dit : « Les bonnes idées viennent la nuit pendant que les mauvaises idées dorment. » Ce n'est peut-être pas la citation exacte, mais ça s'en approche. Après une première impression un peu pathétique, notre peintre me touchait de plus en plus. J'étais face à un homme qui avait dû avoir des rêves ; certes, il n'avait pas eu les moyens de les concrétiser ; et voilà qu'il était là, à vivre dans ce salon quasi vide, à grignoter un maigre héritage comme une peau de chagrin. Je ne serais peut-être jamais capable d'écrire un roman et, chaque fois que je serais tiraillé par cette angoisse, ce serait la vision de ce salon qui me hanterait.

Ma grand-mère fut aussi émue que moi. En partant, elle lui a pris la main longuement pour le remercier de son accueil. Il s'est baissé pour l'embrasser, on peut même dire qu'il s'est plié en deux, et j'ai mémorisé cette bise à la beauté maladroite. Après notre départ, l'ancien peintre est resté une heure sur son canapé sans bouger. Puis, il s'est levé subitement pour aller chercher un petit carnet sur lequel il a écrit : « Acheter une toile, des pinceaux, de la gouache. » C'est ainsi qu'il renouerait avec sa passion des jours anciens. C'est ainsi qu'il débuterait une nouvelle série de tableaux intitulée : « Les vaches ».

En sortant de chez lui, nous sommes restés un moment sans parler. Le quartier était toujours plongé dans son dimanche perpétuel. Nous avons également roulé en silence. Une fois arrivés à la maison de retraite, j'ai accompagné ma grand-mère à sa chambre. Devant la porte, elle m'a remercié. Merci pour ce bel anniversaire. Je l'ai embrassée, puis je suis reparti vers mon hôtel, perdu entre le bonheur et la mélancolie. À cet instant précis, comme chaque jour qui précède un drame, je ne pouvais imaginer une seule seconde ce qui allait se passer.

22

Un souvenir du peintre du tableau
de la vache

À l'époque, il se faisait appeler Van Koon. Edgard Van Koon. Il trouvait cela très chic d'avoir un nom hollandais quand on était peintre. Il vivait dans un tout petit studio, ce qui ne l'empêchait pas d'avoir une ambition démesurée ; ou plutôt : un immense espoir de devenir un grand peintre. Il avait vingt ans et aimait peindre des animaux. Il accumulait les œuvres chez lui, si bien qu'il ne lui restait, hormis ses toiles, que de la place pour le canapé sur lequel il dormait. Il avait démarché des galeries, en vain. Personne ne voulait de son travail. Il n'avait plus d'argent pour payer son loyer. Sa propriétaire avait sonné chez lui à plusieurs reprises, et chaque fois il faisait le mort. Il avait pris l'habitude de marcher avec des patins, pour ne pas être repéré. Un jour, elle avait menacé d'appeler les huissiers, alors il avait ouvert. Découvrant une pièce remplie de tableaux, elle avait été touchée. Mais il devait payer un loyer. Il avait avoué connaître quelques problèmes, c'était compliqué pour lui en ce moment. Il proposa une toile. Oui, dit-il, prenez la toile que vous voulez, je vous l'offre pour vous faire patienter. La femme entra dans le studio et sentit aussitôt que rien ne lui plaisait, alors, pour abréger le supplice vécu des deux côtés, elle prit la première toile venue. Un tableau hideux avec une vache. Il aurait pu être soulagé qu'elle acceptât l'échange. Au contraire, ce fut horriblement douloureux. Il avait vu la pitié dans son regard. Peu de temps après, il arrêterait de peindre, à cause de ce regard.

Trente ans plus tard, cette femme fut contrainte d'aller en maison de retraite. Ses enfants et neveux aidèrent au déménagement. Ils n'arrêtaient pas de lui dire : « Surtout, ne te charge pas trop, prends juste l'essentiel. » Alors pour les embêter, presque comme une boutade, elle était allée chercher le tableau de la vache qui agonisait dans la cave, et avait dit qu'elle voulait absolument l'emporter. C'est ainsi que le tableau s'était retrouvé dans la maison de retraite. La propriétaire l'avait aussitôt glissé derrière son armoire. Sept ans plus tard, à sa mort, au moment d'enlever ses meubles, son neveu avait découvert le tableau, et l'avait laissé là. Au lieu de le jeter, un membre du personnel d'entretien eut l'idée de l'accrocher dans un couloir.

23

À ce moment-là, ma vie amoureuse consistait à me rendre régulièrement dans un cimetière (je passe sur l'aspect symbolique). J'y allais avec un espoir tenace au début, qui s'est transformé au fil des semaines en sentiment de ridicule. Elle ne viendrait jamais. Personne ne venait sur la tombe de Sonia Senerson. Et même moi, on ne pouvait pas dire que j'y allais vraiment. Je me recueillais sur la possibilité d'une histoire avec une jeune inconnue. L'espoir était extrêmement fragile.

Elle ne venait pas, et son visage commençait à s'effacer de ma mémoire. Je n'étais plus certain de la couleur de ses cheveux. Mes visites prenaient l'allure d'une remarquable perte de temps. Pourtant, un jour, il se passa quelque chose. À quelques mètres de l'endroit où je me trouvais, un regroupement se forma. Un enterrement se préparait. Il fallait que j'y aille aussi. Si mon inconnue ne venait pas, alors les mêmes conditions m'en apporteraient peut-être une autre. Et je n'avais pas complètement tort. Je voyais arriver quelques femmes ; qui sait, peut-être auraient-elles besoin de consolation ? Je raconte cette histoire, et pourtant, dès le début de la cérémonie, je me suis senti stupide. Et honteux, même. J'étais là, à regarder les filles, comme si je participais à un vernissage ou à un cocktail quelconque, occultant la douleur des personnes endeuillées. Elles pleuraient, et j'ai été impressionné par ça, par toutes les larmes. J'ai eu l'intuition qu'on pleurait quelqu'un de bien. Et cette pensée a accentué mon malaise. J'ai quitté discrètement la cérémonie. Il fallait que j'arrête avec les cimetières.

J'avais une ancienne copine de lycée que je revoyais de temps en temps, mais elle venait de s'installer avec son nouveau fiancé. La vie avançait pour les autres, me laissant toujours de côté, et je demeurais bloqué dans l'âge des choses immobiles. Ma vie sexuelle ressemblait à un film suédois. Parfois même sans les sous-titres. Je rêvais d'aventures torrides et passagères, et de temps en temps cela me paraissait presque possible. À l'hôtel, il y avait une cliente russe, elle avait la beauté magique des femmes russes, avec ce regard à la densité d'un roman tragique de huit cents pages. Chaque fois qu'elle venait à Paris, elle prenait une chambre. Je ne savais pas ce qu'elle faisait, et d'ailleurs ça ne m'intéressait pas plus que ça, je demeurais figé dans la fascination superficielle de son apparence. Elle aurait pu être tueuse en série, ou même l'équivalent moscovite d'une journaliste aux *Inrockuptibles*, que je l'aurais regardée avec la même candeur niaise. Je la voyais prendre l'ascenseur, je rêvais tant de monter avec elle. Un soir, elle a téléphoné à la réception, pour ne rien dire. Enfin si, juste pour dire : « Je voulais vérifier si on tombait bien sur vous en faisant ce numéro. Bonne nuit. » Toute la nuit, j'ai transpiré en repensant à cette phrase. Ça voulait dire quoi ? Voulait-elle que je monte ? Ce que je fis. Je suis resté plusieurs minutes devant la porte de sa chambre, à faire des allers-retours légèrement bruyants, pour qu'elle m'entende. Je ne pouvais pas frapper. J'espérais qu'elle ouvre, j'espérais qu'elle ouvre. Des années plus tard, il m'arrive encore d'espérer qu'elle ouvre sa porte.

Je dus redescendre. Je n'avais pas le droit de quitter comme ça mon poste de surveillance. Le lendemain, au moment de son départ, elle me regarda à peine. Je compris que j'avais fait des allers-retours devant sa chambre pour rien. Tout comme j'avais passé du temps devant une tombe pour rien. Mes tentatives pour accéder à la sensualité échouaient non pas dans un vacarme démoralisant mais plutôt dans une sorte de force tranquille de la désolation. J'allais apprendre plus tard qu'il ne faut pas chercher pour trouver ; tout le monde répète à longueur de temps cet adage absurde, et pourtant il est vrai. J'allais comprendre aussi, et de manière plus surprenante, qu'il en était de même pour le roman. Il ne fallait pas forcément courir après des idées, s'acharner sur des brouillons, c'était au roman de faire le premier pas. Il fallait simplement être dans de bonnes conditions pour le recevoir quand il frapperait à la porte de l'imagination. Les mots avançaient vers moi avec la grâce de leur invisibilité.

Malgré tout ce que j'ai pu raconter à propos de l'organisation de sa surprise, et qui me fait apparaître comme un petit-fils quasi parfait, j'allais de moins en moins voir ma grand-mère. Je mettais ça sur le compte de la légère déprime que je traversais ; on ne peut pas entrer dans une maison de retraite si on n'est pas solide moralement. Mais au fond je crois que la raison était tout autre. Quoi qu'il arrive, on finit par espacer ses visites. Et le mouvement de désertion était collectif (mon père aussi passait moins souvent). Au départ, j'allais la voir deux ou trois fois par semaine. Puis, j'étais passé à un rythme hebdomadaire, avant de me diriger lentement vers une apparition bimensuelle. Le plus terrible, c'est qu'il ne s'agit pas d'une question de disponibilité. J'aurais très bien pu lui rendre visite plus souvent. Mais récemment, j'avais éprouvé un grand malaise en allant la voir. Il était arrivé que nous n'ayons pas grand-chose à nous dire, et ces occasions-là m'étaient apparues comme des supplices. Ma grand-mère pouvait être dynamique, vivante, drôle même, et je sentais bien qu'elle faisait un effort particulier avec moi, mais la plupart du temps nos moments consistaient à parcourir le terrain immense de sa solitude. Je n'inventais plus des histoires comme j'avais pu le faire auparavant, mais tentais de venir avec un petit réservoir d'anecdotes. Des mots prévus pour combler le vide. Mais est-ce si important ce que nous avons à nous dire ? Parfois la simple présence suffit. Mon grand-père m'a dit avant de mourir : « Reste encore un peu. » Il était mourant, il n'y avait plus de discussion à avoir, et pourtant il a exprimé le désir de ma présence. Alors pourquoi étais-je en train d'abandonner ma grand-mère ? Plus tard, cela deviendrait une obsession. Cette question de la grande vieillesse. Que veulent les vieux ? Ils s'isolent lentement, sur ce chemin qui les conduit à la blancheur. Tout ce qui fait la matière des conversations disparaît. Et on est là, comme des veilleurs de chagrin.

24

Un souvenir de cette femme russe
dont je ne connais pas le nom

Elle a passé une grande partie de son enfance à Saint-Pétersbourg, souvent seule avec sa mère. Son père était un industriel qui voyageait beaucoup, et notamment à Paris. Il lui rapportait toujours des cadeaux, d'un flacon de parfum Guerlain à une réplique de la tour Eiffel, d'un livre de Balzac à des macarons Ladurée. Elle imaginait ce pays comme celui de son père, et cela prenait une dimension quasi féerique. Il n'est pas rare que l'amour qu'éprouve un enfant pour un parent soit inversement proportionnel à sa présence. Pourtant, un jour, elle songea que cette absence de son père était bien plus longue que les autres. Elle ne pouvait imaginer que personne n'osait lui dire qu'il était mort dans un accident de voiture des mois plus tôt. Personne ne pouvait imaginer non plus qu'en cherchant à l'épargner ainsi on la plongerait dans un monde incertain. Un monde qui s'effondrerait à la révélation du drame. Elle passerait l'adolescence la rage au ventre, avec l'obsession d'aller à Paris. Ce qu'elle ferait à l'âge adulte.

Cette ville entière était pour elle le souvenir de son
père. Elle y venait régulièrement, dans une sorte de
recueillement. Les Champs-Élysées, la rue Ober-
kampf, ou encore l'avenue Kléber, tout était comme
les allées d'un immense cimetière citadin. L'âme de
son père était là, c'était certain. Parfois, sentant
s'échapper la réalité, il lui fallait subitement se rac-
crocher à quelque chose ; elle était alors capable
de téléphoner à n'importe qui juste pour vérifier
qu'il y avait bien une voix humaine de l'autre côté.

25

Je suis aussitôt parti rejoindre mon père à la maison
de retraite. Dans le métro, je n'ai cessé de penser à ses
mots. Ma grand-mère avait disparu, voilà ce qu'il
avait dit. Le connaissant, lui et son incessant tâtonne-
ment verbal, j'ai toujours pensé qu'il était du genre à
annoncer ainsi le décès de sa mère : *Elle est partie*, ou
Elle nous a quittés, ou bien *Elle a disparu*. Je pense
même qu'il aurait pu simplement dire : *C'est fini*. Je
ne pouvais pas l'imaginer disant : *Ta grand-mère est
morte*. Son appel matinal, je l'avais immédiatement
ressenti comme un dérapage de notre routine. Nous
étions liés par des moments précis et gravés, jamais
étonnants, une sorte d'autoroute relationnelle. Je ne
m'étais pas trompé en saisissant d'entrée le caractère
dramatique du moment. « Ta grand-mère a disparu »,
oui, c'est ce qu'il a dit. Et je me répète encore cette
phrase. Je n'ai pas pensé une seconde à la saisir au
premier degré, en lui ôtant sa dimension de précaution
pudique. C'est après un blanc, sûrement laissé pour la

digestion de la première information, qu'il a ajouté :
« Elle a vraiment disparu. Elle n'a pas dormi dans sa
chambre, et ils ne savent pas où elle est. » Mon père
avait donc la capacité d'utiliser parfois les mots
justes.

Le métro progressait dans son immuable mouvement[1], et je me sentais flottant ; sûrement parce que je
n'avais pas encore dormi. J'observais le nom des stations ; pour la première fois, je lisais *vraiment* les
plaques. Il y a des moments où ce que nous voyons
chaque jour apparaît subitement sous une couleur différente ; la matière dramatique de cette matinée offrait
comme une postérité absurde à l'insignifiant. Et les
passagers que je croisais devenaient, eux aussi, des
personnalités dans ma mémoire, s'extirpant subitement de leur anonymat gris. Je pourrais être submergé
par l'émotion, et pourtant ce sont les moments les
plus faciles à écrire, car la mémoire est intacte. Elle
est bouffie de détails inutiles, et je n'ai qu'à me baisser
bêtement pour cueillir le fruit de la scène. Cette scène
qui continue maintenant quand j'arrive à la maison de
retraite et que je découvre le visage de mon père figé
dans la panique. Je me souviens de mon étonnement
à le trouver ainsi, ne sachant que faire, ne sachant s'il
devait piquer une forte colère ou s'abandonner à la
faiblesse du désarroi. En me voyant, il s'est quasiment
jeté sur moi pour me raconter les faits. Ses phrases
débordaient les unes sur les autres, dans une précipi-
tation nerveuse, et je tentais de les espacer mentale-

1. On parle tout le temps de la routine des usagers du métro,
alors qu'en matière de routine nul n'égale le métro lui-même.

96

ment pour mieux les comprendre, à la manière de quelqu'un qui veut séparer deux personnes en train de se battre.

Quelques minutes plus tard, nous étions face à la directrice de l'établissement. Elle prit le temps de me répéter ce qu'elle avait déjà raconté à mon père. Il faut dire qu'il n'y avait rien à ajouter, pas d'élément nouveau, alors mon arrivée lui permettait de combler son incapacité à décider que faire. Elle n'était pas à l'aise ; je voyais ses lèvres trembler au point de faire trébucher certains mots dans sa bouche. Cette femme, que j'avais toujours vue assise dans l'assurance de son autorité, s'effritait sous mes yeux. Elle avait probablement une peur bleue que la disparition de ma grand-mère ne devienne une affaire sordide qui ruinerait la réputation de son établissement. Le suicide dont j'avais été le témoin indirect l'avait moins affectée, pour la simple raison qu'une femme qui se jette de sa fenêtre, cela ne relevait pas de sa responsabilité. Après tout, qui peut empêcher quelqu'un de se tuer ? Mais, pour ma grand-mère, il y avait peut-être eu une faille dans le système. Surtout si l'on considérait le temps qu'il avait fallu pour constater la disparition :

« Nous savons qu'elle était là au déjeuner. Oui, ça c'est une certitude. Et puis, ce matin… comme on sert le petit déjeuner en chambre… on a vu…

— Et hier soir ? ai-je demandé.

— Hier soir… apparemment, elle n'était pas à sa table.

— Et alors ? Quelqu'un est forcément allé la voir, non ? s'est subitement énervé mon père.

97

— Il arrive que des pensionnaires n'aient pas envie de dîner. Ou bien qu'ils se couchent tôt…

— Et vous ne vérifiez pas ? Personne ne va les voir s'ils ne viennent pas ?

— Si… si… normalement… mais une de nos employées n'était pas là… hier… elle était malade, et c'est elle qui d'habitude…

— Personne n'a donc vérifié ! Mais vous vous rendez compte de votre responsabilité ? Cela aurait tout changé si on l'avait su dès hier soir. Elle est peut-être tombée quelque part… elle a passé la nuit dehors !

— Je sais bien… mais bon… s'il y avait eu un accident… on serait au courant… on aurait retrouvé…

— On aurait retrouvé quoi ?!

— Écoutez monsieur, je suis bien désolée. On va tout faire pour arranger la situation… mais gardez votre calme.

— On ne sait même pas à quelle heure elle est sortie !

— Ce n'est pas une prison ici ! On ne note pas les allées et venues des pensionnaires ! »

La directrice avait finalement opté pour l'agressivité. C'est toujours la défense des coupables. J'ai attrapé mon père par le bras et tenté de le calmer. Son emportement m'avait surpris, et soulagé aussi. Je voulais qu'il prenne la situation en main. Je me sentais faible, très faible, terriblement oppressé à l'idée de ne pas savoir où elle était. Les scénarios les plus cruels étaient, à ce moment-là, envisageables. Pour l'instant, ça ne servait à rien de s'en prendre à la directrice impuissante, il valait mieux sortir. Quelqu'un aurait peut-être vu quelque chose.

Au bout de quelques minutes, j'ai dit : « Il faut qu'on aille à la police. » Inconsciemment, on devait refouler cette idée, forcément associée à un crime, ou en tout cas à quelque chose de très grave. Nous avons marché vers le commissariat le plus proche. Une fois sur place, notre démarche nous a paru absurde. On était là tous les deux, le père et le fils, à espérer que la police nationale puisse retrouver une personne qu'on aimait. Une femme très âgée qui s'était volatilisée. Juste avant de nous adresser au premier policier, face à nous, j'ai demandé à mon père :

« Et maman ? Pourquoi elle n'est pas venue ?

— … Ta mère… elle ne va pas bien en ce moment. »

Je n'ai rien répondu. Cette phrase m'a laissé perplexe. Mon père, comme je l'ai déjà écrit, n'annonçait jamais rien d'une manière aussi frontale. J'allais découvrir qu'il cherchait depuis des semaines à me cacher l'état de ma mère, à me protéger en quelque sorte ; j'allais découvrir sa capacité à la bienveillance, et cela me toucherait. Mais subitement, vu le contexte, il n'était plus question d'enjoliver la réalité. Nous étions plongés dans cette sorte de brutalité qui interdit les approximations, et les contournements de la vérité. Je n'allais pas tarder à découvrir ce que ma mère traversait. Je n'avais rien vu venir. Au fond, je critiquais l'étroitesse affective des autres, mais je pouvais commencer à me demander si, sous mes airs concernés, je n'avais pas moi aussi une tendance à traverser la vie d'une manière autonome. Cette solitude qui était la mienne, et que je constatais régulièrement, j'en étais responsable. Je faisais partie de mon époque, ce temps où aucune idée n'est plus suffisamment forte pour nous lier les uns aux autres. La guerre, la politique, la liberté, et même l'amour sont des luttes devenues pauvres, pour ne pas dire inexistantes. Nous sommes riches de notre vide. Et il y a quelque chose de confortable à tout ça, comme à la beauté d'un endormissement progressif. Mon mal-être n'a pas d'acidité. Il voyage légèrement, et sans bagages. Je découvrais la souffrance de ma mère, et tout me paraissait cohérent ; je ne pouvais rien voir, car je vivais sur le paillasson de la réalité.

Cette réalité à laquelle j'étais confronté maintenant, au commissariat. Il y a quelque chose de fascinant sur le visage de certains policiers : leur capacité à ne jamais sembler étonnés. Ils sont face à toutes les bizarreries possibles, aux actes les plus tordus, si bien que l'étendue comportementale du mouvement humain n'engendre plus chez eux la moindre surprise. On aurait pu annoncer que ma grand-mère était partie sur la lune pour faire une moussaka au chèvre que la réaction du policier n'eût pas été différente. Au fond, je crois que le rôle du fonctionnaire en première ligne dans un commissariat est de dégoûter le plaignant. Il est comme un videur à l'entrée d'une boîte de nuit qui décide quelles plaintes il peut laisser passer.

« Votre mère est majeure ? a-t-il demandé à mon père, et je n'ai pas bien compris s'il se foutait de notre gueule ou si la bureaucratie l'avait mentalement atomisé.

— Quoi ?

— Je vous demande si votre mère est majeure.

— Mais… c'est ma mère… comment voulez-vous qu'elle ne soit pas majeure ?

— C'est moi qui pose les questions.

— Vous vous moquez de moi ?

— Écoutez, monsieur, ne me parlez pas comme ça, sinon j'appelle mes collègues. Je vous pose une question simple et, si vous ne voulez pas répondre, eh bien vous pouvez repartir.

— Bon… bon… oui, ma mère est majeure.

— Dans ce cas-là, nous ne pouvons rien faire pour vous.

— Mais elle a presque quatre-vingt-dix ans ! Elle est forcément en danger. Il faut l'aider. Faire quelque chose. Je ne sais pas. Il faut lancer un avis de recherche, non ?

— Ce n'est pas possible monsieur. Vous m'avez dit qu'elle était majeure. On ne lance pas un avis de recherche pour une personne majeure.

— Mais mince ! À cet âge-là… on ne peut pas dire qu'elle est majeure !

— Veuillez vous calmer monsieur, s'il vous plaît. »

J'ai chuchoté à l'oreille de mon père qu'il valait mieux éviter de s'énerver. À l'évidence, on était face à un abruti qui voulait nous pousser à bout. On est restés là, plantés. Idiots. Incapables de prendre une décision. Au bout d'un moment, le flic nous a demandé si nous avions besoin d'autre chose. Nous n'avons pas répondu. Je pense qu'il allait nous demander de partir, mais une larme a coulé de l'œil de mon père. C'était sans doute plus une larme de colère et d'impuissance que de tristesse. Une larme de rage, et surtout de rage contre nous. Bientôt, ses frères allaient arriver, et il pourrait partager avec eux le poids des décisions, des marches à suivre, et surtout celui immense de la culpabilité. Car il se rendait compte maintenant, alors qu'il était face à une incarnation humaine de l'anesthésie, que tout avait été écrit d'avance ; que la fuite de ma grand-mère, car cela ne pouvait être qu'une fuite, avait été annoncée. Le jour de son installation dans la maison de retraite avait lancé le compte à rebours sordide du drame qui se jouait maintenant.

Devant cette vision d'un père et d'un fils immobiles et effrayés, le policier a finalement dit :

« Je vais appeler un collègue. Il va prendre votre déposition. Essayez de penser au maximum de détails qui peuvent vous revenir.

— …

— Bon courage », a-t-il ajouté d'une manière surprenante. C'était à n'y plus rien comprendre. Son collègue parut un peu plus sympathique, mais au fond on voyait bien qu'il notait les détails juste pour nous faire plaisir. Pour faire semblant de faire un semblant de quelque chose.

« Que comptez-vous faire ? a demandé mon père.

— On ne peut pas faire grand-chose. Je vais signaler aux commissariats voisins la disparition au cas où. Enfin… c'est utile, quoi.

— Vous ne pouvez pas envoyer une patrouille ? Interroger des gens ?

— Vous imaginez si on faisait ça pour chaque personne qui ne dit pas où elle est ?

— Mais là, ce n'est pas pareil… elle est très âgée…

— Je sais, monsieur, mais on ne peut pas ouvrir une enquête comme ça…

— Alors quoi ? Il faut que je vous apporte le cadavre de ma mère pour que vous commenciez l'enquête ? C'est ça ? »

Le second policier nous pria de sortir. Une fois dehors, nous avions tous les deux l'impression d'avoir gâché une heure d'un temps précieux. Le téléphone de mon père a sonné. C'était la directrice de la maison de retraite :

« Je vous appelle juste pour vous dire que le thé de votre mère est toujours sur sa commode. Elle ne l'a pas bu.

— Oui, et alors ?

— Ça veut dire qu'elle a sûrement quitté l'établissement avant le goûter. Donc avant 16 heures... hier. Voilà, je voulais vous dire ça...

— Euh... merci...

— Je vais organiser une réunion avec tout le personnel, pour voir si je peux récolter d'autres informations.

— D'accord. D'accord », a marmonné mon père en raccrochant.

On a hésité à partir chacun de son côté, comme pour une battue, pour élargir le domaine de la recherche, mais finalement on a préféré marcher ensemble, sans savoir très bien par quelle rue commencer.

26

Un souvenir du policier
en première ligne

Tant de gens aiment dire que leur plus beau souvenir est celui de la naissance de leurs enfants. C'est le cas pour ce jeune policier, devenu papa de manière précoce, à dix-neuf ans. Il avait couché avec une jeune fille, après une soirée en boîte de nuit. Depuis, chaque fois qu'ils s'étaient croisés, un peu gênés, ils avaient simplement échangé quelques mots. Mais trois mois après leur nuit, elle lui annonça : « Je suis enceinte. » Il eut l'impression que son monde s'effondrait. Il décida d'assumer la situation, et le couple d'un soir entama une vie commune. Le jour de l'accouchement, il prit sa fille dans ses bras, et, sans comprendre très bien pourquoi, il se mit à pleurer. Il ne savait pas l'origine de ses larmes, quelque chose entre le désarroi des derniers mois, l'angoisse des jours à venir, et le visage illuminé de cet enfant. Perturbé (pour lui, un homme ne pleure pas), il rendit sa fille à la puéricultrice et alla se réfugier dans les toilettes. En se regardant dans la glace, il chuchota : « Bon, maintenant, je ne pleure plus pendant dix ans. » Cette phrase faisait référence à une pensée inculquée par son grand-père : « Un homme ne peut pleurer qu'une fois par décennie. »

27

J'ai pensé à une fugue. Oui, une fugue, comme une adolescente. Beaucoup d'éléments étaient troublants. Son lit était fait, tout était parfaitement rangé dans sa chambre, et il semblait qu'elle ait mis une belle robe. Dans le quartier, personne n'avait entendu parler de la moindre agression. Bien sûr, il ne s'agissait pas d'éléments déterminants, et peut-être était-ce surtout une question d'intuition, mais il était de plus en plus probable qu'elle avait disparu de son plein gré. On se rassurait peut-être comme ça, qui sait. Mon père ne croyait pas à cette théorie ; il disait qu'elle n'avait pas assez d'argent pour partir ainsi. Quant à la police, elle n'avait aucune information concrète à nous donner. Des jours aux heures infinies commencèrent alors.

L'absurdité avait déplacé son curseur : nos actes portaient une tonalité de désespoir qui empêchait tout jugement relatif. J'ai pensé qu'on devrait coller des affiches dans le quartier, comme on le fait pour les chats perdus. J'ai cherché une photo de ma grand-mère assez récente, mais les derniers clichés avaient tous été pris devant un gâteau d'anniversaire ou à l'occasion d'une fête quelconque. Il me semblait ridicule d'annoncer au public la disparition de quelqu'un avec ce type de photo. Mais bon, je n'avais pas le choix, et surtout pas le temps de me perdre dans ce genre de considérations. J'ai écrit sur l'affiche le jour et l'heure probable de sa disparition. J'ai senti des regards posés sur moi chaque fois que j'en collais une. On me jugeait. C'était sûrement inédit. Et au lieu d'une forme de sympathie, j'ai perçu comme une agressivité ambiante. Comme si l'annonce de la fuite de quelqu'un était forcément un aveu de culpabilité. Aux yeux de ceux qui me regardaient, je me transformais subitement en un petit-fils qui avait maltraité sa grand-mère, et qui se sentait idiot maintenant qu'elle avait pris la route. Sur l'affiche, il y avait mon numéro de téléphone pour toute personne susceptible de posséder des renseignements. Personne ne prendrait très au sérieux cette tentative, certes un peu pathétique, de retrouver une vieille femme. En quelques heures, j'allais recevoir toutes sortes d'appels. Des adolescents glousseurs (je pouvais imaginer leur acné au son de leur voix) qui disaient avoir *buté la vieille* ; ou encore des personnes qui cherchaient à passer le temps en me posant des questions alors qu'il était évident qu'elles ne pouvaient pas m'aider. J'ai même eu au téléphone un journaliste de *France-Soir* qui trouvait l'affaire pour le moins originale, et envisageait d'écrire un article. Bien sûr, une certaine médiatisation pourrait nous aider, mais je me sentais effrayé à l'idée de transformer ma grand-mère en fait divers. Je n'ai pas donné suite. Et je passe sur les petites vieilles qui disaient être ses amies, annonçant savoir parfaitement où elle était, *oui monsieur bien sûr que je sais, attendez voir, ça va me revenir,* et puis rien ne revenait car rien n'existait. Le manège ridicule de cette journée où j'ai posé des affiches m'a contraint dès le soir même à faire machine arrière. Tandis que je les décollais, quelques passants me demandèrent : « Ah c'est bon ? vous l'avez retrouvée alors ? » Et je disais non tout bas.

Le mieux était sûrement de mener l'enquête depuis la maison de retraite. D'autres pensionnaires étaient peut-être en possession d'informations importantes. J'étais suffisamment proche de ma grand-mère pour savoir qu'elle ne s'était liée d'amitié avec personne. Tout au plus, elle échangeait quelques mots, davantage avec certains qu'avec d'autres, mais il était peu probable qu'elle se fût épanchée sur ses desseins. La directrice, de son côté, avait interrogé son personnel. Et le résultat demeurait néant. On ne savait rien. Mon père était retourné chez lui, pour s'occuper de ma

106

mère. Je songeais aussi à ce problème-là, sans bien le connaître encore. Il était superposé dans mon esprit à la disparition de ma grand-mère, et j'avais prévu d'aller le lendemain rendre visite à ma mère. Un de mes oncles m'accompagnait dans mes recherches ; dès l'annonce de la disparition, il avait pris quelques jours de congé. C'est étonnant comme les drames unissent les familles. Je ne le voyais presque jamais, nous n'avions rien à nous dire, et là, à cet instant, nous semblions incroyablement proches. Nous étions soudés, et cela n'avait rien à voir avec les points communs ou même les souvenirs ; mais c'était à l'évidence de l'ordre de l'affinité du sang.

Nous marchions dans les couloirs, et je sentais à quel point il s'en voulait de n'être pas assez passé voir sa mère ces derniers temps. Il se souvenait avoir regardé sa montre plusieurs fois pendant le déjeuner d'anniversaire à la brasserie, pressé qu'il était de retourner à une quelconque affaire, et maintenant, face au vide de l'absence, il aurait tout donné pour retrouver ce temps du repas qu'il avait gâché par l'inconscience de sa chance. Si elle mourait maintenant, il s'en voudrait tellement. Il aurait tant voulu faire marche arrière vers les fruits de mer. Je voyais sur son visage cette impression de trop tard. Il semblait gêné, et cela se traduisait par une façon un peu péremptoire de se montrer certain de prendre les bonnes décisions. Mais il n'y avait aucune décision à prendre ; on se mentait sur notre capacité à agir de façon concrète sur la réalité, à la manière d'un petit résistant qui pense pouvoir renverser l'armée qui l'encercle. Nous étions remplis d'une vacuité dérisoire. Marcher là, poser quelques questions à droite à gauche, tenter de trouver une preuve dans un recoin de sa chambre, tout ça équivalait à brasser un vent froid. Pourtant, il y eut un moment magique. Quand nous nous sommes retrouvés tous les deux devant le tableau de la vache. Je lui ai expliqué qu'on venait souvent le voir, ma grand-mère et moi ; il m'a considéré un instant sans rien dire, avant d'exploser subitement de rire. Une minute auparavant, il était rongé par la culpabilité, et voilà que la vache, immense vache, balayait tout sur son passage tel un ouragan de dérision.

Je suis resté un peu plus longtemps que lui. Les pensionnaires de la maison me regardaient gentiment, certains venaient me voir pour me souhaiter bon courage. Il y avait beaucoup de beauté dans cette tendre manifestation de la solidarité. Une femme s'est approchée pour me confier :

« Je ne la connaissais pas, mais j'étais sûre qu'elle partirait un jour…

— Ah bon ? Pourquoi ?

— Elle n'a jamais eu l'air d'être résignée… »

Je n'ai su que répondre. J'ai marché un peu avec cette femme, et puis une autre est venue, que j'ai suivie à son tour, c'était comme une étrange valse, je me perdais aux bras de vieilles femmes dans le labyrinthe d'un royaume impossible à dater. Je ne pensais presque plus, jusqu'au moment où j'ai été le témoin d'une étrange scène. Là, ici, au bout d'un couloir que je ne connaissais pas, mon œil a été attiré par l'embrasure d'une porte. J'ai vu, comme un voyeur, un couple de personnes âgées s'embrasser. J'avais l'impression de surprendre des amants illégitimes. Ils étaient là, cet

108

homme et cette femme, à se faire de douces caresses partout sur le corps. Je ne pouvais entendre ce qu'ils se murmuraient, mais je devinais facilement des syllabes de tendresse, et même, me semblait-il, quelques mots un peu plus crus. Je m'étais si souvent posé la question de la sexualité chez les personnes âgées. Et finalement, c'était une interrogation personnelle : Est-ce que le désir meurt ? Deviendrais-je un jour insensible à la sensualité ? J'avais souvent posé des questions à ma grand-mère sur les histoires affectives dans une maison de retraite. J'avais été surpris, et émerveillé un peu, d'apprendre qu'il n'y a pas de véritable fin à l'aspiration d'un baiser. Elle m'avait raconté des ragots sur certains pensionnaires, et même parfois des éclats de jalousie. Je continuais de regarder le couple qui était là, sous mes yeux. Ils avaient maintenant arrêté de se caresser, et demeuraient collés l'un à l'autre dans un temps qui me parut subitement immuable. Ils formaient comme un rempart à la mort.

À partir de cette époque, je n'ai cessé de vivre ma vie amoureuse en pensant à la vieillesse. J'ai pensé qu'il fallait vivre les choses, en oubliant les limites et la morale même. Je n'ai cessé de ressentir depuis l'urgence du désir. De penser à la sensualité comme essence de la vie. Il me semble qu'on aime différemment, quand on vit avec cette conscience intime de la vieillesse. Je ne parle pas de la peur de la mort, et de la boulimie sexuelle liée à notre condition éphémère ; non, je parle de l'idée d'accumuler, peut-être naïvement, un trésor de beauté pour les jours de l'immobilité physique. J'allais aimer de plus en plus les femmes, vivre dans la fascination de chacun de leurs détails, dans cette obsession grandissante du plaisir. Je voulais qu'elles s'offrent à moi sans me poser de questions, qu'elles m'embrassent comme des voleuses de mes lèvres, qu'elles demeurent à jamais des étrangères que je connais tant. Ce n'était pas un hasard si je pensais à tout cela maintenant ; c'était comme les regards échangés avec la jeune fille pendant l'enterrement ; il y avait toujours cette cohérence intime entre le drame et une forme de comédie érotique. Je continuais de les regarder, et ma grand-mère était toujours absente. Je continuais de les observer, et je pensais à la vieillesse qui m'attendait sagement. Moi aussi, je serais sûrement là, allongé, à rêver qu'on me caresse encore et toujours. J'ai pensé alors au livre de Kawabata, *Les Belles Endormies*, où des vieillards vont dans une pension pour dormir tout contre de jeunes femmes. Il ne s'agit plus alors d'une question sexuelle, mais simplement d'avancer vers la mort avec le goût du paradis dans la bouche. Avancer avec des femmes qui offrent leur souffle et leur odeur, et les hommes ont la possibilité suprême de rêver dans des chevelures féminines. J'étais entouré par la mort, et je ne pensais qu'à une chose : je voulais mourir par la sensualité.

28

Un souvenir de Yasunari Kawabata

Le grand écrivain japonais, Prix Nobel de littérature en 1968, possédait plus que quiconque le sens de la beauté. Sans cesse, il a recherché la sensualité. C'était

*pour lui le refuge permanent d'une vie démarrée dans
le drame. Son père était mort de la tuberculose quand
il avait deux ans ; et sa mère avait subi le même sort un
an plus tard. Orphelin à trois ans, Kawabata fut alors
séparé de sa sœur, et ne la revit jamais plus, car elle
aussi allait mourir très jeune. Il fut recueilli par ses
grands-parents, mais l'hécatombe continua : sa grand-
mère disparut assez vite. Ainsi, les premiers souvenirs
de Kawabata furent ceux d'une relation solitaire avec
son grand-père. Pendant huit ans, ils allaient vivre tous
les deux. Quand il serait en âge de comprendre la tragédie familiale, son grand-père lui dirait : « Nous
avons été frappés par la mort, et cela nous donne
l'obligation d'aimer. » Quarante-cinq ans plus tard, il
se souviendrait de cette affirmation, et voilà ce qu'il
répondrait à une journaliste danoise qui l'interrogeait
sur l'obsession de la mort dans son œuvre : « La mort
donne l'obligation d'aimer. »*

29

Je n'avais pas dormi depuis deux jours. Cela affec-
tait forcément mes capacités physiques. Je voyais la
vie à travers le prisme de petits points multicolores,
un peu à la manière d'un réveil endolori, ou au cœur
d'un rêve. Les formes autour de moi s'échappaient
dans une réalité glissante et maladroite, et je voulais
sans cesse attraper quelque chose qui n'existait pas.
Je ressentais des sortes de vertiges, mais je n'osais
rien dire. Mon patron, qui passait maintenant me voir
chaque soir, constata ma pâleur. À peine lui eus-je
expliqué la situation qu'il s'emporta :

« Tu aurais dû m'avertir tout de suite. Rentre chez toi, va te reposer.

— Mais… vous allez faire comment ?

— Ce n'est pas ton problème ! »

Il était toujours aussi bienveillant à mon égard. Il se débrouillerait, quitte à faire les nuits lui-même. « Ça me rappellera ma jeunesse », ajouta-t-il avec un large sourire. Il avait cette qualité de ceux qui vous rendent service en vous faisant croire que la nouvelle situation les arrange. Son attitude m'a ému. Je suis rentré chez moi, pour redécouvrir qu'on pouvait aussi dormir la nuit.

Plusieurs fois, je me suis réveillé sans savoir où j'étais. Il me fallait alors quelques secondes pour distinguer les contours de ma chambre, et de ce point de départ visuel découlait le retour conscient à la situation. J'ai pensé que le bonheur se trouvait peut-être là, au tout début de l'éveil, quand on ouvre les yeux sur notre vie, quasiment surpris d'être nous. Cet instant ressemble aux souvenirs que l'on peut avoir de son enfance, ces bribes étranges qui passent les années sans qu'on sache vraiment pourquoi[1]. On ne sait pas

1. Au passage, je m'arrête sur une question qui m'obsède : pourquoi ne se souvient-on pas de l'enfance ? Certes, le cerveau n'est pas encore formé, et il y a tant d'explications physiologiques à ce phénomène. Mais je ne veux pas croire à la gratuité de cette donnée ; il y a forcément une raison. L'enfance est souvent le terrain des plaisirs primaires, c'est pour beaucoup le paradis des joies simples et faciles à assouvir. Il y aurait sûrement un risque à se souvenir de tout cela. Je me dis qu'on ne pourrait jamais devenir adulte si on était parasité par la conscience de ce bonheur-là. On vivrait en permanence avec une nostalgie béate complètement paralysante.

pourquoi la mémoire a choisi tel moment plutôt que tel autre. C'est vrai, l'élection est irrationnelle : je me souviens de la couleur d'une poussette, du visage d'une nounou, de l'assassinat de John Lennon ; mais il ne me reste aucune image de l'école maternelle où j'ai passé trois ans, des périples en Espagne avec mes parents, de la mort d'un chien que j'adorais plus que tout selon les témoignages. Il y a des couleurs, des voix, des instants qui sont comme des avancées dans notre mémoire balbutiante ; ces images sont des spéléologues capables de creuser dans la roche intacte de l'enfance. Voilà ce à quoi j'ai pensé ce matin-là ; j'y ai sûrement pensé pour me bercer dans l'illusion du temps suspendu. Pour rester le plus longtemps possible sur le rivage de la conscience ; pour demeurer sur le quai de cette journée à affronter.

J'avais prévu de rendre visite à ma mère, mais avant je voulais passer à la maison de retraite, à tout hasard. Je savais pourtant que, si la directrice n'avait pas appelé mon père, c'est qu'elle ne devait rien avoir de nouveau à nous communiquer. La situation demeurait au point mort. Et j'ai pu constater sur son visage, dès mon arrivée, ce point mort. Elle me dit qu'elle n'avait pas dormi de la nuit, que la situation la contrariait *énormément*. Elle avait appelé ses collègues directeurs d'établissements gériatriques, et tous avaient évoqué des cas similaires. Mais, chaque fois, il s'agissait de personnes séniles, ou du moins qui n'étaient plus en possession de tous leurs moyens intellectuels. Un cas comme celui de ma grand-mère demeurait rare. Elle me proposa alors un café, ou un thé, ou ce que je voulais, mais je préférai partir. Je n'arrivais pas à mesurer son degré de sincérité. Je me demandais tout de même si elle ne surjouait pas un peu le drame pour qu'on lui foute la paix. Mais quelque chose m'avait énervé chez cette connasse — car maintenant que j'y repense je peux l'écrire, c'est une vraie connasse — c'était cette façon de vouloir supplanter mon malaise. Je suis arrivé devant elle mal à l'aise, angoissé, et son cinéma m'a propulsé dans une position encore plus inconfortable. Comme si c'était à moi de la rassurer, et de lui dire que tout allait rentrer dans l'ordre. Elle n'avait pas le droit de faire ça. Je m'en foutais qu'elle me propose du thé ou du café, je voulais juste qu'elle retrouve ma grand-mère.

Je suis donc reparti très vite, sans me douter que je ne remettrais plus jamais les pieds dans cet endroit. J'ai marché dans les rues voisines, guidé par la même incertitude que la veille. Où aller ? Au moment où je me disais que tout ça ne servait à rien, que je ferais mieux d'abandonner cette quête inutile, il s'est passé quelque chose. C'est souvent comme ça, non ? Je suis passé devant le salon de coiffure où allait souvent ma grand-mère. Pourquoi n'y étais-je pas allé plus tôt ? La coiffeuse devait bien la connaître. Les coiffeurs suscitent les confidences, c'est connu. Enfin je dis coiffeur, mais c'est valable pour tous les métiers de soins. Tous les métiers où le client est assis ou allongé à ne rien faire. La parole se libère plus facilement. C'était un tout petit salon, qui vivait essentiellement grâce aux cheveux blancs de la maison de retraite. La coiffeuse principale devait sûrement s'appeler Marilyn, ma mémoire défaille, disons qu'elle s'appelle Marilyn. Elle était assise sur un canapé, en train de lire une revue. Quand elle m'aperçut, elle dit :

« Oh là là, quel chantier !

— Heu… non, je ne viens pas pour mes cheveux, mais pour ma grand-mère.

— Dommage, il y avait de quoi faire. »

Un instant, je me suis regardé dans la glace. J'étais parti sans prendre la peine de me coiffer ; de toute façon, mes cheveux étaient un peuple insoumis.

« Elle est où, votre grand-mère ? demanda Marilyn.

— Justement, je ne sais pas.

— Et vous voulez que je la coiffe ? Alors que vous ne savez pas où elle est ?

— Non… Excusez-moi, je ne suis pas très clair… C'est juste que grand-mère a disparu, et comme elle venait très souvent vous voir… j'ai pensé… que vous auriez peut-être des informations…

— Elle s'appelle comment ? »

Je donnai son prénom, qui n'éveilla rien chez la coiffeuse. Je me mis à la décrire, en tentant de préciser quelques signes distinctifs. Toujours rien. Cela lui disait vaguement quelque chose, sans plus. J'ai alors sorti de mon sac une des affiches de la veille, et face à la photo le constat s'est imposé : elle ne la connaissait pas.

« Vous êtes sûre ?

— Oui… enfin, je vois tellement de monde passer… attendez… redonnez-moi l'affiche… ah si, elle est venue… mais il y a plusieurs mois, je me souviens maintenant… une femme très sympathique…

— Il y a plusieurs mois ? Et c'est tout ?

— Oui, je ne l'ai pas revue depuis.

115

— Elle n'est pas revenue ? Vous êtes certaine ?

— Euh oui… je fatigue un peu parfois, mais je ne déraille pas. Je sais encore qui je coiffe.

— Vous êtes certaine ?

— Faut que je vous le dise en chinois, ou quoi !?

— … »

Un silence s'est installé entre nous, et subitement j'ai entendu du bruit dans l'arrière-boutique, un bruit très léger, comme une discrétion ratée. J'ai demandé aussitôt :

« Il y a quelqu'un d'autre ici ?

— … Oui, c'est ma fille.

— Votre fille ? Elle est là… derrière le rideau ?

— Oui, il y a ma fille… elle joue.

— Elle joue ?

— Écoutez jeune homme… je ne vous comprends pas bien…

— Je peux aller voir ?

— Quoi ?

— Derrière le rideau. Je voudrais aller voir derrière le rideau.

— Mais ça ne va pas !?

— S'il vous plaît.

— Je préfère que vous sortiez.

— Je vous en prie.

— Et moi, je vous prie de sortir ! »

Elle m'a regardé droit dans les yeux. J'étais sûrement bizarre, mais j'étais loin d'être effrayant. Je crois qu'elle a reconnu la sincérité de ma démarche, et finalement elle a dit : « Bon, d'accord. » J'ai marché vers le rideau, et j'ai pensé que ma grand-mère était là, qu'elle se cachait là depuis le début. Ce bruit, cela ne pouvait être qu'elle. Devant mon désarroi et mon angoisse, la coiffeuse avait décidé de tout avouer. Elle avait résisté un peu, mais elle avait compris qu'il valait mieux mettre un terme à cette comédie qui n'était pas drôle. J'ai marché vers le rideau, je l'ai tiré lentement, très lentement, et j'ai découvert une petite fille assise par terre en train de jouer avec une poupée.

J'ai reculé sans rien dire, et j'ai quitté la boutique, toujours en silence. J'y avais cru, l'espace d'un instant. Oui, j'avais avancé vers le rideau avec la certitude qu'elle serait derrière, et je me rendais bien compte de l'absurdité de mon assurance. Qu'est-ce qu'elle aurait bien pu faire dans l'arrière-boutique miteuse d'un petit salon de coiffure ? J'avais été si stupide. J'ai pris le RER pour rejoindre le pavillon de mes parents, et, pendant tout le trajet, je n'ai cessé de me trouver ridicule. C'est seulement une fois arrivé, une fois devant mon père, que j'ai subitement tout compris.

30

Un souvenir de Marilyn

C'était un souvenir assez récent. Un jeune homme était entré dans son salon, et lui avait dit en tremblant : « Ça peut vous paraître un peu bizarre, mais je voudrais savoir si vous avez encore les mèches de la jeune fille dont vous avez coupé les cheveux tout à l'heure... c'est ma fiancée, et je les aime tellement... alors, je trouve ça un peu idiot de les jeter comme

ça... si vous les avez encore, je veux bien les ra-
masser... »

31

Je n'aime pas les pavillons. Je les trouve sinistre. J'aime les maisons de campagne ou les apparte- ments ; j'aime qu'on choisisse son camp. Je ne sais pas pourquoi j'éprouve parfois une telle agressivité quand je pense à certains détails quelconques de la vie de mes parents. Je pourrais écrire des lignes de haine contre le pavillon, devenir un pamphlétaire du pavillon, inventer des théories sur les catégories socioprofessionnelles qui investissent ces lotisse- ments bien rangés, je ne sais pas, m'exciter, humilier, mépriser. Alors que je m'en fous, des pavillons. Je m'en fous complètement. Ce sont des pulsions qui m'envahissent, je n'arrive pas à les maîtriser, et puis je me calme. Les choses passent, rien n'est grave, je vais simplement rendre visite à mes parents.

J'allais sonner, maintenant. Et découvrir mon père, comme je ne l'avais jamais vu. Son visage était une chute ; chaque jour, son expression tombait un peu plus. Une attitude ne trompait pas : il laissait des blancs entre ses gestes, entre ses mots. Il interrompait cent fois chaque action, il n'y avait plus vraiment de liant entre ses mouvements, si bien que cela donnait l'impression de soubresauts successifs. Il était comme une émission de télévision qu'on capte mal ; mais je n'allais tout de même pas le frapper dans le dos, aussi irrationnellement qu'on tape parfois son téléviseur en pensant ainsi avoir une chance de le réparer (quelle étrangeté). Après avoir ouvert la porte, il a mis quasiment dix secondes avant de me dire bonjour, et un temps supplémentaire pour me proposer d'entrer.

« J'ai préparé du café. Tu bois du café, hein ? », a-t-il dit en marchant vers la cuisine. Je l'ai suivi dans le couloir sans lumière. « Oui, c'est bien un café. Je vais te faire un café, hein ? J'ai acheté du bon café, tu vas voir. » On a donc bu un café, sans rien dire, debout. Puis il a enchaîné :

« Tu as faim ? T'as pas envie de grignoter quelque chose, hein ?

— Non… ça va, je n'ai pas faim.

— Ah bon, tu es sûr ? Vraiment, j'ai ce qu'il faut. Tu devrais manger quelque chose. Ça te fera du bien. Tu es sûr que tu n'as pas faim ?

— Bon… d'accord… »

Soulagé, il a attrapé un paquet dans un placard. Le fait que j'accepte de manger un gâteau sec le rassurait sur sa propre existence.

« Comment ça va ? ai-je demandé.

— Écoute, ça va.

— Tu aurais dû me dire avant, pour maman.

— Tu veux un autre gâteau ? Tu les aimes ceux-là je crois ?

— Oui, merci. Ils sont très bien.

— …

— Et maman ? Pourquoi tu ne m'as rien dit ?

— Je ne savais pas vraiment. Ça a été à la fois rapide et progressif… j'ai senti assez vite que ça n'allait pas… et puis, certains jours, elle était complètement normale. Alors je ne savais pas trop.

119

« — Elle dort ?

— Elle est dans sa chambre. Elle se repose, je crois. Elle est sous antidépresseurs.

— Elle sait que je suis là ?

— Oui, je le lui ai dit. »

À cet instant, nous avions tous les deux oublié l'histoire de ma grand-mère. Désemparé par l'ambiance qui régnait dans la maison, je n'ai pas pensé à lui dire ce qui m'était apparu après ma visite chez la coiffeuse. J'étais décontenancé par la teneur de ces jours derniers. C'était si étrange d'avoir vécu tant d'années à l'abri des difficultés, d'avoir navigué dans une vie familiale peu excitante mais paisible, et d'être confronté ainsi à plusieurs drames simultanés. J'avais l'impression qu'on payait pour ces années molles, ces années à ne pas se faire de souci. C'était sûrement un peu trop dur à vivre. Je cherchais ma grand-mère, je perdais d'une certaine façon ma mère et, au lieu d'avancer dans le couloir menant à sa chambre, je voulais partir en courant. Je voulais fuir. J'avais ma vie à vivre. J'avais un livre à écrire (mon faible alibi). Je voulais n'avoir aucune responsabilité, jamais. Je voulais qu'on m'oublie. Et subitement, en pensant tout ça, je me suis dit que cette volonté d'effacement était ce qui unissait notre famille.

Je suis entré tout doucement, sans frapper. Le grand sourire qui s'étalait sur le visage de ma mère fut un soulagement. Les mots de mon père m'avaient angoissé. Une fois confronté à la situation, elle me paraissait moins grave que je ne l'avais craint. Ma mère semblait heureuse de me voir. Pourtant, nos rapports étaient devenus si distants, sans que je sache vraiment pourquoi. Probablement ne m'a-t-elle pas assez pris dans ses bras, enfant, pour que je puisse facilement partager cette tendresse qu'elle me propose parfois. Mais là, je l'ai embrassée longuement, puis je me suis assis sur le bord de son lit. J'ai vite changé d'avis sur sa mine détendue. Ce n'était pas vraiment elle, plutôt une femme sous influence (médicamenteuse). Une fois de plus, je ne savais que dire. Alors j'ai regardé tous les détails de la chambre, un à un, comme un naufragé cherche une bouée, en quête d'un sujet de conversation. Sur sa table de nuit, il y avait une icône dorée, sûrement une sainte, et cela me surprit. Ma mère avait toujours aimé les églises, étudié leur architecture et, comme je l'ai déjà dit, elle aimait aussi les rituels. Mais cela n'avait jamais été lié à une quelconque croyance. Au contraire, elle était assez virulente, et je l'avais toujours entendue dire : « La religion, c'est pour les faibles. » Elle citait Nietzsche, il me semble. La présence de l'icône tout près d'elle avait de quoi surprendre, comme un revirement absolu de ses croyances, pour ne pas dire un aveu inconscient de sa subite faiblesse. Elle se raccrochait comme elle le pouvait à des images, à des petits objets, dans l'espoir qu'ils la sauvent de son désarroi. Du vide qui l'oppressait. Dans ses moments épars de clairvoyance elle se demandait ce qui lui arrivait, et disait doucement : « J'ai peur. »

Pendant sa longue carrière dans l'enseignement, elle avait plusieurs fois été témoin de la dépression de certains de ses collègues. Usés, épuisés, ils partaient en cure de repos. Leur métier était difficile, nerveusement éprouvant, mais elle ne comprenait pas comment on pouvait déraper ainsi. Quitter du jour au lendemain ses fonctions mentales. Elle y pensait maintenant qu'elle passait des journées allongée avec pour seule compagnie la peur de la prochaine minute. Elle se demandait pourquoi elle se sentait si mal. Aucun signe avant-coureur n'avait annoncé l'épreuve qu'elle traversait. Bien au contraire : elle avait pensé à la retraite comme à un eldorado des plaisirs. Les dernières années, elle n'avait cessé de songer à ce temps qu'elle pourrait enfin consacrer à ses passions. Elle pourrait marcher, lire, voyager, dormir. Ce serait le bonheur. Fini les adolescents agités (ils l'étaient de plus en plus au fil des années ; elle plaignait les professeurs du nouveau millénaire), fini les copies à corriger le dimanche soir, fini les parents d'élèves agressifs. À la fin de sa dernière année scolaire, on lui avait rendu hommage, et son pot de départ avait été, de l'avis de tous, *très émouvant*. Tout le monde s'était cotisé pour lui offrir des bons-cadeaux dans une agence de voyages, comme ça elle pourrait partir *où elle voudrait quand elle voudrait*. Elle avait pris toutes ses affaires, fermé une dernière fois son casier, et promis, comme tous les salariés en fin de carrière, de repasser de temps en temps pour prendre des nouvelles. Sa maladie l'en empêcherait. De toute façon, sans doute les choses se seraient-elles déroulées exactement comme pour mon père : elle serait passée quelques fois, avant d'admettre qu'elle n'avait plus rien à échanger avec les collègues actuels. Et cela aurait été pareil pour les anciens élèves ; les professeurs sont si contents de les revoir, de savoir ce qu'ils deviennent, mais après ces questions-là il n'y a plus rien à dire. Le passé ne peut alimenter plus de dix

122

minutes de conversation. Elle s'en serait sûrement rendu compte assez vite, et peut-être avait-elle anticipé le passage de la tristesse, en évitant, par la dépression, de vivre toute la panoplie de cette forme de déchéance.

Vers la fin de l'été, elle avait senti monter quelque chose. Au tout départ, elle avait pensé que c'était lié à la fatigue de ses voyages, mais non cela ne pouvait pas être ça, elle avait beaucoup dormi depuis son retour. C'était comme une tache qui progressait en elle, dans son corps et son esprit. Oui, c'était ce qu'elle avait ressenti : une tache. C'était flou, imprécis, mais c'était le seul mot qui lui venait à l'esprit pour définir ce qui la parasitait de plus en plus. Elle s'était mise à parler tout bas, à avoir des conversations avec elle-même, à être incapable de répondre à mon père. Elle ne voulait plus lui parler. C'est ce qu'il finirait par m'avouer. Ma mère, elle, me dirait bien plus tard que le point de départ avait été de voir mon père toute une journée devant la télévision, que c'était cette vision-là qui l'avait fait basculer. Au mois de septembre, elle s'était retrouvée sans rentrée scolaire, pour la première fois depuis quarante ans. Elle n'avait pas pensé que le corps pouvait être soumis à une sorte d'accoutumance aux rythmes. Elle avait passé une matinée à ranger des placards, à classer de vieux livres, et à préparer le déjeuner. Pendant cette même matinée, mon père n'avait rien fait, pas le moindre geste. Il était resté comme prostré devant la télévision, à regarder les émissions de télé-achat. Il avait même paru émerveillé par cette machine qui permet de faire du sport en dormant ; il avait un

123

instant observé son torse pour tenter d'imaginer mentalement la place des ventouses aspirantes. Mes parents étaient aux premières heures de la retraite, et cela aurait pu être merveilleux. Mon père aurait pu dire : « Viens, on va se promener… viens, on va à Honfleur pour déjeuner… viens, on va au cinéma… », mais non il ne disait rien, il restait avachi dans sa nouvelle condition. L'apparition du morne avait eu quelque chose d'extrêmement brutal. Habituellement, le vide grignote sournoisement les jours, et ne s'impose pas d'entrée. Alors quoi ? Qu'est-ce qui allait se passer ? Les seules sorties de mon père consistaient à aller rendre visite à sa mère en maison de retraite. Il en revenait hagard. Pendant des années, mes parents avaient masqué la lassitude avec leur vie professionnelle. Ils devaient maintenant se confronter à leur vie tout court, et aucun des deux n'avait l'énergie de créer l'illusion. Pourtant, j'en suis convaincu, il y avait encore de l'amour entre eux. Certes, ce n'avait jamais été un amour explosif. Et je sentais bien que je n'avais pas été le fruit d'une passion. Mais cet amour existait. Un amour qui était encore bien présent, dans le regard effrayé de mon père face à cette situation nouvelle.

*

C'est peut-être le moment de raconter comment mes parents se sont revus après leur étrange première fois[1]. Après l'étrange pulsion qu'avait provoquée en lui la vue de cette jeune fille, mon père était rentré

1. Si jamais vous avez sauté des pages en lisant ce livre, ce qui me désolerait, vous pouvez toujours vous reporter aux chapitres 8 et 10 afin de vous rafraîchir la mémoire.

chez lui. Une fois au calme dans sa chambre, il avait retrouvé une forme de lucidité. Pourquoi, lui qui avait toujours été un redoutable exemple de discrétion, s'était-il précipité vers cette fille ? Qu'avait-il vu de si particulier sur son visage pour qu'elle le touche ainsi en plein cœur ? Était-ce la manifestation subite d'une vie antérieure ? Ou peut-être était-ce ça, ce que les gens appellent un coup de foudre ? Et dans ce cas, pourquoi n'avait-il pas cherché à la connaître au lieu de la fuir ? Et pourquoi avait-il prononcé cette phrase ? Il perdait pied dans l'incompréhension de ses propres sentiments, dans l'arythmie baroque des battements de son cœur. Les jours passèrent, sans que son obsession cesse de virevolter autour de cette fille. Ne disposant d'aucune information sur elle, il ne pouvait la retrouver. Il se dit que sa seule chance serait de guetter la sortie de l'église, en espérant qu'elle y revienne un jour (en écrivant ces lignes, je me rends compte subitement que j'ai entrepris la même démarche des années plus tard, en allant régulièrement me recueillir sur une tombe dans l'espoir de revoir une inconnue ; je n'en reviens pas ; peut-être mon inconscient m'a-t-il poussé à reproduire une histoire que je connaissais ? Ainsi, mon père, qui ne m'a jamais rien transmis, serait peut-être une influence souterraine qui agit sur mes gestes, notre lien reposant sur des ombres). Chaque jour, il se rendait devant l'église. En vain. Ma mère était venue visiter ce lieu une seule fois, et n'avait aucune intention d'y retourner. Je ne sais combien de temps dura l'acharnement de mon père à poursuivre cette piste incertaine, mais je sais qu'il prit du plaisir à vivre cette partie un peu irrationnelle de son existence, cette partie que personne ne connaissait. Tout le monde le considérait comme un jeune adulte sérieux qui débutait une belle carrière dans la banque. Nul ne pouvait se douter que son cœur battait de manière étrange, pour ne pas dire démoniaque. Il lui arrivait de se dire que tout cela était ridicule : « Je suis fou de venir là. Je ne vais jamais la revoir. Pire : si je la revoyais, je ne suis pas certain de pouvoir lui parler. Tout cela n'a aucun intérêt. » Il décida finalement d'arrêter. Il irait une dernière fois, ce serait l'ultime chance du hasard.

Bien sûr, elle ne vint pas. Mais il se passa quelque chose ce jour-là. Il y avait un mariage. Mon père décida de se mêler à la foule des invités. Aux amis de la mariée, il dit être un ami du marié ; et aux amis du marié, il dit être un ami de la mariée. C'était une belle cérémonie, émouvante, le genre de cérémonie qui donne envie de se marier aussi. La mariée était belle, une jeune femme russe, un pléonasme. Le marié semblait se plier aux coutumes orthodoxes pour sa femme, et on pouvait sentir l'odeur de son bonheur malgré la diffusion abondante des encens. Au moment de la sortie de l'église, une femme vint voir mon père :

« Vous, vous ne faites pas partie des invités.

— Quoi ? Bien sûr que si…

— Moi non plus, je ne suis pas invitée. Je trouve ça beau les mariages orthodoxes, alors je m'incruste.

— Mais je suis invité…

— Bon, je viens de vous dire que moi non plus je n'étais pas invitée, alors arrêtez. D'ailleurs, c'est beaucoup plus discret de faire ça à deux. Si on reste ensemble, on aura l'air vraiment crédibles. »

C'est ainsi qu'il rencontra Agathe. Et autant le dire tout de suite : c'est à partir d'Agathe que débuta la chaîne humaine qui mena mon père à ma mère. C'était une jeune actrice, particulièrement friande des jeux d'improvisation. Tous les lundis soir, elle faisait un spectacle avec sa troupe. Ils piochaient dans un chapeau, au hasard, des sujets farfelus comme « Risotto et Gestapo » ou encore « Venise et Alzheimer ». Et ils devaient inventer des situations. Agathe invita mon père à assister à l'une de leurs soirées. Fasciné et émerveillé par tous ces jeunes gens capables de broder des histoires à partir de rien, ces véritables génies de l'éloquence, il devint un spectateur assidu. Le lundi soir, sa vie de banquier dérapait dans l'artistique ; sa vie se reposait des crédits immobiliers. Je ne sais combien de fois il est venu au théâtre, ni même la nature exacte de sa relation avec Agathe, mais il me semble que *le fait déterminant* se produisit assez rapidement. Au cœur du thème « Romantisme et Sodomie », un acteur se mit à genoux devant une jeune fille et lança : « Vous êtes si belle que je préfère ne jamais vous revoir. » Mon père n'en revenait pas. C'était *sa* phrase. Comment était-il possible que ce garçon ait pu dire exactement les mêmes mots ? Après la représentation, il alla le voir pour lui demander la source de cette réplique :

« Parfois, quand on improvise, on ne sait plus vraiment d'où sortent les phrases. On ne connaît pas toujours l'origine de ce qui nous inspire…

— Ah…

— Mais pour cette phrase, je me souviens. C'est une copine qui m'a raconté cette anecdote. Un mec l'a abordée dans la rue pour lui dire ça.

— Ah bon ? a balbutié mon père…

— Oui, un mec un peu bizarre à ce qu'elle m'a dit. Une sorte de psychopathe. Mais moi je n'étais pas d'accord avec elle. Je l'ai trouvée géniale, cette phrase. Et je lui ai dit que le mec devait être formidable.

— Merci…

— Pourquoi merci ?

— Euh… non pour rien… »

Mon père a demandé de quoi avait l'air cette copine. La description correspondait. Il avait retrouvé sa trace d'une manière si étonnante. C'était un roman. Après un temps, il osa (il faisait un effort surhumain pour tutoyer tout le monde, car Agathe lui avait expliqué que, dans le spectacle vivant, on se disait tu) :

« Je sais que ça va te paraître bizarre… mais j'aimerais bien que tu me présentes cette fille.

— Ah bon, pourquoi ?

— J'écris un livre… enfin… ce n'est pas un livre… mais plutôt un recueil… où je récolte toutes les informations… sur les filles qui se font aborder. Ça m'a toujours intrigué… je leur demande de me raconter leurs meilleures histoires… ce que disent les mecs qui viennent les voir dans la rue… et puis, si elles ont déjà pris un café avec un inconnu…

— Ah oui… c'est un beau sujet », dit l'acteur, intéressé, contrairement à l'étonnement appuyé d'Agathe :

« Ah bon ? Tu écris ? Toi ?

— Oui… ça m'arrive…

— Ah bon ? Toi ? Tu écris ? » avait-elle lourdement répété.

Mon père devait donc l'admettre : il faisait partie de cette catégorie d'êtres humains chez qui la possibilité d'une entreprise littéraire paraissait aussi

improbable que la conquête de Mars à dos de cha-
meau. Pourtant, il ne s'était pas démonté :

« Oui… j'écris… et alors ? On peut vouloir devenir banquier et écrire. Ce n'est pas incompatible, à ce
que je sache.

— Ça va… ne te vexe pas… ça m'étonne un peu,
c'est tout. »

Mon père avait été surpris de son propre aplomb.
C'était comme s'il menait une vie lâche et molle,
mais que, dès lors qu'il s'agissait de ma mère, il trouvait les mots et les ressources pour affronter toutes les
situations. Il était comme un superhéros dont la seule
mission serait de conquérir le cœur de cette inconnue.
Il avait répondu avec assurance à Agathe, et surtout il
avait eu cette idée de livre, qui était absolument cré-
dible. L'acteur donna le numéro de ma mère, et mon
père l'appela pour lui proposer un rendez-vous.

C'est ainsi que mes parents se retrouvèrent dans un
café. Ma mère reconnut immédiatement le fou qui
l'avait abordée. Et elle le trouvait encore plus fou
maintenant qu'il était devant elle, après avoir inventé
cette histoire d'interview pour un livre. Mais, un peu
comme deux signes moins forment un plus, les deux
folies superposées avaient eu la capacité de se posi-
tiver. L'histoire devenait tellement étrange que ma
mère fut davantage intriguée qu'inquiète. Et puis elle
était dans un café : que pouvait-il lui arriver ? Enfin,
et c'était un élément à ne pas négliger, progressait en
elle le sentiment irréversible du narcissisme, sentiment
que toute femme normalement constituée éprouve
face à la manifestation d'un homme qui fait preuve
d'une telle malice pour la revoir. Elle se mit donc à

juger belle cette histoire, et plus encore à mesure que mon père tentait de la raconter, avec une maladresse évidemment touchante. Il évoqua le moment où il l'avait aperçue à la sortie de l'église, puis les heures où il avait tant rêvé de la revoir. Ma mère demanda quelques détails, et encore des détails, pour que cette passion qu'elle avait suscitée prenne l'allure d'un roman russe. Elle accepta un deuxième rendez-vous, pour connaître davantage cet étrange jeune homme, mais cela n'avait pas une si grande importance. Quoi qu'il arrive, elle naviguerait sur sa première impression : personne ne l'avait jamais désirée ainsi. On peut fonder une vie sur ce sentiment-là. Sur le sentiment d'exister d'une manière si vivante dans le regard de l'autre. Au fond, mon père aurait pu être n'importe qui, faire n'importe quoi, il avait éveillé chez ma mère (d'une manière explosive) ce que chacun porte en soi : l'espoir d'être follement aimé.

Les années passèrent. Je ne sais pas quelle fut leur vie avant ma naissance. Je sais qu'ils ont attendu longtemps avant de décider de faire un enfant. Ils ont vécu et voyagé. Puis je suis arrivé. J'ai le souvenir d'avoir grandi dans un foyer paisible, pour ne pas dire extrêmement calme, et la vie a avancé avec une douceur un peu triste. Je tire sûrement ma mélancolie de cette tonalité-là. Maintenant, je les ai quittés. Maintenant, la retraite est arrivée. Et maintenant, on continue.

*

J'observe toujours l'icône qui est près de ma mère avec le sentiment que c'est réciproque. Je sais, c'est absurde, mais on dirait vraiment que la sainte me regarde. Elle m'interroge sur ma vie, sur mes choix, voilà ce que je me dis. C'est peut-être elle qui est la cause de la dépression de ma mère. Et je vais devenir fou aussi, à la contempler ainsi. Ma mère continue à me sourire, toujours un peu béatement, et pendant ce temps je cherche les mots justes. Ce sont les plus durs à trouver, ils se cachent au fond de nous, mais ne laissent aucun indice quant au chemin à emprunter pour les toucher. Je lui dis qu'elle est encore si jeune (argument basique, un peu pathétique). Puis je tente, misérable VRP de la vie, de lui vanter tout ce qu'elle pourrait vivre encore.

« Maman, tu pourrais écrire un livre sur les églises orthodoxes. Tu connais si bien le sujet.

— C'est gentil, mais je n'ai pas envie d'écrire.

— C'est dommage, c'est toujours passionnant quand tu en parles.

— Merci mon chéri.

— Tu veux te reposer ? Tu veux que je te laisse ?

— Non, je suis bien avec toi. Ça me fait plaisir que tu sois passé.

— Tu sais que je suis là. Tu m'appelles quand tu veux et je viens.

— Tu es gentil. Et je sais que tu te fais du souci pour ta grand-mère. Comment va-t-elle ?

— Elle va… bien… elle t'embrasse. »

Je ne sais pas si je parviens à retranscrire la tendresse de cet échange. C'était la première fois que je discutais ainsi avec elle. On parlait lentement, et il y avait une beauté à cette lenteur. Comme si chaque syllabe avait une valeur. Je sentais sa fragilité et son malaise, mais j'avais bon espoir qu'ils soient passagers. Pour l'instant, il fallait l'entourer. Et la ménager. Ce qu'avait fait mon père en ne l'informant pas de la disparition de sa mère. Ce devait être dur pour lui de ne pas pouvoir partager la gravité de ce moment ; et peut-être même aurait-il trouvé quelque réconfort à évoquer avec sa mère la crise que traversait sa femme. Son bateau prenait l'eau de toutes parts.

J'ai caressé furtivement les cheveux de ma mère, j'étais rassuré. Mais, elle me dit :

« Tu embrasseras bien ta femme pour moi.

— Quelle femme ?

— Eh bien, ta femme.

— Mais je ne suis pas marié, maman.

— Oh, arrête de te moquer de moi. Ce n'est pas le moment. Et puis, tu peux lui dire de passer me voir aussi. Je ne suis pas très bien, mais ça me fera toujours plaisir de la voir. Elle est si gentille. C'est une perle que tu as trouvée. »

Je voyais dans le regard de ma mère à quel point elle était sérieuse. Elle me croyait marié, et je la sentais même capable de décrire la cérémonie. J'ai hésité un instant à pousser le bouchon de son délire, juste pour savoir quelle tête avait ma femme dans son imaginaire. Si ça se trouve, j'y avais une très belle femme ; une femme douce et aimante, une Suissesse avec de longs cheveux lisses. Peut-être ma mère tordait-elle sa réalité pour y laisser apparaître le fantasme de mon bonheur. Ma rêverie momentanée cachait mon incertitude. Que dire dans un cas comme celui-là ? Apaiser la folie de l'autre en acceptant la nouvelle réalité, ou se battre sans répit pour ramener l'incohérence sur le terrain de la vérité ? J'ai hésité un moment entre ces deux possibilités, avant de dire :

« Oui, elle va très bien. Et elle t'embrasse. Elle te souhaite un bon rétablissement.

— Tu as vraiment bien fait de l'épouser.

— Oui, je sais, maman. J'ai eu de la chance de la rencontrer… »

J'ai laissé ma mère. En quittant sa chambre, je suis resté un instant dans l'embrasure de la porte. Je l'ai observée, à son insu. Elle marmonnait quelque chose que je ne pouvais pas distinguer. Une succession de mots en forme de lamentation. Puis elle a pris l'icône, et a fermé les yeux en serrant l'objet très fort contre son cœur.

Mon père était toujours dans la cuisine. Exactement dans la même position que précédemment. Il m'a aussitôt demandé :

« Alors ? Comment tu l'as trouvée ?

— Je ne sais pas trop. Elle était calme… et assez normale au début. Mais après elle s'est mise à parler de ma femme.

— Ah… oui… le docteur a dit que c'est très fréquent… les accès de délire…

— Il t'a dit quoi d'autre ?

— Il a dit que ça arrivait souvent, les violentes déprimes au début de la retraite. Surtout chez les enseignants, ou dans les professions qui sont basées sur un rythme très régulier.

— Ah bon ?

— Oui, c'est ce qu'il a dit. C'est plutôt rassurant.

— Et il t'a dit combien de temps ça pouvait durer ?

— Oh, ça dépend… en général, ce n'est pas très

133

long. Après un ou deux mois de traitement, ça va mieux. Mais parfois… ça peut durer plus longtemps… bon, je crois qu'on ne peut pas vraiment prévoir. C'est variable. Comme tout ce qui se passe dans la tête. »

C'était plus simple de l'avouer. Personne n'a de prise réelle sur la dépression. Je me disais que tout pouvait arriver ; et je pensais au pire, forcément. J'allais être surpris par la suite des événements, mais pour l'instant j'étais perdu. Mon père et moi, nous étions perdus. Il m'a proposé à nouveau un café. J'ai dit oui. Il m'a proposé à nouveau un gâteau sec. Et j'ai dit oui. Nous avons laissé passer un silence, puis j'ai annoncé :

« Je crois que Mamie a planifié sa fuite.

— Quoi ?

— J'en suis même certain.

— Pourquoi tu dis ça ?

— Elle n'est jamais allée chez le coiffeur. Depuis des mois, elle garde l'argent que tu lui donnes. »

J'ai raconté à mon père ma visite au salon de coiffure. Cette information confirmait notre pressentiment. Notre angoisse s'est atténuée ; elle était toujours vivante, on pouvait craindre qu'elle tombe ou qu'il lui arrive quelque chose de grave, mais les pensées sordides du début n'avaient plus lieu d'être. Cela n'empêchait pas le malaise de la vérité : elle était partie sans nous prévenir. Nous lui étions devenus des étrangers. Elle avait fui de son plein gré. Cela m'effrayait tout autant que cela me fascinait. Oui, je crois que j'ai éprouvé à ce moment-là une sorte d'admiration pour elle.

Un souvenir de Friedrich Nietzsche

La vie de Nietzsche s'est achevée une dizaine d'années avant sa mort. C'est ce que ses biographes appellent « l'épisode de l'effondrement », qui eut lieu à Turin, en 1889. Il sombra dans un état quasi végétatif, parsemé de violentes crises et d'illuminations délirantes de son passé. Notamment autour de son histoire passionnelle avec Lou Andreas-Salomé. Cette Russe, qui deviendrait la muse de Rilke, fut le grand amour de Nietzsche. Un amour insupportable, au sens premier du mot, si bien que la sœur du philosophe dut éloigner la jeune femme pour le protéger. Fragilisé par cette histoire, il se mit alors à consommer beaucoup de médicaments, et, pour de nombreux spécialistes, c'est bien là la source de ce qui serait son basculement fatal quelques années plus tard. Obsédé par son histoire avec Lou, et notamment lors d'une longue errance estivale en Italie, Nietzsche écrivit à son ami Franz Overbeck l'incessante douleur que peut devenir un souvenir : « J'ai souffert des souvenirs honteux et douloureux de cet été comme une folie. J'appelle à mon secours tout mon empire sur moi-même mais j'ai vécu trop longtemps dans la solitude et je me suis nourri trop longtemps de ma "propre substance" pour ne pas être, plus que quiconque, écartelé par la roue de mes propres sentiments. »

Malgré la gentillesse de mon patron, je voulus retourner travailler. Je voulais occuper mes heures concrètement, et peut-être aussi m'épuiser de fatigue. Ce soir-là, quand je me suis installé derrière le comptoir, j'ai éprouvé un étrange bien-être. J'ai senti que ma place était là. Ce n'était pas un hôtel spécialement charmant, ce n'était pas un travail particulièrement excitant, mais ce périmètre, qui était le mien depuis plusieurs mois déjà, m'offrait ce que j'avais longtemps cherché : une forme de stabilité. Je me sentais comme dans un cadre. Quand j'étais accroché à cet endroit, il n'y avait plus de dérive possible.

Gérard était là. Pour pouvoir répondre à ses questions, j'ai tenté de faire le tri dans les derniers rebondissements. Mais il a senti que je n'avais pas très envie de parler. Il est resté là, assis dans l'entrée, avant d'annoncer subitement :

« Je devrais peut-être vendre mes deux autres hôtels, ne garder que celui-là, et profiter de la vie…

— …

— Tu en penses quoi ? »

Je ne vois pas comment je pouvais avoir un avis. J'ai dû dire que c'était sûrement une bonne idée, comme disent ceux qui ne savent pas. Il a ajouté :

« Je pourrais te laisser celui-là en gestion, quand je ne suis pas là. Tu pourrais devenir associé.

— …

— Ça t'intéresse ? »

Est-ce que cela m'intéressait ? C'était ça, sa question ? Mais qu'est-ce que j'en savais, moi ? Les derniers événements m'avaient presque fait oublier que j'avais une vie à vivre. Je n'avais plus vraiment d'idée sur rien. J'ai essayé de reprendre le cours des événements. J'avais cherché une place dans un hôtel pour travailler la nuit, pour vivre le cliché du jeune homme qui écrit. Le résultat n'avait pas été glorieux, je n'avais pas de quoi écrire une nouvelle. Mais bon, je sentais que ça venait, que les idées progressaient en moi, c'était comme une naissance annoncée. J'avais été attiré par les hôtels pour cette raison littéraire, certainement pas pour faire une carrière dans l'hôtellerie. D'un autre côté, c'était une opportunité formidable. Il était peu probable que je gagne un jour ma vie avec les livres, alors que faire ? Rien. Je ne devais rien faire. J'ai expliqué que je ne pouvais pas répondre tout de suite. Il m'a dit que rien ne pressait, c'était juste une idée comme ça, à laquelle je devais réfléchir. Tout était si simple avec lui.

Et puis, il s'est mis à me parler de sa femme. C'était la seconde. La première était partie en Australie avec leurs deux enfants : « Il y a des femmes qui te quittent, d'accord, mais moi, quand on me quitte, on part au bout du monde ! » dit-il en riant. Pourtant, cela avait dû être terrible. Pas la séparation avec sa femme, car son mariage ne fonctionnait pas, mais celle avec ses enfants. En l'écoutant parler d'eux, et notamment de son fils, qui avait à peu près mon âge, je comprenais mieux le rapport paternel qu'il entretenait avec moi. Enfin, c'est ainsi que j'analysais un peu facilement sa bienveillance spontanée. « C'est incroyable, la modernité. On se parle sur Skype. J'entends leurs voix, je les vois. Si bien que je ne sais plus très bien depuis combien de temps je ne les ai pas vus réellement… » Il m'abreuva de détails sur leur vie ; au tout départ, je n'avais pas bien compris pourquoi il avait voulu dérouler ainsi devant moi sa biographie. C'était sa façon de combler le vide, de ne pas me laisser seul à mouliner mes angoisses. Si je ne voulais pas parler de moi, très bien, il allait parler de lui. Il enchaîna, et continua son récit avec l'apparition de sa seconde femme. Il m'expliqua qu'il avait été sidéré de constater la répétition du schéma amoureux avec elle ; cela avait été, les enfants en moins, exactement comme avec sa première femme. Ils traversaient une crise profonde (ce jour-là, cela m'aurait étonné que quelqu'un aille bien quelque part), mais il pensait l'avoir surmontée. Ces derniers temps, il avait compris beaucoup de choses ; il avait compris que sous ses airs bonhommes se cachait un solitaire, pour ne pas dire un égoïste. Il était incapable de donner ce qu'on attendait de lui. Il avait suivi une thérapie, et son analyste lui avait demandé : « À votre avis, pourquoi avez-vous investi dans les hôtels ? Pensez-vous qu'il y ait une raison inconsciente derrière ce choix ? » Cette question l'avait perturbé. Il avait admis que la fuite avait été le moteur de sa vie. Depuis peu, il avait le sentiment de vouloir se poser. Vendre ses hôtels, c'était une façon de dire à sa femme : « Je suis là. »

Il ne cessa pas ce soir-là de me vanter sa proposition : « Il me faut quelqu'un comme toi. Un sérieux. Je sais que tu es aussi rêveur. Je sais que tu es écrivain. Ça se voit sur ta tête que tu vas écrire un bon roman. Tu pourras prendre des congés quand tu voudras pour avancer. Mais il faut aussi du concret pour écrire. C'est ce que je pense. On ne peut pas créer dans le vide, sans avoir de repères, d'horaires. Regarde la vie des grands artistes : ils ont tous des contraintes. » À l'écouter, j'allais devenir James Joyce en acceptant son CDI. J'écris cela et, en même temps, je savais la grande part de vérité de son discours. Travailler la nuit, avec des horaires réguliers, m'avait fait un bien fou. L'inspiration n'était pas venue mais, au moins, j'avais le sentiment d'avoir fait le ménage dans ma confusion. Sur ce point, il avait raison. Et puis, incessante versatilité, je changeais d'avis. Je pensais que tous les grands artistes étaient nés du flou, du vide, de l'instabilité. Je voulais tout quitter, n'avoir aucune attache, trouver les mots dans la folie de l'incertain. Les romans ne se cachaient pas entre les heures fixes, ce n'était pas possible. Ils se cachaient dans le dérèglement, dans l'absence de contraintes, et même de morale. Les romans se cachaient dans l'infidélité. Et puis, je pouvais à nouveau changer d'avis. Je ne savais rien, au fond, du chemin à parcourir ; personne ne connaît jamais le chemin qu'il doit emprunter pour aller où il veut. Il y avait seulement la confusion. L'inspiration viendrait peut-être de là, surgissant du brouillard.

L'idée de fuite m'a forcément replongé dans celle de ma grand-mère. Quand j'y pensais, j'étais traversé par le doute : j'avais systématiquement besoin de quelques secondes pour être certain que cette histoire de disparition était bien réelle. À plusieurs reprises, j'ai tenté de me mettre à sa place. Où est-ce que j'irais, à son âge, si je voulais fuir ? Difficile à imaginer. C'était compliqué de toucher mentalement cet âge-là, même si j'avais toujours eu un rapport très étroit à la vieillesse. À seize ans, j'avais été opéré du cœur. Ce dont je souffrais n'advenait que chez des personnes âgées, et je me souviens parfaitement de l'expression du médecin quand il m'a dit : « Vous devez être vieux. » J'y pensais souvent, à ça, à cette sénescence qui me procurait une forme de lassitude chronique[1]. Mais cette opération a surtout réveillé en moi la sensibilité qui me permet d'observer les mondes enfouis de la sensualité ; et si je suis là, à écrire, c'est uniquement parce que mon cœur a déraillé dans un dérapage des âges. Cette proximité avec la vieillesse et le lien qui m'unissait à ma grand-mère ne me permettaient pas pour autant de penser à sa place. Je n'avais aucune idée de l'endroit où elle pouvait être. J'ai partagé cette interrogation avec Gérard, et c'est là qu'il m'a répondu d'une manière si belle : « À sa place, j'irais me réfugier dans un souvenir. » Oui, c'est ce qu'il a dit, puis il a ajouté : « J'irais dans un endroit où j'ai été heureux. À son âge, c'est sûrement ce que je ferais. » En l'entendant, j'ai éprouvé une grande émotion ; il devait avoir raison. La fuite ne pouvait qu'avoir un lien avec une tentative de retrouver la beauté.

34

Un souvenir de Gérard

Il était rentré chez lui, un peu plus tard que d'habitude, avait traversé son salon sans même le regar-

---

1. J'évite de commenter au passage la sénilité de mes deux grandes passions : la soupe et la Suisse.

der, puis s'était allongé sur son lit. Il avait remarqué l'absence de sa femme et de ses enfants, mais il ne s'était pas inquiété plus que ça. Il avait pensé qu'ils étaient sortis au cinéma ou au restaurant, sans le prévenir, voilà tout. Pourtant, il était déjà plus de minuit, et si Gérard avait été un peu plus conscient de la situation il se serait immédiatement douté que quelque chose n'était pas logique. Il parvint pourtant à s'endormir, et c'est seulement au cœur de la nuit, dans un soubresaut enfin inquiet, qu'il parcourut l'appartement à la recherche d'un membre de sa famille. En vain. Il se dirigea alors vers la cuisine pour boire un verre d'eau. À travers la fenêtre, il remarqua la naissance encore hésitante du jour, et découvrit un mot sur la table. Encore étourdi par son récent réveil, il ne parvint pas immédiatement à le déchiffrer. Il lui fallut une ou deux secondes pour enfin distinguer : « Nous sommes partis. » Il relut plusieurs fois ces trois mots, sans trop y croire, puis son regard fut attiré par un petit P.S. tout en bas de la feuille. Sa femme, qui allait devenir son ex-femme, avait écrit : « C'est à cette heure-ci que tu t'en rends compte ? »

35

Partout autour de moi, j'avais l'impression que tout n'était que disparitions. Les journaux ne parlaient que de fuites, de fugues, de mystérieuses échappées. Tout me rappelait ma grand-mère, et je ne savais pas si je devenais égocentrique, ou si c'était toujours ainsi : quand on vit une situation exceptionnelle, notre regard sur le monde est obnubilé par elle. J'ai noté sur une feuille de papier tous les endroits où ma grand-mère avait vécu, toutes les anecdotes que je connaissais d'elle, toutes les personnes qu'elle aurait pu avoir envie de revoir. Mais tout ça, mis bout à bout, ne devait pas couvrir plus de 10 % de sa vie. Que savons-nous d'une personne ? Très peu : on s'en rend compte quand elle disparaît de son plein gré. J'ai souvent entendu dire qu'« un véritable ami, c'est quelqu'un qu'on peut appeler en pleine nuit quand on se retrouve avec un cadavre sur les bras ». Je ne sais pas pourquoi, mais j'ai toujours aimé cette idée. Il y a des gens qui passent leur temps à se demander ce qu'ils feraient s'ils gagnaient au Loto, moi je me demande qui j'appellerai le jour où je devrai me débarrasser d'un corps (car il est très peu probable que je gagne un jour au Loto). Je parcours la liste de mes amis, et j'hésite. Je pèse le pour et le contre d'une lâcheté éventuelle. Et puis je me rends compte que le choix est plus complexe que prévu : aimer un ami, c'est aussi éviter de l'impliquer dans une histoire aussi sordide que risquée. À peu de chose près c'est identique pour une disparition. Si je venais à fuir, je pense que la seule personne qui pourrait me retrouver, c'est justement cet ami qui m'aiderait à me débarrasser de ce cadavre qui m'encombre. Pour continuer mon investigation, j'ai essayé d'imaginer que ma grand-mère avait tué quelqu'un. Mais finalement, j'ai admis que je n'étais pas très bon en déduction. J'étais du genre à me perdre dans un labyrinthe de digressions. Alors, il valait peut-être mieux reprendre à zéro la réflexion.

Je suis sorti faire des courses en fin de matinée. J'avais besoin de boire du café, et d'y tremper des boudoirs. Il y avait un étrange soleil pour cette période de l'année, tout se déréglait, et cela me procurait une sensation d'espoir pour l'hiver à venir. En rentrant chez moi, exaltation de la routine, j'ai pris mon courrier. En général, il ne se passait pas grand-chose dans ma boîte aux lettres. Elle avait ce point commun considérable avec ma vie sentimentale. Et pourtant, ce jour-là, au milieu des prospectus de promotion sur la viande et des petites annonces pour les serruriers, j'ai trouvé une carte postale. On voyait la tour Eiffel. C'était déjà très surprenant. Qui pouvait bien être en vacances à Paris ? C'est dire si j'avais besoin de café. Car je n'ai pas compris tout de suite que cela ne pouvait être que ma grand-mère. J'ai observé la tour Eiffel un instant, elle me semblait si grande, même sur cette petite carte ; puis, j'ai retourné la carte, et aussitôt reconnu les pattes de mouche si familières. C'était la première fois depuis presque trois jours qu'on recevait un signe de vie. Elle avait écrit :

Tout va très bien mon chéri.
Ne t'inquiète surtout pas.
Je suis partie faire un petit tour.
Je t'embrasse très fort, Mamie.

Autour de ces quelques mots, elle avait dessiné deux soleils. J'avais l'impression de lire une carte envoyée par une enfant sage. J'ai aussitôt appelé mon père pour le prévenir. J'ai senti dans son soulagement une pointe de déception : pourquoi ne lui avait-elle pas écrit à lui ? Enfin, ce n'était pas important pour le moment. On pouvait se réjouir d'avoir la confirmation de ce que nous pensions. Mais après avoir digéré cette bonne nouvelle, nous étions face aux mêmes angoisses : on ne savait toujours pas où elle était. Son acte était une pure folie, elle ne se rendait pas compte du danger qu'elle courait de partir ainsi à son âge.

« D'où a-t-elle posté la carte ? a demandé mon père.

— Ben… de Paris, je suppose.

— Oui, mais de quel endroit ? Regarde le tampon. »

Je n'y avais pas pensé. Et c'était plutôt surprenant qu'il y pense, lui. Peut-être étions-nous plus complémentaires que je ne le croyais ?

« C'est marqué Paris 9ᵉ — Poste Saint-Lazare.

— Eh bien voilà, elle a pris le train à Saint-Lazare.

— …

— Ce sont les trains pour la Normandie… Le Havre…

— Là où elle née… », ai-je soupiré.

Nous avons laissé passer un silence. C'était notre façon d'admettre qu'il n'y avait qu'une solution. Finalement, mon père a dit :

« Je ne peux pas y aller. Je dois rester près de ta mère.

— Oui, c'est sûr…

— Je ne peux pas y aller.

— Ne t'inquiète pas. Je vais y aller, moi. »

Il ne pouvait pas partir, il n'avait pas à me le répéter. Mais c'était sûrement sa façon de se convaincre qu'il prenait la bonne décision. Mes oncles auraient pu y aller, peut-être, mais il leur aurait fallu du temps pour s'organiser. Or nous n'en avions pas à perdre. À peine raccroché le combiné, j'ai rassemblé quelques affaires. C'était une piste. Elle était peut-être ridicule, mais il fallait tenter de la suivre. J'ai appelé mon patron pour le prévenir que je partais. Bien sûr, il m'a dit de prendre le temps qu'il me fallait. J'ai repensé à son histoire de refuge dans un souvenir, il avait peut-être eu raison, j'éprouvais maintenant la quasi-certitude que ma grand-mère était retournée sur les lieux de son enfance. L'histoire s'accélérait subitement.

36

Un souvenir de saint Lazare

La vie de Lazare est connue grâce à sa mort qu'il a ratée. Marthe et Marie, ses sœurs, versaient des larmes infinies quand elles ont rencontré Jésus. Marthe dit : « Seigneur, si tu avais été là, mon frère ne serait pas mort ! » Jésus répondit alors : « Ton frère ressuscitera. Je suis la résurrection et la vie ; celui qui croit en moi, s'il meurt, revivra. Et tout homme qui vit et croit en moi ne mourra pas dans les siècles. » C'est ainsi que, quatre jours après sa mort, Lazare revint à la vie. Et devint un mythe. En tant que premier homme revenu des ténèbres, il fut continuellement soumis aux interrogations des mortels : « Alors, que se passe-t-il, quand on est mort ? » Il répondrait toujours, lapidaire : « Je ne sais pas. Je n'ai aucun souvenir de ma mort. »

37

Je suis passé prendre la voiture de ma mère. Et je roulais maintenant à vive allure sur l'autoroute A13, direction Le Havre. Cela me paraissait incroyablement fort et romantique de foncer sur cette route, peut-être à cause du film *Un homme et une femme,* de Claude Lelouch. Certes, je n'allais pas rejoindre une actrice en noir et blanc, mais tenter de retrouver ma grand-mère. Le curseur sensuel en était considérablement déplacé. J'avais parcouru les premiers kilomètres avec la certitude d'aller dans le bon sens, de tenir une piste plus que sérieuse, et à mesure que défilait le paysage mes convictions s'effilochaient. Peut-être ma grand-mère avait-elle fait exprès de poster cette carte près de la gare Saint-Lazare pour nous lancer sur une fausse piste ? Elle connaissait mon père mieux que quiconque et pouvait sûrement prévoir ses réactions ; l'idée qu'il ait pu déduire si vite la possibilité d'une fuite en Normandie me laissait à présent perplexe. C'était trop facile pour être vrai. Il faut se méfier des évidences. Mais nous n'avions aucune autre idée de l'endroit où elle pouvait être. Cette voie était peut-être incertaine, mais c'était la seule que nous pouvions prendre.

Jusqu'à présent, j'avais détesté conduire. J'avais passé le permis, dans l'idée du mouvement collectif, presque de manière docile. Les cours de code m'avaient vaguement amusé, avec leurs situations improbables. Je savais d'entrée que je n'étais pas du genre à croiser un chevreuil. Pourtant, pendant mon trajet, j'ai été traversé par une révélation. Je me suis arrêté dans une station-service sur l'autoroute et j'ai enfin compris la beauté de ce refuge extragéographique. Jusqu'ici, je n'y avais vu qu'un endroit pratique pour acheter de l'essence, boire un café ou aller aux toilettes. Jamais je n'avais saisi sa poésie anonyme. Je voulais prendre mon temps, acheter toutes sortes de choses inutiles, me promener entre les rayons de barres chocolatées et de journaux périmés en promotion. Cette journée-là, avec tous les enchaînements d'une situation qui pouvait paraître glauque, me semblait correspondre à une mythologie personnelle que je n'avais pas encore identifiée. Je me sentais bien sur la route, je me sentais bien dans cette station-service, et la voiture même m'apparaissait subitement comme le décor idéal de toute grande aventure. Pour la première fois, je comprenais les excités du périple.

Le Havre se rapprochait, et je suivais la direction d'Étretat comme si mon itinéraire était dans un entonnoir ; bientôt, il me faudrait prendre une petite route pour accéder à ma destination finale. Je savais que la maison d'enfance de ma grand-mère ne se situait pas en ville, mais dans un village de la région. Je n'avais aucune idée de l'endroit. J'ai trouvé un panneau indiquant le centre-ville, et il me parut évident que je devais le suivre. C'était à partir du centre que je devais commencer mes recherches. Pratiquement aucun automobiliste n'empruntait la même direction ; nous étions en milieu de journée, elle-même au milieu d'une semaine, qui, à son tour, était au milieu du mois d'octobre. Et j'arrivais au milieu de nulle part, dans le sens où je n'avais ici aucun repère.

Je suis passé à l'office du tourisme, et une femme m'a donné une carte des alentours. J'ai regardé le nom des villes, et mon regard s'est arrêté sur Sainte-Adresse. Ça devait être agréable d'habiter cette ville, c'était un si beau nom. L'employée, heureuse d'avoir enfin une visite, m'a également fourni une brochure détaillant les services proposés par chaque hôtel. Je n'y avais pas pensé, mais je devais effectivement trouver une chambre pour la nuit. Je l'ai remerciée vivement, puis je suis allé m'asseoir sur un banc pour analyser tout ça. Ce qui fut fait en moins d'une minute. Une fois relevé, je suis resté quelques secondes paralysé par l'indécision. Où aller ? J'ai tourné la tête vers l'office du tourisme ; la femme me regardait à travers la vitre, sûrement intriguée par mon comportement. Nous nous sommes souri avec gêne ; moi, parce que je ne savais pas quoi faire ; et elle, vraisemblablement parce qu'elle n'avait rien à faire. C'est alors qu'une intuition me foudroya. Après tout, je menais une enquête, et je devais interroger un maximum de personnes pour récolter des informations. J'avais toujours sur moi la photo de ma grand-mère. Je pouvais la lui montrer, ça ne coûtait rien. Les gens adorent dire « qui ne tente rien n'a rien ». Alors, comme dicté par ce dicton, je suis retourné la voir. Nous avons encore échangé un sourire, mais cette fois-ci avec une légère pointe de complicité dans l'œil, comme de vieilles connaissances.

« Euh... voilà, c'est un peu particulier... je me permets de vous déranger... car je recherche ma grand-mère...

— ...

— Voilà... une photo d'elle... à tout hasard... »

148

Elle prit l'affichette et dit aussitôt :

« Ah oui, elle est venue me voir hier. Elle est très sympathique.

— Quoi ?!

— Quoi quoi ?

— Vous l'avez vue ?

— Je viens de vous le dire. Je travaille la moitié du temps ici, et l'autre moitié à la mairie. Elle voulait savoir si nous avions encore les archives de son école. Elle a vécu ici dans les années 1930, c'est ça ? C'est bien elle ?

— Euh… oui… Et elle vous a dit où elle était descendue ?

— À l'Hôtel des Falaises. Donnez-moi votre plan, je vais vous montrer. »

Je suis sorti de là, hébété. Mon enquête avait duré moins de cinq minutes, et voilà que j'avais localisé ma grand-mère. Ça ne pouvait pas être si simple. Ce n'était pas possible. Personne ne pouvait résoudre une énigme de cette manière. Cela n'avait aucun intérêt. Il allait forcément se passer quelque chose, un rebondissement, un problème. J'étais comme resté sur ma faim, presque déçu. Moi qui pensais enquêter, renifler, filer des individus, être une sorte de héros moderne, voilà que mon enquête aboutissait dès la première question posée. J'étais peut-être tout simplement doué.

Je suis remonté dans ma voiture. Après avoir roulé une centaine de mètres, je me suis garé devant l'hôtel. C'était un bâtiment plutôt modeste, mais charmant, situé à une cinquantaine de mètres des falaises. Un monsieur à la réception m'a demandé ce que je voulais.

« Je viens voir ma grand-mère…

— Elle est dans la salle à manger… »

Voilà ce qu'il a répondu, comme si c'était évident. Il faut dire que nous étions en saison plus que basse, et qu'elle était la seule personne présente à cette heure-ci. Je n'en revenais toujours pas : je l'avais retrouvée en deux questions. J'ai avancé tout doucement vers ce salon. Les bûches crépitaient : quelqu'un avait eu le bon goût de faire un feu, malgré la douceur de la température. On eût dit une pièce anglaise. Il y avait une horloge assez imposante qui marquait chaque seconde avec la certitude arrogante de travailler pour une entreprise éternelle : le temps. Et, seule personne présente, ma grand-mère. De dos. Elle ne me voyait pas. Elle était en train de boire un thé. Je regrettais toutes les impressions minables que j'avais éprouvées à cause de la facilité de mon enquête : j'étais si heureux de la retrouver. Plus qu'heureux. Un bonheur d'une grande force m'envahissait, mon cœur souriait aux situations folles et lumineuses que peut parfois offrir la vie. Le moment me semblait d'une grande poésie. Je me suis approché d'elle, tout doucement. J'appréhendais un peu sa réaction : serait-elle contente de me revoir ?

38

Un souvenir de Claude Lelouch

*Le réalisateur d'*Un homme et une femme *a souvent raconté ses débuts chaotiques. Son premier film,*

Le Propre de l'homme, *fut un désastre. Pendant l'avant-première, le film fut sifflé, hué. Le père du réalisateur assista à ce lynchage collectif, et mourut quelques jours plus tard. Il décéda sans savoir que son fils obtiendrait à quelques années de là, de manière précoce et flamboyante, la Palme d'or à Cannes. Il y a quelque chose de terrible pour un fils à penser que son père a disparu après l'avoir vu dans la pire position professionnelle possible. Claude Lelouch dit avoir songé alors au suicide. Pire encore, ce film deviendra célèbre grâce à une critique terrible des* Cahiers du cinéma : « *Claude Lelouch, souvenez-vous bien de ce nom, car vous n'en entendrez plus jamais parler !* » *Il faudra donc se souvenir de ne pas se souvenir ; c'est, à mon sens, un des rares cas de souvenir à l'*envers.

39

Oui. Elle m'a pris dans ses bras, en me disant tout bas : « Bravo. » Elle ne semblait décidément pas saisir la gravité des circonstances ; elle était comme une petite fille avec qui j'aurais joué à cache-cache, qui me félicitait de l'avoir retrouvée. Elle me souriait, avec tant de charme et de malice. Son visage n'était plus le même. Sa fuite l'avait fait rajeunir d'au moins une dizaine d'années. À un moment, j'ai tout de même dû lui dire que cela avait été difficile pour nous. « Personne ne m'aurait laissée partir », a-t-elle répondu. Sur ce point-là, elle n'avait pas tort.

« Mais j'aurais pu t'accompagner. Cela aurait été

plus simple que de fuir comme ça… en nous laissant sans nouvelles.

— Je voulais faire quelque chose toute seule… tu comprends ? Je n'en peux plus qu'on décide tout pour moi. Je voulais être autonome.

— Tu l'as été, c'est sûr. Quand je pense que tu as tout planifié depuis si longtemps…

— Je voulais te mettre dans la confidence, toi. Mais je savais que, devant la mine défaite de ton père, tu ne pourrais pas garder le secret.

— C'est vrai. Je n'aurais pas pu. Et je ne peux pas, là.

— Tu vas l'appeler ?

— Bien sûr. Il faut que je rassure tout le monde.

— D'accord. Rassure-les. Mais je veux rester ici quelques jours. J'ai des choses à faire. C'est sûrement la dernière fois que je vois tout ceci, alors ne nous pressons pas… s'il te plaît. »

Elle faisait souvent mine d'être légère ; du coup, j'étais toujours surpris quand elle se laissait aller à la gravité. Elle était profondément sérieuse, à cet instant. Il s'agissait des derniers jours de la vie d'une femme. J'ai appelé mon père pour apaiser ses craintes. Il a répété plusieurs fois : « Oh c'est incroyable, tu l'as déjà retrouvée… oh c'est incroyable… » Je sentais qu'il rêvait d'une vie où tous les problèmes se régleraient ainsi, dans une sorte de facilité majestueuse. Sa façon d'enchaîner cette phrase en boucle signifiait aussi qu'il se sentait perdu face au comportement de ma mère. Avec elle, ce ne serait pas aussi simple. Il aurait pu prendre n'importe quelle voiture, sillonner toutes les autoroutes possibles, il sentait bien que plus aucun chemin ne menait à sa femme.

La folie grignotait du terrain, on ne pouvait plus localiser ma mère : elle était ailleurs.

*

Une histoire dans l'histoire

La situation était exceptionnelle, par conséquent la conversation le fut tout autant. Pendant le dîner, ma grand-mère me raconta son enfance avec un luxe de détails. C'était la première fois qu'elle prenait le temps d'évoquer ainsi son passé. Les souvenirs, replacés dans leur contexte, semblaient être remontés à la surface. Elle avait toujours eu cette façon d'interrompre ses récits par pudeur, mais ce ne serait pas le cas ce soir-là. Je connaissais le drame qu'avait représenté pour elle le fait d'être contrainte de quitter l'école, mais je ne savais pas grand-chose de toutes ces années qui l'avaient menée jusqu'à mon grand-père. Je pouvais reconstituer la trame du roman familial, maintenant. La crise américaine de 1929 et ses répercussions quelques mois plus tard en Europe les avaient donc contraints à prendre la route. Il avait fallu aller de ville en ville, et proposer la marchandise de la quincaillerie sur les places. Beaucoup d'autres artisans avaient dû se séparer des murs de leur commerce ; ils s'étaient retrouvés ensemble pour former des marchés et des foires itinérantes. C'était un peu comme la vie de bohème des gens du cirque, à la différence que mon arrière-grand-père vendait des clous au lieu de faire le clown. Après des débuts extrêmement difficiles où ils avaient parfois dû avoir recours à la soupe populaire, peu à peu ils étaient parvenus à s'en sortir. Ma grand-mère aidait dans l'entreprise familiale, et oubliait progressivement ce temps où elle avait été une petite fille. Son père lui achetait un livre par mois, et elle le lisait et le relisait jusqu'au mois suivant. Dans leur caravane, elle jouait souvent à s'imaginer dans une classe : elle était la maîtresse qui donnait des devoirs ou punissait une élève insolente ; elle était une élève exécutant docilement les ordres d'une maîtresse imaginaire. Son passé continuait ainsi par le jeu. J'aime tellement cette capacité des enfants à se protéger du malheur par le fantasme. Après, on ne sait plus très bien comment se protéger, on prend l'eau de toutes parts.

Lentement, la situation s'améliora. Les années 1930 connurent même une période d'euphorie avec les premiers congés payés. Les Français savouraient le temps libre, découvraient avec stupéfaction cette étrange idée : la vie peut vous proposer autre chose que du travail. Au fond, l'histoire d'un pays alterne périodes de crise et périodes d'insouciance, et c'est sûrement par l'insouciance que la crise peut naître. Cette imagerie du bonheur vendue aux Français, quasiment la naissance du marketing de masse, cachait la montée en puissance de l'horreur. Mon arrière-grand-père travaillait dur, mais prenait le temps de jouer aux cartes le dimanche, en fumant sa pipe. Il ne pouvait pas savoir que cette période paisible ne durerait plus très longtemps. Bientôt, il serait comme un con, allongé derrière la tranchée la plus conne qui soit. La ligne Maginot est le symbole de l'insouciance des années 1930 ; certains Français sont encore surpris qu'on ait pu contourner une ligne de défense qui s'arrête pourtant quelque part.

Pendant des mois, la jeune fille n'eut aucune nouvelle de son père. Elle passait des soirées avec sa mère à écouter la radio, à guetter les informations, mais on ignorait tout du sort des prisonniers. S'il avait été tué au combat, elles l'auraient su. La famille était désormais installée à Paris, rue de Paradis. Oui, ça ne s'invente pas de vivre l'horreur et l'angoisse dans cette rue. C'était un petit appartement, avec un minuscule balcon d'où elles pouvaient voir les soldats allemands, de plus en plus nombreux, envahir la capitale. Les voisins et les Parisiens qu'ils rencontraient s'étonnaient de constater que rien ne changeait vraiment. Les Allemands étaient même plutôt courtois, pour ne pas dire bienveillants. On entamait une période de collaboration, et il n'y avait pas de quoi faire un drame avec un tel mot. Certains n'hésitaient pas à dire que cette guerre ferait du bien, en nous débarrassant à peu de frais de tous les parasites et autres métèques. Oui, je peux vous le dire, madame, il y a du bon à cette dictature de la moustache.

Malgré le calme apparent, il demeurait compliqué d'avoir des nouvelles des prisonniers. Le régime de Vichy, en entente cordiale avec l'occupant, promettait d'établir très rapidement la liste des soldats français retenus en captivité. Entre les blessés, les morts, les déserteurs, ce n'était pas toujours facile de retrouver un homme perdu parmi la foule des hommes. Il fallait comprendre la lenteur de la bureaucratie. Lorsque les premières informations tombèrent, son nom n'apparaissait toujours nulle part. Chacun se renvoyait la responsabilité du foutoir. Début septembre, un gradé accepta de recevoir mon arrière-grand-mère : « Écoutez, je crois que votre mari a disparu. » Comment ça, disparu ? Elle s'était mise dans une rage extraordinaire. On n'avait pas le droit de dire une chose pareille. Elle aurait pu entendre le récit d'une atrocité, mais pas ça. Le flou la rendait folle. L'homme avait ajouté, comme agacé par l'énervement de la femme perdue qu'il recevait : « Il a peut-être déserté, et se cache quelque part… c'est peut-être la raison… » Insupportable à entendre. Elle savait que son mari n'était pas du genre à déserter, mais à combattre jusqu'au bout. Il aimait la France à en mourir, de cet amour sublimé des naturalisés. Et puis, si jamais il avait fui, il aurait fait en sorte d'écrire pour rassurer sa famille. D'envoyer un signal, d'une manière ou d'une autre. Cette histoire de fuite n'était pas plausible du tout.

Le 28 octobre 1940 (ma grand-mère se souvient si bien de cette date, celle de la délivrance), elles reçurent enfin des nouvelles. Blessé au visage, il était soigné à l'hôpital militaire de Toul[1]. Elles avaient alors regardé une carte, et entrepris le voyage vers l'est. Pendant ce long périple, dangereux, incertain,

1. Je me suis renseigné sur cet hôpital, peut-être dans l'optique de le visiter. Il portait le nom de Gama, en hommage à Jean-Pierre Gama (chirurgien militaire, 1772-1861). Dans les années 1950, l'hôpital est devenu un centre de formation pour infirmiers militaires. Une quinzaine d'années plus tard, il a été transformé en entrepôt de l'armée. Depuis 1982, le bâtiment n'est plus utilisé. Il devrait être rasé prochainement. Ce lieu n'est plus rien.

elles pensèrent à l'expression « blessé au visage ». Elles n'en savaient pas plus. La bonne nouvelle se transforma assez vite en angoisse. Est-ce que cela avait été une forme de politesse pour ne pas dire « défiguré » ? Mon arrière-grand-mère avait été élevée avec le traumatisme des gueules cassées de la Première Guerre mondiale. Ses nuits avaient été hantées par des visages déformés, des visages sans bouche ou à l'œil arraché. S'ils avaient précisé « blessé au visage », cela signifiait que c'était grave, que c'était même très grave. S'il s'était agi d'une égratignure, ou de quelques dents cassées, ils n'auraient sûrement rien mentionné. Et il aurait donné des nouvelles lui-même. Elles vécurent les jours de ce voyage vers l'est dans la torture de l'incertitude. La nuit, le visage du blessé apparaissait dans les rêves de ma grand-mère, toujours avec une partie manquante. Elle se disait que son père ne serait plus le même homme. Avant la guerre, il était si beau. Les photos de cette époque permettent facilement d'imaginer son charme. Il portait la petite moustache des aviateurs, et deux fossettes triomphantes adoucissaient son visage carré. On y sentait de la force, mêlée à une douceur dans le regard. Le jour où j'ai découvert ces clichés, j'ai pensé qu'il ressemblait à mon grand-père.

Elles l'ont retrouvé, allongé sur un lit. Il avait des bandelettes autour du front, et un pansement inquiétant sur un œil. En détournant le regard, on découvrait une autre douleur : ses deux jambes étaient plâtrées. Il n'était donc pas blessé qu'au visage. Il était méconnaissable. Les deux femmes se mirent à pleurer, surtout en pensant qu'il avait dû passer des semaines ici, seul, sans personne pour venir le voir, sans personne pour lui tenir la main. C'était comme une atrocité ajoutée à l'atrocité. Son autre œil était ouvert, mais paraissait comme éteint. Pourtant, il n'était pas aveugle. Le blessé regardait sa femme, puis sa fille, mais cette vision ne semblait susciter en lui aucune réaction. Désemparées, elles demandèrent à parler à un médecin, qu'on les rassure, qu'on leur dise n'importe quoi, mais pas la vérité. Il n'y avait pas de médecin disponible. Débordés, ils passaient en coup de vent. La salle entière était remplie de blessés. Cela ressemblait davantage au palier d'une morgue qu'à un hôpital. Elles restèrent figées devant cet homme qui ne les reconnaissait plus, chacune lui tenant une main, et il faisait nuit maintenant. Il fallait le laisser. Il n'avait pas bougé, il n'avait pas parlé, il n'avait émis aucun signe prouvant qu'il était vivant. Hagardes, elles se rendirent dans un hôtel, à proximité de l'hôpital. Dans le hall, des Allemands riaient. Ma grand-mère s'approcha d'eux et cracha par terre. Elle aurait pu mourir pour cette terrible inconscience. Mais, sûrement très alcoolisés, les soldats rirent de plus belle. Une fois dans la chambre, mon arrière-grand-mère, folle de rage, gifla sa fille. Elles ne parlèrent pas de la nuit. Dès l'ouverture de l'hôpital, elles se précipitèrent. Mais il n'était plus dans son lit. Il n'était plus là. Il était mort pendant la nuit. Tout était fini. Il avait lutté de toutes ses forces pour rester en vie, le temps de revoir une dernière fois sa femme et sa fille. Oui, cela ne pouvait être que ça. Son ultime combat. Il avait vu ses amours, et avait enfin déposé les armes.

Certains chocs dessèchent. Celui-là fut si violent qu'elles ne pleurèrent pas. Elles étaient retournées près de son lit, pour ramasser ses affaires. Il n'y avait presque rien. Une lettre de sa femme. Une barrette à cheveux de sa fille. Et une petite boîte rouge qu'il aimait au point d'avoir toujours refusé de la vendre. C'était une boîte à musique. Mais on ne pouvait pas reconnaître l'air, car il manquait deux notes sur trois. Je crois qu'il adorait cette boîte comme un enfant peut aimer un animal blessé qu'il a recueilli. C'était une boîte à musique infirme. Voilà ce qui restait de lui. C'était dérisoire. Une femme de ménage nettoyait la salle à l'eau de Javel, et leur demanda de se pousser un instant. Elles exécutaient leurs gestes comme des automates, comme si elles refusaient d'entrer dans leur nouveau corps, dans l'incarnation de leur nouvelle condition : veuve et orpheline. Elles voulaient se déraciner de ce qu'elles voyaient. C'était leur seule possibilité pour surmonter l'insoutenable. À ce moment précis, un blessé parla :

« C'était un homme formidable.

— …

— J'étais avec lui au combat. Il était comme un père pour tous les jeunes. On se sentait rassurés.

— Vous étiez avec lui ?

— Oui. On a été blessés en même temps. Ça fait vraiment mal d'y penser, car on ne pouvait rien faire. On n'était ni armés ni préparés pour résister à leur attaque. On s'est pris des bombes dans tous les sens. »

Je restitue ce dialogue que ma grand-mère connaît par cœur. Oui par cœur, pour la bonne raison que ce jeune homme qui parle, c'est mon grand-père. C'est ainsi que mes grands-parents se sont connus. Il était si ému de rencontrer la famille de son compagnon d'infortune, son ami. Il voulait parler, libérer des semaines d'enfermement. Il était flamboyant, déjà. Même allongé. Il avait mal (les restes d'un éclat d'obus lui brûlaient la rate), et pourtant il essayait de les réconforter. Il avait tenté de faire sourire sa future femme. Elle était jeune, elle était triste, elle était désespérément triste ; et c'est peut-être ce qui l'avait touché.

Les deux femmes restèrent près de ce jeune homme qui n'avait pas de famille. Elles s'occupèrent de lui puis, une fois qu'il fut guéri, ils retournèrent tous les trois vers Paris. Il s'installa rue de Paradis et, devant l'évidence de la naissance du sentiment, mon arrière-grand-mère leur laissa la chambre (en échange de quoi, ils promirent de se marier, ce qu'ils firent quelques mois plus tard dans une salle vide de la mairie du Xe arrondissement de Paris ; ils s'étaient embrassés dans un silence consternant ; pourtant, cette union avait eu une sorte de fonction vitale : celle de s'attacher en pleine dérive). 1941 passa, 1942 aussi, ainsi que 1943. Ces années se déroulèrent gentiment dans la saloperie. Dans leur immeuble, une famille juive avait été dénoncée par la gardienne. Giflée par mon grand-père, cette femme, béate de son innocence française, ne comprit pas qu'elle avait mal agi. La plupart du temps, ma grand-mère passait ses journées dans l'appartement à attendre le retour de son mari. Mon grand-père avait trouvé une place de garçon dans un café. Il entendait les conversations mesurées de chacun. Il servait des Allemands polis

160

accompagnés de petites putes opportunistes dont les cheveux seraient bientôt des souvenirs. Il apportait des croque-monsieur à des femmes en manque d'homme. Il observait le manège de la mesquinerie, de la bravoure parfois, de la lâcheté ordinaire. Il rentrait le sourire aux lèvres, comme si la guerre était un terrain de jeux. Il était positif, il savait que l'Occupation prendrait bientôt fin. Et il avait raison. Paris fut libéré. « Ce fut une joie indescriptible », m'a dit ma grand-mère. Je ne tenterai donc pas de la décrire.

Après quelques mois de chaos, où les petits chefs du monde écroulé se mirent à courir comme des rats, la ville s'organisa à nouveau. Mon grand-père fut décoré. Sa femme assista, sidérée, à la cérémonie où l'on mentionna « le grand résistant » qu'il avait été. Cela aurait dû être un honneur, mais elle n'apprécia pas de découvrir de cette manière les activités souterraines de son mari. Elle n'avait jamais rien su. Pire : elle ne s'en était jamais doutée. Il rentrait tard certains soirs, on ne savait pas bien ce qu'il faisait, elle se disait avec douleur qu'il voyait peut-être une autre femme, mais pas une seule fois elle n'avait pensé à la Résistance. Elle se sentait idiote. Elle demanda : « Pourquoi ne m'as-tu rien dit ? Pourquoi n'as-tu pas partagé tout ça avec moi ? » Il répondit qu'il n'avait pas voulu la mettre en danger. Cela n'avait rien à voir avec la confiance. Mon grand-père possédait cette formidable capacité à toujours trouver les mots justes. La preuve : au moment où ma grand-mère s'enfonçait dans une moue boudeuse, il dit :
« Mais tu le savais.

— Quoi ? Que tu étais résistant ? Mais non, je ne le savais pas.

— Mais si. Tu sais très bien qu'il faut être résistant pour vivre avec toi. »

Elle eut alors un sourire qui chassa le sombre. Il l'embrassa ; et sur ses lèvres, il y avait le goût des jours à venir. Ils eurent trois enfants, dont mon père, qui lui-même eut un enfant : moi. La vie passa, et une savonnette tua mon grand-père.

*

L'hôtel étant quasi vide, je n'ai pas eu de problème pour obtenir une chambre à côté de celle de ma grand-mère. Il devait être un peu plus de minuit quand nous sommes montés. Une fois sur mon lit, j'ai repensé à son récit bien sûr, mais aussi au document qu'elle m'avait montré : la liste des élèves de sa classe de primaire. Cette lecture lui avait permis de faire défiler tous les visages du passé. La mémoire du nom apportait en cadeau celle du visage. Elle a ainsi cité : Germaine Richard, Baptiste Amour, Charles Duquemin, Alice Zaduzki, Paulette Renan, Yvette Roudiot, Louise Chort, Paul André, Jean-Michel Sauveur, Édith Dit-Biot, Marcelle Moldivi, Renée Duchaussoy, et ainsi de suite. Elle pouvait tous les décrire. La simple évocation des noms avait été comme un tunnel qui conduisait à son enfance. Elle m'a parlé du caractère de chacun, et parfois aussi de leurs histoires familiales. Puis, à nouveau, elle est revenue sur le déchirement qu'elle avait ressenti quand elle avait dû les quitter. Et je comprenais l'intensité de ces douleurs qu'on ne referme jamais. Toute sa vie, ensuite, elle avait vécu avec ces noms, comme autant de destins inachevés. Qu'étaient-ils devenus ? Étaient-ils encore vivants ? La femme de la mairie, la même que j'avais vue à l'office du tourisme, lui avait dit que, dans la commune, une seule personne de cette liste habitait encore la ville : Alice Zaduzki, qui avait donc passé toute sa vie à Étretat. Sur un bout de papier, elle avait inscrit son adresse. Nous avons décidé d'aller la voir le lendemain. Quelle serait sa réaction en voyant débarquer ma grand-mère chez elle, après plus de soixante-dix ans ?

Certes l'écart était moindre, mais, une fois dans mon lit, je me suis mis à penser à mes camarades de CE2. Je me souviens d'une scène avec des copains de ma classe où nous parlions de notre vie d'adulte : on avait décidé de vivre tous ensemble dans un grand appartement. Il y aurait dans le salon un flipper et un baby-foot. Cela paraissait tellement vrai. Une part de moi ne comprend toujours pas pourquoi je n'ai pas réalisé ce rêve ; ce rêve parmi tous les rêves qu'on formule dans son enfance et qui disparaissent. Je me souviens de nos mots, et pourtant les visages de tous ces camarades sont flous. Parfois je regarde les photos de classe, où nous sommes gentiment assis, tellement remplis d'avenir, et ces images n'ont ni goût ni odeur. Elles sont froides, car rien ne me revient. Que sont devenus tous ces enfants ? Où sont-ils maintenant, au moment où je suis là, à penser à eux ? Avec les moyens d'aujourd'hui, je pourrais les retrouver facilement. Et cela gâcherait d'une certaine façon la beauté de l'acharnement à vouloir recomposer un souvenir. Que sont devenues Célia Bouet et Cécile

Bleicher ? Ou encore Juliette Svoboda ? Que sont devenus tous les noms de cette mythologie éteinte ? Je peux imaginer Richard Rose en éducateur sportif et Sylvie Balland en costumière pour le cinéma. Je peux les imaginer à Dijon ou à New York. Je peux tout imaginer maintenant.

Il n'y avait aucun bruit dans l'hôtel. Pour un taliban du niveau sonore comme moi, cela représentait les conditions idéales au sommeil. Mais je ne pouvais pas dormir. Surtout à cause de mon décalage horaire intérieur ; habituellement, je veillais à cette heure-ci. Avec mon départ précipité, je n'avais pas pensé à emporter de livre (ce qui était extrêmement rare : j'ai toujours de quoi lire sur moi, même pour un trajet de deux stations en métro). À part les instructions pour l'évacuation en cas d'incendie, il n'y avait rien à lire dans la chambre. Je n'allais tout de même pas mettre le feu à mon matelas pour donner de l'intérêt à cette lecture. Finalement, pour tenter de m'endormir, j'ai décidé de contempler méthodiquement la décoration de la chambre. Elle avait la particularité impressionnante de cumuler les fautes de goût, tout en étant minimaliste. Saccager un lieu en trois objets, c'est une forme d'art. Ne manquait plus qu'une réplique du tableau de la vache. Quoique, cela eût été redondant avec cette petite toile représentant un poulailler au début du siècle dernier. C'était un tableau impressionnant, le niveau ultime de la croûte. J'ai dû rester une bonne heure à fixer cette image, si bien que je peux encore en reconstituer mentalement chaque détail. Il est toujours là, devant mes yeux. Et c'est peut-être sa beauté. C'est exceptionnel d'offrir la postérité à des poules.

40

Un souvenir d'Alice Zaduzki

À *l'occasion de ses trente ans, Alice était allée visiter Paris.*
Dans le métro, pour avoir l'air d'une Parisienne, elle lisait debout.

Au même moment, un jeune homme à vélo roulait vite ; il avait un rendez-vous important pour un travail. En pleine rue, sa chaîne avait déraillé. Il tenta de la remettre d'une manière excitée, fébrile, atrocement angoissé à l'idée d'être en retard. Mais rien n'y faisait, la chaîne résistait. Il avait les mains pleines de graisse, tout allait mal. Il avisa la bouche de métro, s'y précipita à vive allure. C'était la seule solution pour ne pas être en retard. En descendant l'escalier, il vit que le métro était à quai. Il sauta les marches quatre par quatre et se jeta dans le wagon, in extremis.

Il bouscula alors une jeune femme et fit tomber son livre. Il s'excusa et se pencha aussitôt pour le ramasser ; au moment de le lui rendre, il vit qu'il l'avait taché : « Pardon, je suis désolé... j'ai les mains sales. » Alice lui adressa alors un grand sourire. C'était le titre du livre qu'elle lisait : Les Mains sales. *Devant la cocasserie de cette scène, il se mit à*

sourire aussi. Alice, pleine d'esprit comme toutes les
Alice, répondit alors : « Heureusement que je n'étais
pas en train de lire La Peste. »

41

Je me suis réveillé de nombreuses fois cette nuit-là. Je pensais à mon histoire familiale, et elle se mêlait à des scènes du présent. Les époques se touchaient et se confondaient, formant ainsi des entités baroques et intemporelles. Je n'étais plus certain de mon âge. Finalement, j'ai aimé cette nuit passée dans l'incertitude de tout. La réalité dérapait, j'entendais mon téléphone sonner, et je pensais que c'était forcément grave. Mon père devait m'appeler pour m'annoncer une mauvaise nouvelle. Pourtant, en prenant l'appareil, je découvrais que je n'avais aucun message. J'inventais, je rêvais, j'écrivais. Seule étrangeté à cette nuit perdue dans l'avalanche des dérapages du réel, je ne comprenais pas pourquoi aucune femme ne venait hanter mes rêves. J'avais mal de sentir que la féminité tant désirée s'éloignait tragiquement, au point de ne plus même apparaître dans mes songes. Je ne savais pas encore que les femmes importantes d'une vie s'annoncent par le néant. Je ne savais pas qu'il fallait voir dans ce désert sensuel la promesse d'une apparition. J'attendais l'aube ; je me disais que c'était la seule vérité que je possédais : le matin vient quoi qu'il arrive.

Nous nous sommes retrouvés, ma grand-mère et moi, au petit déjeuner. Nous étions comme un petit couple, chacun avec ses habitudes : elle du thé, moi du café. En fond sonore, il y avait une musique improbable, une sorte de mélodie à mi-chemin entre Barbara et Abba. J'ai bu de nombreuses tasses pour me réveiller.

« Il est excellent, ce petit déjeuner, me dit ma grand-mère.

— Ah bon ? Tu trouves ? »

Je crois qu'elle aurait tout trouvé merveilleux ce matin-là. Les plus beaux moments d'une vie sont ceux où l'on se fout complètement de ce qu'on mange. Franchement, le pain avait le goût de la réincarnation. Je m'étouffais gentiment en savourant sa bonne humeur. On avait décidé d'aller voir cette fameuse Alice, seule rescapée géographique de sa classe de neuvième. J'avais suggéré de téléphoner, mais ma grand-mère préférait qu'on passe à l'improviste. Autant aller jusqu'au bout de la surprise. Dehors, il faisait toujours assez bon ; l'été n'en finissait plus de résister ; ou alors, était-ce l'automne qui n'arrivait pas à s'imposer ? Après tout, je ne savais rien de la bataille des saisons.

Le chemin à parcourir n'était pas très long. J'ai proposé qu'on y aille en voiture, mais ma grand-mère voulait marcher. Nous avons longé les falaises. Un instant, comme figés par ce qui s'offrait, nous n'avons pu faire autrement que de nous arrêter. La terre chutait ici d'une manière inquiétante dans la mer. Ce décor de fin du monde inspirait de nombreux suicides. Cela me paraissait étrange de vouloir mourir face à la mer, devant le spectacle grandiloquent de la beauté terrestre. Ce paysage était une condamnation

167

à se maintenir en vie. Nous sommes restés de longues minutes sans parler, émus par l'immensité.

J'ai frappé à la porte. Une femme d'une cinquantaine d'années a ouvert. C'était la fille d'Alice. Elle restait avec sa mère tous les matins. Nous lui avons expliqué qui nous étions. Elle n'en revenait pas :

« C'est incroyable, votre histoire… alors vous étiez avec ma mère… en classe ?

— Oui.

— Oh… oh… oh, c'est dommage.

— C'est dommage ? Qu'est-ce qui est dommage ?

— Ma mère a des troubles de la mémoire… enfin, c'est une façon pudique de dire qu'elle perd complètement la tête.

— Nous sommes désolés, ai-je dit pour combler un léger malaise.

— Elle est atteinte d'Alzheimer. On en parle tout le temps, de cette maladie, les gens ont l'impression de la connaître, mais je peux vous dire que, tant que vous ne voyez pas votre mère vous regarder comme une parfaite inconnue, alors vous ne connaissez pas cette saloperie. »

Que répondre à ça ? La légèreté de notre démarche était gâchée. La quinquagénaire insista : « Elle ne reconnaît plus personne. Un jour elle me prend pour la femme de ménage, un autre pour sa mère. » Et nous, qui serions-nous pour elle ? Pour rejoindre sa chambre, nous avons marché dans un couloir interminable, comme pour symboliser la distance entre deux mondes. La femme a frappé doucement, avant d'ouvrir la porte. Nous avons découvert Alice assise devant un grand miroir, en train de se brosser les cheveux. C'était une vision si étrange. Le miroir était entouré d'ampoules, comme celui des danseuses dans leur loge. Elle nous a vus dans le reflet, et s'est retournée sans rien dire.

« Maman, tu as de la visite. C'est une amie qui était à l'école avec toi. »

Il y eut un moment d'arrêt. Alice a observé ma grand-mère, et tout paraissait possible. Toutes les phrases, toutes les pensées, toutes les folies. Elle s'est levée, et s'est dirigée vers son amie d'enfance. Elle s'est approchée tout près, vraiment tout près, et je pouvais sentir le cœur de ma grand-mère battre si fort. Nous étions décontenancés par la dramatisation de ce moment. Je ne savais pas où me mettre. J'ai dû souffler un « Bonjour madame » que personne n'a entendu. Mes mots sont morts dans leur intention. Alice a posé une main sur le visage de ma grand-mère, et au bout d'un moment, a dit :

« Oui, je me souviens.

— ...

— Je me souviens de toi.

— C'est vrai, maman ? Tu te souviens qu'elle était à l'école avec toi ?

— Avec moi ? Non, c'était avec toi qu'elle était. Je me souviens que c'était ta meilleure copine.

— Non, maman, elle était avec toi.

— On était en neuvième ensemble, a alors dit ma grand-mère. Tu étais assise derrière moi. (Elle s'est retournée et a relevé ses cheveux.) Tu ne reconnais pas ma nuque ? »

La vieille dame a observé la nuque, puis s'est mise à sourire. Elle n'avait aucune idée de qui pouvait être cette femme. Je trouvais ce moment profondément injuste. Ma grand-mère avait quitté la maison de retraite, bravé le danger, tout ça pour toucher son enfance, et voilà que le vestige de son passé était une femme perdue dans ce monde brouillon.

Au bout de quelques secondes, Alice a dit : « Soyez la bienvenue chez nous. On pourrait peut-être boire du champagne ? » Sa fille, qui avait sûrement appris à s'accommoder des délires de sa mère, dit :

« Oui, c'est une bonne idée. Je vais en chercher. »

Elle partit en cuisine. Nous sommes restés tous les trois dans la chambre. Alice est retournée s'asseoir dans son fauteuil. Ma grand-mère s'est installée, à côté, sur le bord de son lit. Elles se sont regardées quelques secondes, échangeant un sourire poli. Puis Alice s'est remise à se brosser les cheveux. Ma grand-mère a tenté :

« Tu ne te souviens vraiment pas ? La classe de Mlle Rougeon. Avec Édith, avec Jean-Michel… Tu ne te souviens pas de Jean-Michel ? Il était très amoureux de toi… vraiment, complètement fou… il t'écrivait des poèmes que tu nous faisais lire… ils étaient si mauvais que cela nous faisait tous rire… »

Alice s'est alors retournée, et a fixé un long moment ma grand-mère, avant de dire : « Ça va être bien de boire un peu de champagne. »

Il n'y avait rien à faire. Je me suis approché de ma grand-mère pour lui dire que j'étais désolé. Je la sentais vraiment déstabilisée par cette rencontre. Elle m'a dit tout bas : « Tu vas me prendre pour une folle, mais elle n'a pas changé. Vraiment c'est incroyable. Je reconnais ses yeux. » À la fin de cette phrase, sa voix a déraillé. Et elle s'est mise à pleurer. C'est sorti comme ça. Quelques sanglots courts mais très forts. La fille d'Alice est revenue dans la chambre, et a vu les larmes de ma grand-mère. Elle est restée immobile, dans l'embrasure de la porte, ne sachant que faire. Elle est restée debout, aussi touchante que ridicule, à tenir son plateau avec la bouteille de champagne et quatre flûtes.

42

Un souvenir d'Alois Alzheimer

Alzheimer est un neuropsychiatre brillant, mais ne sait pas encore qu'il va donner son nom à sa découverte médicale. Pour cela, une femme va bouleverser sa vie. C'est Auguste D. qui est admise à l'hôpital de Francfort le 25 novembre 1901. Alzheimer a trente-sept ans quand il décide de suivre cette patiente, qui souffre d'une dégradation progressive de ses facultés cognitives. Il n'a pas immédiatement compris qu'elle deviendrait son cas de référence, qu'elle serait comme la muse d'un artiste. Notant quasi quotidiennement les évolutions d'Auguste, ses hallucinations et ses comportements incohérents, il s'asseyait près d'elle pour l'interroger :

« Quel est votre nom ?

— Auguste.

— Quel est votre nom de famille ?

— Auguste.

— Quel est le nom de votre mari ?

— Auguste. »

À chaque question, elle répondait par son prénom.

Alors qu'il devenait obsédé par cette patiente, Alois se souvint subitement que la voisine de la maison où il avait vécu enfant s'appelait également Auguste. Il aimait profondément cette femme qui venait souvent le garder, lui faisait des gâteaux, le gâtait autant qu'elle le pouvait. C'était une femme qui ne pouvait pas avoir d'enfants. Un jour, elle dut déménager pour suivre son mari, muté à Hambourg. Elle vint dire au revoir à Alois, et l'embrassa longuement sur le front. Elle lui dit : « J'espère que tu ne m'oublieras pas. » Il fut bouleversé par le départ de cette femme, mais, quelques mois plus tard, il l'avait complètement oubliée. Trente années après, face à cette Auguste qui ne se souvenait plus de rien, face à cette Auguste qui allait le rendre inoubliable, il repensait à l'Auguste de son enfance, et songea que chaque personne importante d'une vie porte en elle l'écho de l'avenir.

43

Nous avons évité de passer par les falaises, cette fois-ci. Ma grand-mère était venue jusqu'ici sans avoir une idée précise de ce qui pouvait arriver. Elle voulait marcher sur la nostalgie, éprouver la beauté de cette nostalgie, mais elle s'était retrouvée face à une vérité brutale. On ne sait jamais ce que contient la nostalgie. On ne sait pas si on touchera son étymologie, sa tonalité douloureuse et mélancolique ; ou si l'on embrassera son goût plus moderne, celui du plaisir lié aux joies du passé. Ma grand-mère semblait elle-même surprise par les larmes qu'elle avait versées, comme s'il existait toujours de nouvelles limites au terrain de notre propre sensibilité. On avançait doucement, sans vraiment savoir ce que nous allions faire. Je lui ai demandé si elle voulait retourner à l'hôtel pour se reposer avant le déjeuner. Elle ne répondit pas tout de suite, elle semblait réfléchir à quelque chose, avant de finalement dire :

« On devrait aller voir mon école. La femme de la mairie m'a dit qu'elle était encore là.

— D'accord.

— Il faut prendre la voiture, je vais te montrer le chemin. »

On a roulé quelques centaines de mètres vers l'école Guy-de-Maupassant. Ma grand-mère m'a indiqué la route comme si elle avait toujours vécu là. Tout était différent, les enseignes et les commerces, mais les rues demeuraient identiques. L'ossature de la ville était intacte. Nous nous sommes garés devant le bâtiment. C'était une toute petite école. Il devait y avoir cinq classes, pas plus. Sûrement une par section. Juste derrière le portail d'entrée, il y avait la cour de récréation. Les passants pouvaient voir les enfants jouer. Quelques mamans étaient là, attendant l'heure du déjeuner. Elles parlaient entre elles, tout en jetant de petits regards dans notre direction. Nous étions comme deux intrus à leur routine. Comme elles semblaient perplexes, pour ne pas dire inquiètes, j'ai dit au bout d'un moment :

« Ma grand-mère était élève ici.

— Ah, très bien… », dit une mère d'un air un peu

effrayé, comme si elle se rendait compte subitement que sa petite fille aussi serait vieille un jour.

Les enfants sont alors sortis en courant. Certains sont restés dans la cour, sûrement ceux qui déjeunaient à la cantine. Les garçons tapaient dans un ballon, s'échangeaient des cartes ; les filles sautaient à l'élastique, jouaient à la marelle. Ma grand-mère semblait émerveillée par ce spectacle, mais je ne pouvais pas savoir ce qu'elle pensait *réellement*. Elle pourrait tenter de me décrire le plus précisément possible son état d'esprit, il demeurerait pour moi un complet mystère. Je ne saurais rien de cette sensation, tant que je ne reviendrais pas devant ma cour d'école élémentaire à son âge. Ce qui d'ailleurs ne risquerait pas d'arriver, car elle venait d'être rasée pour cause d'amiante. Si ça se trouve, j'avais été contaminé. Et je pourrais enfin me dire que mes accès névrotiques avaient une source. Ma grand-mère mit fin à ma digression intérieure : « Tout cela m'a tellement manqué. » Elle commença à me raconter à nouveau son départ précipité, et je faillis lui dire qu'elle radotait. Mais au fond, c'était à elle qu'elle racontait encore cette histoire, inlassable histoire de sa blessure. Je lui ai proposé :

« Tu veux qu'on entre ? Qu'on visite les classes ?

— Non, pas aujourd'hui », répondit-elle aussitôt, et je compris qu'il fallait avancer progressivement vers certains souvenirs.

Nous sommes retournés à l'hôtel, et elle est montée directement dans sa chambre. Je suis resté seul dans le salon, à lire un vieux journal qui traînait là. C'est toujours étonnant de parcourir les actualités de la semaine précédente. Tout bouge tellement vite que cela ridiculise le présent. Quel est l'intérêt de lire ce qui ne sera plus la vérité du monde dans quelques heures ? J'ai reposé le journal, et me suis assoupi quelques minutes. Pourtant, à mon réveil, l'après-midi était déjà bien entamé. Je suis monté dans la chambre de ma grand-mère pour voir ce qu'elle faisait ; j'ai entrouvert la porte, elle dormait encore. Elle semblait si fatiguée à présent. Elle n'avait plus du tout l'air rajeuni de la veille. Je trouvais même qu'elle respirait péniblement.

J'ai décidé de retourner seul à l'école, avec une idée en tête. Cette fois-ci, c'était la sortie de 16 h 30, et les mères continuaient de me regarder, avec le même air inquiet. Ce que je pouvais comprendre. Je n'avais pas grand-chose à faire là. Mon visage fatigué et pas rasé devait accentuer mon allure de kidnappeur d'enfants. Pour rassurer tout le monde, je lançais de grands sourires un peu grossiers ; mais mes tentatives pour détendre l'atmosphère produisaient l'opposé de mon intention : je voyais clairement la panique progresser sur les visages. Finalement, je me suis écarté pour laisser sortir les élèves. Le brouhaha des excitations passa si rapidement, comme un cyclone pressé d'en finir avec la destruction des terres. En quelques minutes, la journée scolaire s'était évaporée. J'étais revenu avec une intuition, et pourtant, maintenant que j'étais là, je n'étais plus vraiment certain de mes intentions. Je suis entré dans la cour, et me suis assis sur un banc. Peut-être deux ou trois minutes plus tard (j'hésite sur la temporalité), une femme est sortie de sa classe. Une jeune femme. Il y a quelque chose de si émouvant à la première apparition d'une personne qui va compter dans votre vie.

Je ne pourrai jamais oublier la façon dont cette jeune femme s'est approchée de moi, avec une démarche relativement assurée. Elle portait une robe bleu foncé, sans le moindre motif, et ses cheveux étaient remontés en queue-de-cheval. Je pourrais décomposer son avancée vers moi, pendant de nombreuses pages. Ce serait facile. À cet instant, je ne savais rien d'elle. Elle était encore une femme parmi les trois milliards de femmes ; une anonyme de ma vie. Oui, à cet instant, je ne savais pas encore son prénom : Louise. Je ne savais pas qu'elle était institutrice depuis trois ans ici, et que cette année elle s'occupait des CE2. Je ne savais pas qu'elle prenait des cours de comédie, mais qu'elle allait bientôt arrêter car elle était persuadée de ne pas avoir de talent. Je ne savais pas que ses réalisateurs préférés étaient Woody Allen et Aki Kaurismäki. Elle aimait aussi Michel Gondry, surtout pour *Eternal Sunshine of the Spotless Mind*, un film sur l'effacement de la mémoire amoureuse. D'une manière générale, elle raffolait du cinéma français des années 1970. Elle aimait Claude Sautet, Maurice Pialat, et Yves Robert. Cela lui rappelait son enfance. La fin des années 1970, c'est une impression physique de la couleur orange. Elle se sentait issue de ce orange-là. Toute petite, elle aimait marcher dans la nature, et rêvait de posséder un saule pleureur. Elle alternait des moments où elle était boudeuse et des moments où elle était rêveuse. Elle aimait la pluie, car cela lui permettait de mettre ses bottes rouges. Le rouge, ce sont les années 1980. Elle chassait les escargots, mais les libérait toujours, prise de culpabilité. Pendant des années, chaque automne, elle ramassait des feuilles mortes dans le but de les enterrer dignement. Quand elle marcha vers moi, je ne savais pas encore qu'elle aimait les poupées russes et le mois d'octobre. Je ne savais pas non plus qu'elle aimait les aubergines et la Pologne. Je ne savais pas qu'elle avait eu quelques histoires, toutes plus ou moins décevantes, et qu'elle commençait à perdre patience en attendant l'amour. Il lui arrivait même de ne plus vraiment y croire. Elle s'imaginait alors parfois comme une héroïne russe, un peu tragique. Mais le contact des enfants la rendait heureuse, et elle devenait légère comme une héroïne italienne. Sa plus grande histoire, elle l'avait vécue avec un garçon qui s'appelait Antoine. Mais il était parti à Paris pour ses études ; finalement, il avait surtout décidé d'étudier une Parisienne. Louise en avait éprouvé beaucoup d'amertume. Et puis, elle s'était dit que c'était un con. D'ailleurs, il avait tenté de revenir vers elle, et cela avait au moins eu le mérite de soulager sa blessure narcissique. Mais tout ça, c'était du passé. Elle continua d'avancer vers moi, et je ne savais pas encore qu'elle aimait lire dans sa baignoire, et qu'elle pouvait prendre jusqu'à six bains par jour. Son plaisir était de laisser couler l'eau chaude sur ses pieds. Ah oui, j'allais oublier sa grande passion pour Charlotte Salomon. Elle aimait sa vie, sa profondeur, ses dessins. Je suis inculte de tout ça, maintenant qu'elle avance vers moi, la première fois où je l'ai vue, pour me demander : « Est-ce que je peux vous aider ? »

Un souvenir de Charlotte Salomon

La vie de Charlotte Salomon fut aussi puissante que brève puisqu'elle est morte à vingt-six ans, gazée à Auschwitz alors qu'elle était enceinte. Élève sur-douée des Beaux-Arts de Berlin, elle fut contrainte, à cause de son origine juive, de se réfugier en 1939 chez ses grands-parents installés sur la Côte d'Azur. Elle y peindrait alors de manière frénétique près de mille gouaches qui formeraient une œuvre autobiographique exceptionnelle, Vie ou théâtre, qu'on peut lire comme un roman. Son œuvre est hantée par le suicide, qu'elle vivait comme une sorte de condamnation atavique. Ce qui est compréhensible ; peu après son arrivée en France, elle avait été foudroyée par un drame : le suicide de sa grand-mère. C'est alors que son grand-père lui avoua la vérité à propos de sa mère. Car Charlotte était orpheline, et avait passé son enfance à tenter de résoudre une vérité trouble. Alors elle se souviendrait pour toujours (et ce serait court) des mots de son grand-père, lui-même torturé à mort par le chagrin : « Ta mère n'est pas morte d'une grippe, elle s'est suicidée. » Elle apprendra ce même jour que ce fut le sort de presque toutes les femmes de sa famille. Pour sa mère, elle fut effondrée, bien sûr, pourtant c'était comme si elle savait déjà ce qui lui était arrivé. Elle se souviendrait de ce mélange étrange de dévastation de la vérité et de confirmation presque paisible d'une intuition.

Pendant le dîner à l'hôtel, nous avons peu parlé. Cela contrastait complètement avec le repas de la veille. Il y avait à présent quelque chose de sombre sur le visage de ma grand-mère. La journée avait été longue et compliquée. Assez tôt, elle est montée se coucher. Quant à moi, j'ai senti que je n'avais pas la force de me retrouver enfermé dans ma chambre. J'avais envie de traîner ; j'avais envie de me libérer d'un poids qui subitement m'étouffait ; j'avais envie de boire. J'ai marché un peu, avant de repérer au loin une enseigne clignotante. La version alcoolique du phare. Le néon n'attirait pas les bateaux mais plutôt les dérives. Je suis entré dans le bar, pour me sentir aussitôt en terrain familier. Ou plutôt : je trouvais le décor propice à mon envie. Au comptoir étaient accoudés trois hommes, qui se ressemblaient étonnamment. On aurait dit trois frères. Vient une heure où les hommes gomment leurs différences. Ils portaient la même barbe et étaient habillés de salopettes bleues qui devenaient noires de crasse. Ils murmuraient tous les trois quelque chose, et il était bien difficile de savoir s'il s'agissait d'une conversation ou bien de soliloques indépendants. À mon entrée, ils ont tourné la tête vers la porte, d'une manière quasi synchronisée, puis sont retournés à leur bière sans rien dire. Seul le barman me gratifia d'un bonsoir. Enfin, assise à une table, il y avait une femme seule. Je l'ai observée un très court instant. Il était impossible de savoir si c'était une femme que personne n'avait touchée depuis des décennies, ou si elle avait enchaîné de nombreuses histoires affectives. Ici, je sentais que je n'allais trouver que des cas extrêmes.

ferait du bien de déraper de la politesse, de
e la bienveillance. Je ne sais pas pourquoi
t d'agressivité en moi, ce soir-là. Je me dis
maintenant, avec du recul, que c'était comme la peur
de quelque chose.

J'ai bu énormément, ma tête tournait, et pourtant je
rencontrais de nombreux éclairs de lucidité. Je comprenais que mon malaise provenait en partie d'un manque
de racines. Si je dérivais si facilement, c'est parce que
je n'avais aucun antidote à la perdition. Mes parents
avaient été des ombres, certes affectueuses, mais des
ombres. Et j'avais continué à poursuivre la destinée de
l'ombre, en tant que veilleur de nuit. En ne voyant plus
personne. Je ne voulais pas finir timoré comme mon
père, encore moins à moitié fou comme ma mère. Je
voulais avancer vers la lumière. J'avais suivi ma grand-
mère, mais je comprenais que tout cela m'apportait
aussi un immense lot de désillusions. La route qu'elle
poursuivait, dans son ultime tentative de beauté, était
une impasse. Je voyais tout en noir, et j'aurais pu à cet
instant foncer vers les falaises, et en finir.

J'ai surtout fini par tomber à la renverse. Mon corps
m'avait lâchement lâché dans ma volonté d'ivresse. À
ce que j'ai compris, les clients présents ont eu la gentillesse de me ramener à l'hôtel (j'avais la clé sur moi).
J'avais honte de n'avoir même pas été capable d'assumer ma perdition. On m'avait ramené au lit comme
un enfant. Même les poules du tableau me regardaient
avec mépris. Pourtant, j'éprouvais aussi un certain
bonheur du moment minable que j'avais vécu. Il faut
parfois passer par la case de la dramatisation de son

mal-être. J'avais mal à la tête, et j'avais s
je ne pouvais pas dormir maintenant. Il
7 heures, et j'avais prévu quelque chose
au moins un quart d'heure sous la douch
robinet vers la gauche, pour avoir de l'e
plus froide. C'était la seule façon de réveiller les neu-
rones encore imbibés. Une fois habillé, je suis allé
taper à la porte de ma grand-mère. J'avais peur de la
réveiller, mais non, elle avait déjà les yeux ouverts.
Elle traînait au lit.

« Il faut que tu te prépares. Nous avons quelque
chose à faire aujourd'hui.

— Ah bon ? Quoi ?

— Tu verras, tu verras. Prépare-toi, je te dis. »

Elle s'est alors dirigée vers sa salle de bains. Pendant
ce temps, j'ai observé sa chambre. C'était à peu de
chose près la même que la mienne. Il n'y avait pas de
tableau de poules. Mais je pouvais être rassuré : elle
avait, elle aussi, sa croûte. Et je dois dire que sa croûte
surpassait la mienne. Je n'étais finalement pas si mal
loti au royaume de la médiocrité (chacun trouve les
sources de réjouissance qu'il peut). Son tableau était
une sorte de nature morte, mais vraiment morte : il n'y
avait plus aucun espoir pour cette nature-là, représentant trois pommes sur une table. C'est sûrement un fait
unique dans l'histoire des fruits, mais je peux le dire
avec certitude : ces trois pommes-là avaient l'air affreu-
sement déprimées. On aurait voulu les sortir de là, les
sauver, mais c'était impossible, elles purgeaient une
condamnation à perpétuité dans ce cadre.

Pendant notre petit déjeuner express, j'ai expliqué
mon projet à ma grand-mère. Elle n'en revenait pas. Je

que ça lui avait effleuré l'esprit, mais qu'elle ait aussitôt écarté cette idée. Nous avons roulé vers l'école. Il était encore très tôt. Nous sommes restés immobiles dans le matin qui s'éveillait, dans l'obscurité finissante. J'étais heureux aussi de revoir cette institutrice qui m'avait troublé la veille. Cela n'avait pas été immédiat, mais j'avais repensé à son visage le soir même pendant ma beuverie peu glorieuse. J'aime beaucoup l'après-coup. Il faut quelques heures pour comprendre la vérité d'une sensation éprouvée. Et ce phénomène était particulièrement souligné chez moi, qui ai toujours eu un train de retard sur mes émotions. Pendant les soubresauts de ma nuit, au hasard de mes réveils successifs, elle m'était apparue en songe. Elle me répétait alors sa phrase, litanie de notre première rencontre : « Est-ce que je peux vous aider ? » Le visage de Louise, dont je ne connaissais pas le prénom, avait hanté ma nuit ; et j'étais là, au bout de cette nuit, à l'attendre.

Quand elle est arrivée, elle nous a adressé un grand sourire. J'ai trouvé ça fascinant qu'on puisse sourire ainsi dès le petit matin. Certes j'étais conquis, et j'allais donc être capable de trouver beaucoup de choses fascinantes chez elle. Je préfère le préciser car je progressais vers un total manque d'objectivité. Je lui ai présenté ma grand-mère.

« Enchantée, madame, je suis ravie de vous compter parmi nous aujourd'hui.

— C'est moi qui suis heureuse, répondit ma grand-mère avec une émotion palpable dans la voix. Vous êtes si jeune, ajouta-t-elle.

— Ah bon, vous trouvez ?

— Vous me direz, à mon âge, tout le monde me paraît jeune. »

Louise jeta un regard en coin dans ma direction, plein de malice. Elle allait apprécier ma grand-mère, forcément. Voilà ce que son regard disait. Mais il disait aussi autre chose. Il entamait le début d'une connivence entre nous, liée à cette situation hors norme. Je n'avais pas pensé à tout ça, vraiment pas, en proposant à Louise de prendre ma grand-mère comme élève une journée. Je n'avais pas pensé à quel point cela pouvait me propulser dans une posture valorisante. On parle du pouvoir de séduction des pères de famille, qui se promènent au parc avec une poussette ; je découvrais que s'occuper de sa grand-mère pouvait également avoir son charme.

Jusqu'à présent, je n'avais pas eu beaucoup de rapport avec des enfants. Finalement le dernier enfant que j'avais côtoyé, ça devait être moi. Les élèves de CE2, entre huit et neuf ans, m'ont tout de suite plu. Ils sortent de la petite enfance et découvrent le monde avec une lucidité qui n'est pas encore abîmée par la mollesse. Ils demeurent dans la beauté immédiate de l'émerveillement. J'ai vu ça à leur façon d'être ébahis par l'arrivée d'une nouvelle élève aussi atypique. Il fallait imaginer une petite vieille ratatinée sur une chaise, derrière une table d'écolier, au milieu d'une classe. Louise annonça :

« Aujourd'hui, nous avons une invitée. Elle s'appelle Denise, et elle a été élève ici il y a plus de soixante-dix ans. On lui dit bonjour.

— Bonjour, Denise, reprirent-ils en chœur.

— Bonjour… les enfants.

— Elle va suivre la classe avec nous, et puis elle va nous parler aussi de son histoire. Elle va nous raconter comment c'était ici, dans les années 1930. Vous pourrez lui poser des questions bien sûr. »

Un élève, sûrement très matinal, leva la main d'une manière énergique. On aurait dit qu'il voulait toucher le ciel avec son doigt pointé. La maîtresse lui donna la parole, et il posa (vraiment) cette question :

« Est-ce que tout était en noir et blanc quand vous étiez petite ? »

Je suis resté dans le couloir, je ne voulais pas gêner le rêve. J'ai fait des allers-retours entre les deux rangées de portemanteaux, et je me suis senti ému par tous ces manteaux accrochés, les uns à côté des autres. Je me suis dit que la vie à cet âge-là était parfaitement ordonnée. On savait où poser son manteau. J'ai éprouvé la nostalgie de ce monde rangé. Je ne sais pas vraiment vers quel moment on dérape dans le désordre. J'observais de temps en temps la classe à travers la partie vitrée de la porte. J'observais Louise en train de parler, vision silencieuse. Ma grand-mère était assise, bien sagement, comme fondue dans le décor. Elle prenait des notes sur un petit cahier qu'on lui avait prêté. Et puis, déjà, la sonnerie a retenti. Ça m'a renvoyé subitement dans ma cour d'école. Tout change, mais pas les sonneries de récréation. Une petite fille a pris la main de ma grand-mère pour lui indiquer le chemin. Je n'ai même pas pu lui parler. Elle était entourée d'enfants. Avec Louise, nous avons suivi le mouvement. Nous sommes restés tous les deux au bord de la cour. Les autres instituteurs sont venus aux nouvelles. Une institutrice m'a dit :

« Mes élèves sont jaloux. Ils voudraient avoir votre grand-mère dans la classe.

— Je vais finir par la louer », ai-je répondu, mais personne n'a ri.

Après quelques mots, il y eut un blanc. Les autres enseignants nous ont laissés. Je ne sais pas si quelque chose se voyait. Mais pendant leur présence, Louise et moi avions prononcé quelques phrases à voix basse, comme pour souligner notre immédiate connivence. Nous nous tutoyions, car nous avions à peu près le même âge. Louise avait trois ans de plus que moi. Quand j'avais six ans, elle en avait neuf. Quand j'avais douze ans, elle en avait quinze. Quand j'avais vingt ans, elle en avait vingt-trois. Ainsi de suite, je la suivrais à égale distance toute ma vie. Mais cela ne concernait que l'âge ; pour le reste, j'espérais me rapprocher d'elle.

Nous n'avions parlé que quelques minutes, le temps de la récréation, mais j'avais eu le temps de lui dire que je travaillais dans un hôtel, car c'était un endroit propice à la création. Elle avait dit : « Ah bon, tu écris un roman ? C'est formidable. » Il existait donc encore des personnes capables d'être émerveillées par l'idée que quelqu'un écrit. Ça n'excitait plus grand monde. L'écriture était devenue quelque chose de si commun. Tout le monde écrivait. On entendait dire qu'il y avait plus d'écrivains que de lecteurs. Les jeunes filles, j'en avais fait l'expérience, n'étaient plus vraiment admiratives d'un jeune homme obnubilé par un projet littéraire. Au contraire, elles pouvaient trouver cela inquiétant, ou même parfaitement sinistre. Je suis certain qu'il fut un temps où des

185

femmes s'offraient à des apprentis écrivains, fascinées par leur façon de placer une virgule ici ou là. Louise était peut-être simplement intéressée par moi ; alors, son œil aurait pétillé de la même façon si j'avais eu le projet de vendre des cravates ? Il y a tant d'élégance aux premiers fragments de la séduction. Ces quelques minutes dans la cour de récréation, je les aime. Et parfois, je voudrais tant retrouver ce temps unique où nous nous sommes découverts.

J'ai tenté de dormir un peu dans le préau, allongé sur un banc. Je payais ma nuit de sous-Bukowski. Puis, ce fut l'heure de la cantine. J'ai adoré retrouver le plateau qui avance sur des rails devant les plats proposés ; enfin, le plat proposé : tomate farcie. On s'est installés dans un petit coin, avec les instituteurs. Tout le monde trouvait cette aventure formidable. On demandait à ma grand-mère si elle n'était pas trop fatiguée, si cela lui rappelait de bons souvenirs, et si déjà dans les années 1930 on mangeait les mêmes tomates farcies. On était là, dans une petite école primaire d'Étretat, incrustés dans le quotidien de ces gens. Et on avait l'impression de faire partie du décor depuis toujours. La sonnerie a retenti, chacun est retourné dans sa classe, et je suis resté un moment seul dans le réfectoire vide. Je regardais tous ces objets qui ne faisaient plus partie de ma vie : le broc d'eau, la savonnette jaune incrustée dans le mur, les verres avec un chiffre à l'intérieur. Grâce à ça, on se demandait systématiquement : « Tu as quel âge ? » Quand j'ai fini mon verre, j'ai vu que j'avais sept ans.

Pendant l'après-midi, ma grand-mère a raconté aux enfants comment était la vie avant : l'école, les règles, la discipline. Elle a expliqué pourquoi elle avait dû arrêter ses études si jeune. On n'entendait pas le moindre bruit. Tous les enfants semblaient comparer le passé à un film d'horreur. Un garçon a dit une phrase que j'ai adorée : « Je suis heureux de vivre dans aujourd'hui. » Vers la fin de l'après-midi, Louise a demandé à tous les élèves de faire un dessin pour ma grand-mère. Elle s'est retrouvée avec des mercis et des cœurs de toutes les couleurs. J'ai encore avec moi toutes les preuves de cette journée unique. La sonnerie a retenti. Les élèves sont sortis en courant, le mouvement était identique à celui du matin, la chorégraphie était précise. Quelques élèves entouraient toujours leur invitée spéciale, lui tenant la main, la bousculant un peu. Louise leur disait de faire attention. Ma grand-mère me fit un sourire, mais je sentis une crispation dans le mouvement de ses lèvres. Je l'ai trouvée fatiguée. Il y avait de quoi être éprouvée par cette journée.

« Bon, on va y aller. Je crois que c'est mieux, ai-je dit.

— Oui… oui bien sûr », a fait Louise, avant de venir embrasser ma grand-mère. Mais devant la subite pâleur de son visage, elle s'est inquiétée :

« Ça va ? Vous allez bien ?

— Oui… oui, ça va.

— Vous voulez un peu d'eau ?

— Non… on va rentrer à l'hôtel. Ça va aller. Merci encore pour votre gentillesse.

— Merci à vous, vraiment. Cette journée a été merveilleuse. Et je suis certaine que les élèves ne vont jamais l'oublier, ce sera un souvenir formidable pour eux. »

Dans la voiture, je lui ai posé quelques questions, mais elle n'arrivait pas à parler. Elle avait mis beaucoup d'énergie dans cette rencontre, et il ne lui restait plus rien. Une fois à l'hôtel, j'ai voulu l'aider à monter dans sa chambre mais c'était impossible. Je ne sais pas pourquoi mais je n'ai pas voulu admettre la gravité du moment, alors que cela faisait déjà plusieurs minutes que je la sentais complètement absente. Le patron de l'hôtel est venu voir ce qui se passait :

« Ça va ?

— Non, je crois qu'elle ne se sent pas bien du tout.

— Ah oui, effectivement… attendez, je vais chercher une couverture. »

Il est revenu, et nous avons allongé ma grand-mère dans le hall de l'hôtel. Je lui ai mis un coussin sous la tête. Je suis resté un instant à l'observer, tétanisé par le revirement violent des événements, avant de me précipiter sur un téléphone pour appeler les secours.

46

Un souvenir du patron de l'Hôtel
des Falaises

Il ne pourrait pas oublier cette petite vieille qui était venue s'installer dans son hôtel, et qui payait tout en liquide. Pouvait-on être en cavale à cet âge-là ? Et puis, elle avait été rejointe par un jeune homme, apparemment son petit-fils. Vraiment bizarre cette histoire, décidément. Et voilà qu'elle avait fait un malaise dans son hall. Ils avaient appelé le Samu, et la vieille dame avait été transférée au CHU du Havre. Il n'eut plus jamais de ses nouvelles. Comme elle n'avait pas fait de chèque, il n'avait aucune idée de son nom. Il ne pouvait donc pas lui rendre les quelques affaires qu'elle avait laissées dans sa chambre. Et notamment cette petite boîte à musique, toute rouge. Il la posa dans un coin de son bureau, et, chaque fois qu'il la regardait, cela le replongeait dans le souvenir de la vieille dame. Par ailleurs, et cela advint d'une manière progressive, il se mit à aimer vraiment cette boîte à musique qui ne marchait pas. Elle possédait comme un charme étrange. Mais un jour, une femme de ménage constata qu'elle n'émettait aucun son et jeta à la poubelle la boîte infirme.

47

Dans l'ambulance qui nous menait au Havre, je tenais la main de ma grand-mère. On l'avait mise sous assistance respiratoire. La situation était grave, pour ne pas dire extrême. Je n'avais pas encore prévenu mon père. En repensant à cette scène, je mesurerai la fragilité des instants de bonheur. Quelques heures auparavant, elle était si heureuse. Nous étions conduits par deux ambulanciers. J'attrapais au passage des bribes de leur conversation. Ils parlaient de la récente augmentation du péage :

« C'est vraiment des salauds. Elle est rentabilisée, leur putain d'autoroute.

— Ils s'en foutent. Ils prennent le fric partout où ils peuvent. »

Je ne sais pas pourquoi ils s'énervaient sur ce sujet,

alors que nous roulions sur une nationale. Il me semble que c'était à cause d'une émission de radio. Une de ces émissions défouloirs où les auditeurs ont la parole, où les auditeurs commentent l'actualité, où les auditeurs commentent les commentaires des auditeurs qui ont commenté l'actualité. Je trouvais ça démentiel que ces deux hommes roulent dans leur routine, comme si de rien n'était. Ils auraient pu parler de la pluie ou des élections régionales, sans être chatouillés par ce qui se passait derrière eux : l'agonie d'une femme. Pour eux, ma grand-mère n'avait pas plus d'importance que n'importe quel autre chargement. Je me suis senti seul au monde pendant ces quelques kilomètres. C'était si insoutenable que je voulus qu'elle meure, que tout cela cesse. Je ne voulais plus assister à la déchéance. Je ne sais pas si toute personne confrontée à la même situation pense aussi ça à un moment ou à un autre, ou si je suis un petit monstre d'inhumanité. J'en avais marre d'être là. J'en avais marre de me sentir coupable, de sa vieillesse à elle. J'étais perdu.

Notre arrivée à l'hôpital m'a soulagé. Nous avons été pris en charge par un urgentiste. Il parlait avec un drôle d'accent, difficile à identifier. J'aurais été bien incapable de dire s'il était d'origine sud-américaine ou finlandaise. Mais son exotisme faisait du bien. Il vérifia sa tension et me demanda :

« C'est arrivé comme ça, son malaise ?

— Oui.

— Elle était fatiguée ces derniers temps ?

— Non, pas spécialement.

— Elle a fait quelque chose de particulier aujourd'hui ?

190

— Oui. Elle a suivi une journée avec les CE2.

— Vous vous foutez de moi ?

— Non. »

Face à la gravité de la situation, l'homme ne voulut pas me contrarier, mais je voyais bien dans son regard à quel point je devais moi aussi avoir besoin d'une petite assistance respiratoire. J'ai profité d'un moment de répit pour appeler mon père. Quand j'ai annoncé la nouvelle, il a laissé un blanc. Je pouvais imaginer son visage. Son monde continuait de s'écrouler de manière progressive et méthodique. Après son père, son travail, sa femme, voilà que sa mère disparaissait. Car le médecin m'avait laissé très peu d'espoir. Elle n'avait pratiquement plus de force. Pourtant, elle ne mourut pas tout de suite. Elle passa encore une nuit, sans réellement lutter pour rester en vie, juste dans une sorte de glissade vers le néant. Elle a passé cette dernière nuit dans une chambre toute blanche, dans des draps à la propreté indiscutable. Je suis resté près d'elle, toute la nuit, à lui tenir la main. Contrairement aux derniers moments avec mon grand-père, j'ai été capable de lui dire que je l'aimais. Je le lui ai dit calmement.

J'ai pensé que je devais lui lire quelque chose. Peut-être m'entendait-elle. Je voulais lui lire de la poésie. Du Aragon, du Éluard, du Nerval. Je voulais l'accompagner par la poésie. Mais pas moyen de trouver le moindre recueil. Il y avait une petite bibliothèque au bout du couloir, qui ressemblait davantage à une déchetterie littéraire. Elle devait être remplie de ces livres que les patients oublient, ou bien laissent derrière eux avec soulagement. J'ai regardé tous les livres, et je ne voyais rien qui pouvait m'être utile. Je n'allais quand même pas lui lire des pages d'Agatha Christie ou un quelconque polar dont elle risquait de ne jamais savoir le dénouement. Et puis, subitement, mon œil a été attiré par un petit guide de voyage. Ça s'appelait *Un long week-end à Rome*. C'était un livre qui offrait de nombreux conseils pour passer quelques jours dans la capitale italienne : des conseils culturels ou culinaires, des informations pratiques concernant les hôtels et les restaurants. Je me suis dit que ça ferait l'affaire. Je me suis assis près de ma grand-mère qui ne bougeait quasiment plus (j'entendais péniblement son souffle, dont le rythme semblait ralentir d'une manière dramatique), et j'ai commencé à lire le guide. Ça commençait par des informations pratiques sur les aéroports, l'arrivée sur place, et le moyen de rejoindre la ville. Je faisais bien attention à ne négliger aucun détail, comme si nous allions entreprendre dès le lendemain ce périple. Par moments, je n'arrivais pas à maîtriser mon émotion, et j'interrompais ma lecture. C'était très étrange, je l'admets, mais j'avais l'impression qu'elle me poussait à continuer. Ses manifestations étaient infimes, c'était juste sa façon de souffler, mais je sentais qu'elle voulait savoir la suite. Où allions-nous dormir ? Où allions-nous dîner ? Je lui ai détaillé les meilleures trattorias de Rome. J'ai analysé les rapports qualité-prix[1], et j'ai noté que pour tel restaurant il était préférable de prendre le vin hors menu,

1. Ce qui n'était pas toujours facile, car les prix étaient en francs. C'est seulement à cette indication que j'ai compris à quel point le guide devait dater. Mais bon, je me suis dit que Rome ne devait pas changer tant que ça. Rome est une ville immobile dans les siècles.

ou que pour tel autre il fallait complètement se fier à leur formule tout compris. Pour l'hôtellerie, c'était difficile de choisir, car cela variait aussi selon le budget. Mais, puisque ma lecture ne faisait pas partie d'un projet immédiatement concret, je me suis attardé sur la page des cinq-étoiles. J'en ai apprécié un tout particulièrement, pour ce détail un peu ridicule : on pouvait regarder la télévision tout en prenant son bain. La nuit avançait, et notre voyage prenait forme. On visitait le Colisée, la villa Médicis, et bien sûr la fontaine de Trevi où l'on pouvait encore facilement s'imaginer, des décennies après, en plein tournage de *La Dolce Vita*. Le génie traverse les jours, et Anita Ekberg interpelle encore Marcello Mastroianni alors que je lis les pages d'un guide sur Rome, au début du XXIe siècle.

La lecture dura toute la nuit, avec l'impression que tout cela était réel : nous avons passé trois jours à Rome. À la fin du voyage, ma grand-mère fermait les yeux. Elle ne respirait plus. Je ne sais pas à quel moment elle est morte ; je ne sais pas si elle est morte pendant un passage sur un restaurant dont la spécialité était le risotto aux asperges ou bien pendant la description du parc de la villa Borghèse, mais je peux affirmer qu'elle est partie paisiblement, sans le moindre soubresaut, sans la moindre violence. Le cœur a quitté le corps avec politesse. Je l'ai regardée pendant de longues minutes. On savait la mort, on la connaissait, et pourtant elle arrivait toujours comme une stupéfaction. Cela me paraissait fou que son corps soit subitement vide de vie ; que son esprit soit vide de pensée. Et je trouvais choquant de ne pouvoir remédier à cette tragédie.

Je pensais encore à la journée en classe, et je trouvais si beau que ses dernières heures aient été aussi fortes. Toute sa vie, elle avait vécu avec le goût terrible de l'inachevé. Elle n'avait cessé de penser à la fin de la scolarité. Et voilà qu'elle mourait après quelques heures en CE2, comme si cela lui avait permis de cicatriser sa blessure. De clore une histoire en suspens. Nos vies sont si rondes. À cet instant, mon père est entré dans la chambre. La veille au soir, quand je lui avais appris la nouvelle de l'hospitalisation, il avait estimé qu'il serait plus prudent de prendre la route le lendemain matin, à la première heure. J'avais été surpris par cette prudence. Peut-être avait-il besoin de quelques heures pour admettre la vérité dramatique de la situation. Ses frères, l'un dans le sud de la France, l'autre à l'étranger, prenaient des avions aujourd'hui. Et ils nous rejoindraient à Paris, puisque c'est là qu'on allait transférer le corps. Finalement, mon père n'avait pas réussi à attendre toute la nuit, et avait décidé de prendre la route vers 4 heures du matin, sans m'en avertir. Il était là, maintenant. Debout, près de sa mère. Il a aussitôt compris que tout était fini. Il s'est accroché à mon regard, attendant que je lui dise quelque chose. J'ai murmuré qu'elle venait de mourir. Il est resté sans réaction pendant une minute, avant de s'effondrer. Il s'est assis sur une chaise, s'est mis à pleurer, cachant son visage dans ses mains. Je pouvais comprendre qu'il soit dévasté, mais j'ai été surpris par une chose : il ne pleurait pas vraiment sa mère, il pleurait le fait d'avoir manqué son départ. J'ai cru entendre qu'il disait : « Même ça, je l'ai raté. » Il ne pourrait jamais lui dire au revoir.

48

Un souvenir
de Marcello Mastroianni

En septembre 1996, l'acteur italien, alors en tournage dans le nord du Portugal, a confié de nombreuses anecdotes sur sa vie pour un documentaire. Il a choisi pour titre de ce film, et du livre qui s'ensuivit : Je me souviens, oui, je me souviens… *Ces premiers mots font référence à des images qui lui reviennent : « Je me souviens de cette poêle en aluminium sans manche, ma mère y faisait les œufs. Je me souviens de la musique de* Stardust *; c'était avant la guerre ; je dansais avec une fille qui portait une robe à fleurs. Je me souviens de la légèreté si élégante de Fred Astaire. Je me souviens de Paris, quand ma fille Chiara est née. Je me souviens de Greta Garbo qui regarde mes chaussures et me dit : "Italian shoes ?" Je me souviens des mains de mon oncle. Je me souviens de la neige sur la place Rouge, à Moscou. Je me souviens d'un rêve où quelqu'un me dit d'emporter avec moi les souvenirs de la maison de mes parents. Je me souviens d'un voyage en train, pendant la guerre : le train entre dans un tunnel ; l'obscurité est totale ; alors, dans le silence, une inconnue m'embrasse sur la bouche. Je me souviens de mon désir de voir ce que deviendrait le monde en*

l'an 2000. » Ainsi de suite, par petites touches émo-
tionnelles, il égrène ses souvenirs à la manière de
Georges Perec. Et plus tard, au milieu de ses confes-
sions, il dira cette très belle phrase : « Les souvenirs
sont une espèce de point d'arrivée ; et peut-être sont-
ils aussi la seule chose qui nous appartient vrai-
ment. »

49

Nous avons dû rester une journée sur place pour régler les détails du transfert du corps vers Paris. C'était très difficile de devoir affronter les aspects pratiques à un moment où l'on voudrait s'effondrer, et se laisser simplement aller au chagrin. Mon père m'a dit que ma grand-mère avait « pris ses dispositions ». Il existe donc un jour, dans une vie humaine, où l'on se décide à entreprendre des démarches concrètes concernant sa propre mort. Cela me paraissait incon-cevable, aussi absurde qu'un fœtus devant choisir sa maternité. J'essayais d'imaginer mes grands-parents dans un magasin de pompes funèbres (ils avaient sûrement fait les démarches à deux). Est-ce que cela avait été une journée ordinaire ? Avaient-ils choisi leur cercueil avant d'aller chez Carrefour ? Je ne ces-sais de penser à ce moment-là, d'intégrer ce souvenir que je ne connaissais pas. Est-ce qu'on choisit son cercueil comme on choisit une voiture ? On l'essaye ? On hésite entre les options ? Sur la feuille que j'ai pu lire, tout était détaillé : ma grand-mère avait opté pour un bois de chêne, avec intérieur molletonné, et sup-plément coussin. Oui, c'était vraiment marqué :

196

« supplément coussin ». Il y a donc des gens qui traversent l'éternité le cou tordu. J'avais besoin de me laisser aller à ce genre de réflexion, je voulais me dégourdir les pensées. Et mon père n'était certainement pas le compagnon idéal pour une discussion sur toute cette absurdité pratique. Passé la digestion du premier choc, on reprend normalement ses esprits. Mais ce n'était pas son cas, il semblait figé dans son attitude initiale, comme sculpté dans le moment de l'annonce de la mort de sa mère.

Nous sommes restés assis une partie de la journée sur des sièges jaunes, dans un couloir de l'hôpital, à attendre l'arrivée du conducteur de la voiture mortuaire. Il est enfin apparu, mais sans être encore disponible pour nous : il était en pleine discussion. Au départ, j'ai cru qu'il s'adressait à nous, mais il portait une oreillette. J'ai toujours trouvé ça ridicule de parler comme ça. Ces gens-là devaient sûrement être fous dans leur vie antérieure, ils avaient pris pour habitude de parler tout seuls, alors ils avaient trouvé un palliatif moderne à leur folie. L'homme nous a fait un petit signe d'excuse. Il devait apparemment finir sa conversation. Il était là, debout devant nous, et on attendait qu'il règle son problème. Cela concernait un autre cadavre à transporter. Il ponctuait l'attente qu'il nous infligeait de gestes censés être amicaux. Il ne semblait pas saisir l'indélicatesse de son attitude. Au bout de cinq minutes, il raccrocha enfin et dit aussitôt : « Excusez-moi… c'est à cause… enfin j'avais un problème avec un autre mort. » Devant le blanc laissé par sa phrase, il s'est repris. Il s'est présenté tout en nous présentant également ses condoléances. Il a su ponctuer sa phrase d'une belle tonalité compassionnelle. On sentait que cette scène face aux familles éplorées, il la connaissait par cœur. Au fond, sa compassion comptait peu. On voulait qu'il prenne la situation en main. Ce qui voulait dire : on voulait qu'il s'occupe du corps. Mais les choses ne seraient pas si simples ; elles ne le sont jamais.

L'homme nous embrouilla avec ses questions :
« Vous avez reconnu le corps ?
— C'est-à-dire ?
— Ben, vous devez signer une décharge comme quoi c'est bien votre mère avant que je puisse la charger.
— …
— Enfin… qu'on puisse partir », reprit-il.
Mon père semblait atterré par chaque mot.
« Oui, c'est bien ma grand-mère, ai-je dit, comme si la lecture de notre chagrin sur nos visages ne suffisait pas.
— Non, mais je dis ça, car parfois…. Enfin c'est arrivé, oui… on se trompe de corps… ça m'est déjà arrivé de livrer quelqu'un à la mauvaise famille, dans la mauvaise ville… Enfin bon, là, les choses ont l'air simples… mais on ne sait jamais… je préfère prendre les précautions nécessaires, vous comprenez ? »
Oui, on comprenait que personne ne nous laissait tranquilles avec notre deuil. On comprenait que toute mort était entravée de situations absurdes et administratives. Dans le même registre, j'avais également été sidéré par l'employé censé être en possession du document à signer. Il avait cherché pendant deux minutes dans son bureau, et semblait presque surpris

par la situation. À voir son visage, on aurait pu croire que personne avant ma grand-mère n'était jamais mort sur notre planète.

Tout était maintenant réglé. Nous étions prêts à partir. Mon père et moi avons attendu dans nos voitures, sur le parking. On ne voulait pas assister au chargement du corps. Là encore, les choses nous parurent anormalement longues. Plusieurs fois, j'ai failli aller voir ce qui se passait. Enfin, il est sorti, et nous avons pu prendre la route. On se suivait, à trois voitures, dans un ballet macabre vers Paris. Jusqu'ici, je n'avais pas pleuré. Mais juste avant le péage, en repensant à mon voyage aller, à mon état d'esprit ce jour-là, j'ai versé quelques larmes. Le contraste entre ces deux moments me touchait en plein cœur. Tant d'émotions contradictoires se mélangeaient en moi, et j'avançais sur cette route sans trop savoir ce qu'allait être ma vie dorénavant. J'avais vécu les derniers jours dans une étrange parenthèse, momentanément anesthésié de l'angoisse permanente de l'incertain à venir. J'allais retourner à mon hôtel. J'allais tenter d'écrire. J'allais peut-être accepter la proposition de mon patron. Je roulais sur des hypothèses, et rien ne me paraissait merveilleux.

Sur la route, je passais aussi mon temps à regarder la voiture de mon père dans le rétroviseur. Il n'avait pas dormi (moi non plus, mais j'avais l'habitude) et ne roulait pas droit. J'avais peur qu'il n'ait un accident. J'envisageais ce scénario morbide ; je l'imaginais mourir alors qu'il était en train de suivre sa mère morte. C'était plausible. Je le voyais pleurnicher au volant de sa voiture. Il devrait être tiraillé par la culpabilité. La fin de sa relation avec sa mère avait été si brutale. Si ma grand-mère avait pensé mourir, elle n'aurait jamais laissé ainsi ses enfants. Elle ne serait pas partie sur une telle note d'amertume. Et pourtant, c'était le cas. Et ce serait toujours ainsi. La fin de leur relation avait été médiocre. Une de ces fins qui hantent perpétuellement les survivants. En roulant, il s'en voulait tellement. Et il s'en voulait aussi de ce qui arrivait à ma mère. Il se sentait plus que jamais responsable de sa dérive, car il n'avait jamais su lui donner confiance en leur avenir. Sa vie entière lui paraissait un grand manteau dans lequel il avait toujours flotté. Plus tôt dans la journée, alors que nous attendions des nouvelles du croque-mort, j'avais demandé : « Comment va maman ? » Il avait mis un temps considérable à répondre, à me dire la vérité :

« Ta mère a été hospitalisée.

— Quoi ?

— Elle est dans une clinique. »

Je n'ai rien ajouté. Je suis resté comme insensible à cette nouvelle gradation dans la déchéance. Je ne pouvais pas tout vivre en même temps. Il fallait organiser une hiérarchie dans les souffrances.

Je distançais mon père à présent. Je le voyais, comme un petit point sur l'autoroute. Et puis, subitement, il se rapprochait très vite et me collait de manière dangereuse. Il avait dû appuyer frénétiquement sur l'accélérateur pour rattraper son retard. Mais quelques minutes plus tard, il se laissait à nouveau distancer. Pendant tout le trajet, il n'a cessé de varier ainsi son rythme, dans une incohérence nerveuse. Le trajet m'a paru interminable, mais nous sommes pourtant arrivés. Mes oncles nous attendaient, accompagnés de leurs femmes, et j'ai été soulagé de laisser mon père en famille. Épuisé, je suis rentré chez moi. Je me suis allongé sur mon lit, et, pour la première fois depuis mon emménagement dans cet appartement, je me suis avoué que je n'avais jamais été bien ici. Tout était comme la matérialisation du sursis ; j'avais toujours pensé que cet endroit serait temporaire. Le temps d'avoir plus d'argent, d'avoir une situation plus confortable. Dans les premiers temps, seule l'idée de l'indépendance avait compté : je voulais mon endroit coûte que coûte. Mais, ce soir-là, j'ai éprouvé de la tristesse à l'idée de vivre dans un appartement qui n'était rien pour moi, qui n'avait ni âme ni chaleur, et qui ne pouvait pas me réconforter quand la solitude me pesait.

Quelques jours ont passé, dans un flottement étrangement paisible, puis vint la matinée de l'enterrement. Nous étions tous réunis : les enfants et petits-enfants, les cousins proches et les cousins éloignés, et les quelques amis que nous avions pu prévenir. C'était le début des vacances de la Toussaint : ma grand-mère avait toujours eu un grand sens de l'harmonie. Le temps était gris, les feuilles tombaient, c'était d'une tristesse douce. Tout le monde était maintenant au courant de l'épisode du CE2, et cela offrait un sourire à partager. C'était la dernière anecdote de sa vie, et cette histoire semblait plaire. Moi, je ne savais plus très bien qu'en penser. J'avais été aux premières loges, mais ce souvenir avait été parasité par sa fin brutale. En partageant tout ça avec les autres, je voulais quitter mon rôle principal. Ses trois fils ont prononcé quelques mots, tour à tour. Et c'est peut-être cruel à dire mais j'ai trouvé chaque discours dénué de la moindre émotion : comme s'ils avaient été dictés par une sensibilité mécanique. Je comprenais surtout que c'était réellement la fin d'une époque. La fin d'une forme de lien entre les éléments froids de cette famille. Pourtant, après que le corps eut rejoint sa dernière demeure, nous sommes encore restés tous ensemble près de la tombe. Personne ne voulait la quitter. À un moment, j'ai tourné la tête, et j'ai vu que Louise était là.

Depuis que nous avions quitté Étretat, j'avais souvent pensé à elle. Sans savoir très bien ce que je devais faire. Retourner la voir ? L'oublier ? La question ne se posait plus. Elle était là, maintenant. Près de moi.

« Bonjour, a-t-elle dit.

— Bonjour.

— Je voulais venir… j'espère que…

— C'est bien que tu sois là. »

Louise était une inconnue pour moi, et pourtant, ce jour-là, je l'ai présentée à toute ma famille, comme si nous nous connaissions depuis toujours. Pendant la cérémonie, elle était restée en retrait, pour ne pas gêner le recueillement familial. Elle s'était approchée de nous quand elle avait vu que nous ne repartions pas. Après notre départ précipité de son école, elle s'était inquiétée de ne pas avoir de nouvelles. À l'hôtel, le patron lui avait expliqué ce qui s'était passé. En appelant l'hôpital, elle avait appris le décès de ma grand-mère. En pleines vacances scolaires, elle avait senti comme une nécessité de venir. Elle avait fait toutes ces choses d'une manière extrêmement simple, sans se poser de question. Et je ressentais cette même simplicité : j'étais heureux de sa présence, sans chercher à identifier ce bonheur. Je pouvais juste dire que son apparition comblait un manque. Un manque d'elle. En la voyant (alors que j'aurais été incapable de formuler ce souhait), j'ai compris que je l'attendais.

50

Un souvenir de l'employé des
pompes funèbres qui a conduit le
corps de ma grand-mère
du Havre à Paris

L'homme ne dérogeait pas à une étrange règle :
les employés de pompes funèbres reprenaient sou-
vent le flambeau familial. De père en fils, depuis des
générations, on transportait et on enterrait les morts.
Enfant, il avait passé de nombreuses matinées à
jouer au travail de son père. Il se cachait entre les
cercueils. Mais quand une personne entrait dans la
boutique, son père lui demandait toujours de se taire.
« Il faut respecter la douleur du client », répétait-il,
comme la première leçon de son futur métier. Alors
il se faisait tout petit, et il assistait au défilé de la
tristesse. Il se souvenait d'une femme, une très belle
femme, qui venait de perdre son mari de manière
brutale. Il avait été écrasé par une voiture alors qu'il
faisait son jogging. Elle était anéantie. Au moment de

choisir le cercueil, la femme pleurait tellement devant
son père qu'il dut la prendre dans ses bras, et la
serrer fort. Enfant, il fut fasciné par cette vision.
Cette femme était si belle. C'est à ce moment précis
qu'il pensa : « Quel métier formidable. »

51

Je suis reparti avec Louise, et nous avons marché
à travers les allées du cimetière. Quelque chose nais-
sait entre les morts, nous le sentions. C'était un
moment simple et paisible, comme la manifestation
d'une évidence. Je me suis dit que j'avais souvent
couru après des femmes, je m'étais parfois acharné,
j'avais voulu trouver des points communs avec telle
ou telle, et tout ça me paraissait risible maintenant
que je comprenais que les rencontres amoureuses
s'annoncent dans la clarté. Nous sommes restés silencieux, côte à côte, comme les personnages d'un
tableau américain des années 1950. Je ne cherchais
pas à combler le vide alors que, si souvent, je me suis
senti coupable du moindre blanc dans une conversation. Nous étions assis sur un banc devant une tombe
sans fleurs (un mort qui ne devait pas être populaire).
Je ne sais pas combien de temps nous y sommes
restés. Au bout d'un moment, je me suis approché
d'elle pour l'embrasser. Je la désirais d'une manière
si intense. J'aimais tellement sa queue-de-cheval, la
façon dont ses mèches tombaient autour de son
visage comme les derniers instants lumineux d'un
feu d'artifice. Mon cœur battait de ses lèvres. La vie
m'attrapait de son intensité. Et je pouvais croire un

204

instant, dans la folie subite de mon bonheur, que tout le monde dans ce cimetière allait revivre.

Quelques mois auparavant, j'avais arpenté un cimetière dans l'espoir de revoir une fille que je n'avais jamais revue, et voilà que j'y embrassais maintenant une femme. Je commençais à me dire que j'avais peut-être de l'intuition pour les choses de la vie ; certes, mon intuition était décalée, ou disons qu'elle n'était pas focalisée sur les bonnes personnes, mais en termes de décor je faisais preuve de quelques dispositions intuitives assez étonnantes. On continuait de s'embrasser, et je voulais découvrir son corps tout de suite. Je voulais être entre ses cuisses. La morbidité des derniers jours avait accentué ma pulsion de vie. Elle a dû me prendre pour un homme très entreprenant, manquant peut-être de délicatesse à cet instant, mais mon désir avait comme une urgence. Elle portait une jupe, que j'avais envie de relever, et la décence m'obligeait ici à m'arrêter à la frontière de ses genoux. On nous regardait. Personne ne pouvait imaginer qu'on venait d'enterrer ma grand-mère à quelques mètres de là. On devait nous prendre pour des excités du désir gothique, des adeptes de la sensualité noire.

Je devais rejoindre l'hôtel. J'avais décidé de reprendre mon travail dès ce soir, ce que je regrettais maintenant. Mais je ne pouvais pas faire faux bond à mon patron ; il avait été si compréhensif ces derniers jours. Et même : il avait été un soutien remarquable. J'ai dit à Louise : « Viens avec moi à l'hôtel. » Je crois que j'ai fait exprès de prononcer cette phrase au caractère ambigu. Cela me permettait de savoir

jusqu'où elle me suivrait. Elle a dit : oui. (Merci pour
ce oui.) Elle était partie sur un coup de tête, sans
bagage. Et elle aimait continuer ce mouvement non
prémédité. Elle n'avait rien prévu pour les vacances.
Comme j'étais en retard, nous avons tenté de trouver
un taxi. Il s'est mis à pleuvoir, bien sûr. Tous les
ingrédients de ces moments qu'on souligne dans une
vie étaient là. Tous les éléments de sa propre mythologie amoureuse. Nous avons enfin trouvé une voiture, et le chauffeur asiatique n'a pas cessé de nous
parler pendant tout le trajet. Son accent était si fort
que nous n'avons pas saisi un mot. On se retenait de
rire sur le siège arrière. La vie était belle, déracinée
des heures récentes.

Gérard m'attendait à l'hôtel. Il n'avait pas souhaité
venir à l'enterrement. Selon lui, il s'agissait d'une
cérémonie intime. Il avait préféré être là, à mon
arrivée, avec un grand sourire. Il a dû être très surpris
de me voir en costume (je n'étais pas passé chez moi
pour me changer) accompagné d'une jeune femme,
aussi trempée que moi-même. Nous avions l'air d'un
couple qui allait prendre une chambre. Il est resté un
instant en arrêt, comme s'il cherchait une bonne
réplique, puis il a tenté celle-là : « Vous étiez à un
mariage ou à un enterrement ? » Je ne sais pas pourquoi, sûrement était-ce lié à un excès d'émotion,
mais je me suis alors avancé vers lui pour le serrer
dans mes bras. Je lui ai dit merci, merci pour tout. Je
devais être ridicule. L'amour entrait dans ma vie, et
ça me donnait envie d'aimer l'humanité entière.
J'avais envie de dire aux gens qui comptaient pour
moi que je les aimais. Et c'était le moment idéal de

le remercier pour chacune de ses attentions qui m'avaient profondément touché. Cet homme avait agi comme un père. Je lui ai présenté Louise, en exposant rapidement les détails de notre rencontre (j'étais si heureux de pouvoir parler d'elle à quelqu'un). Il a dit que cette histoire était incroyablement romanesque. Je ne savais pas ce qui était romanesque ou pas, je ne me posais pas cette question. Je me disais simplement que tout ce que je vivais possédait la beauté de la vérité, et cela me suffisait. Gérard a voulu que nous buvions une coupe de champagne pour célébrer ce moment. Finalement, il a ouvert de nombreuses bouteilles, et tous les clients qui passaient dans le hall avaient aussi droit à une coupe. Autour de nous, on entendait des touristes parler chinois, allemand, russe. Louise et moi on se regardait, noyés que nous étions dans cet exotisme, avec le sentiment d'être notre propre nation. Au bout d'un moment, chacun repartit. Gérard proposa à Louise une chambre, en lui disant qu'elle pouvait rester autant qu'elle voulait. Elle tourna la tête vers moi, tout doucement, et dit : « Alors, je vais visiter Paris. »

Je suis resté seul derrière mon comptoir. J'étais complètement épuisé. Je savais qu'il ne me restait que quelques heures à tenir pour rejoindre Louise. J'ai passé cette nuit-là, assis, sans rien faire. Ni lire ni écrire. Immobile dans mes pensées. Immobile dans la pensée de Louise. Le matin est arrivé, ainsi que la fille qui prenait ma relève. Elle avait des cernes atroces. Je n'avais qu'une envie, monter le plus vite possible. Mais je suis resté avec elle, quelques minutes. Je lui ai préparé un café. Lentement, elle a retrouvé une forme humaine. La journée pouvait commencer. J'ai pris l'escalier, alors que la chambre était au dernier étage. Gérard avait voulu que mon amie ait une très belle vue. Pourtant, quand je suis entré, les rideaux étaient tirés. Louise était allongée en travers du lit : c'était une invitation à la réveiller à mon arrivée. Le drap était comme un rivage sur son épaule ; le rivage d'une eau paisible ; un lac en Suisse. Je me suis assis près d'elle, sans faire de bruit, pour la contempler. Je voulais ralentir le moment de notre découverte. J'étais profondément ému par cette vision. Je la trouvais si belle. Elle correspondait, je crois, à tout ce que j'aimais. Ou alors : elle était devenue tout ce que j'aimais. Je ne sais pas vraiment. Elle a ouvert les yeux, et m'a regardé d'une manière sérieuse. Je me suis alors glissé dans le lit, tout contre elle. C'était le matin du monde.

52

Un souvenir de mon premier baiser
avec Louise

Le début d'une histoire est la matière des souvenirs les plus précis. Je pourrais détailler chacun de nos premiers baisers. Lentement, avec la répétition, et l'habitude de l'émerveillement, les souvenirs se mélangent les uns aux autres et aboutissent à un tout qui ne distingue plus la saveur de la particularité. Les baisers prennent alors le goût imprécis d'une vaste époque.

J'ai souvent pensé à ce premier baiser au cime-
tière. Nous sommes restés un long moment à nous
embrasser gentiment, de petits baisers doux, sur les
lèvres. Nos langues restaient en retrait. Puis nos
lèvres se sont entremêlées, et nos langues se sont
enfin touchées. Au tout début, c'était vraiment du
bout de la langue[1]*. C'était un tel ravage d'effleurer*
le bout de sa langue, alors que, plus tard, j'ai connu
avec moins d'extase son corps dans toutes les posi-
tions, et la crudité enivrante de la sexualité. Je trouve
ça fou à quel point la jouissance, pourtant réelle et
belle, s'appauvrit de son émotion initiale. Ainsi, il
m'est arrivé parfois en embrassant Louise un peu
mécaniquement par la suite de repenser à ce premier
souvenir. Et je le voyais non pas comme un vestige,
mais comme une cachette où je pourrais me réfugier
pour me protéger de la lassitude.

53

Je ne pensais plus à rien d'autre. Le bonheur enfer-
mait mes heures dans une sorte de totalitarisme du
maintenant. Je découvrais cet état un peu niais qui
m'avait toujours paru ridicule chez les autres. Mon
cœur battait d'une nouvelle force, et ça me faisait
mal parfois. À mesure que j'entrais dans cette histoire, j'avais peur. Peur du bonheur sûrement, peur
de ne pas être à la hauteur, peur de ne savoir comment agir. L'amour me paraissait finalement un pays

1. Avoir quelque chose sur le bout de la langue, c'est quand
on ne se souvient pas.

compliqué. Inquiet, je pouvais tourner ma langue dans ma bouche avant de parler ; alors que c'était dans celle de Louise que j'aurais dû être. Tout cela était infime, mais je me souviens de ces jours où j'éprouvais l'angoisse de ne pas savoir comment manœuvrer notre évidence amoureuse. Il m'arrivait de regretter mon passé d'homme seul ; ce passé où, debout dans ma solitude, je ne courais aucun risque de décevoir une femme. J'étais épuisé, et je ne pouvais pas dormir. Chaque matin, je la rejoignais. Elle m'attendait, allongée dans le lit, toujours dans la même position, dans un rituel déjà.

Pour se caler sur mon rythme, elle avait décidé de visiter Paris la nuit. Pour Louise, la ville serait donc nocturne et illuminée. Gérard avait proposé de l'accompagner un peu partout en voiture. Ils seraient pratiquement seuls sur les sites : la place Saint-Sulpice, le Sacré-Cœur, ou encore l'esplanade de la bibliothèque François-Mitterrand. Ce serait une ville sans Parisiens, sans touristes, sans commentaires, une ville dans une version épurée. Je pense que ces nuits-là ont compté pour elle dans la magie de nos débuts. Le décor de la sentimentalité a son importance. Au petit matin, elle revenait à l'hôtel, passait devant moi sans rien dire, avec un grand sourire en forme de promesse érotique. Elle montait dans l'ascenseur, et je pensais à son corps. On faisait l'amour, puis on dormait une partie de la journée. Il nous arrivait de nous réveiller, de nous regarder en silence, puis de dormir à nouveau. On prenait notre petit déjeuner au milieu de l'après-midi, assis en tailleur sur le lit. On laissait les rideaux fermés, comme deux vampires apeurés par la lumière. Au tout début des histoires, on veut tout se raconter si vite et si follement. Nous avions décidé de ne pas nous dévoiler trop vite. On s'interdisait de dépasser plus d'une anecdote majeure par jour. On ralentissait le moment frénétique de la découverte, persuadés qu'il fallait conserver le plus longtemps possible ce stade de l'innocence de l'autre. Par contre, on avait le droit d'afficher nos goûts. On parlait des films, des livres, des musiques qu'on aimait. Je trouvais ça merveilleux de découvrir une personne ainsi. Elle me conseillait ses romans préférés, et pourtant je savais qu'à cet instant je n'avais plus du tout envie de lire. Ni même d'écrire d'ailleurs. Je voulais vivre notre histoire sans l'entacher de celles des autres.

J'avais mon père tous les jours au téléphone. Il me demandait, insistant : « Quand viens-tu voir ta mère ? » Je ne savais pas. Je repoussais le moment, sans pouvoir justifier mon attitude. C'était comme ça. C'était sûrement à cause de Louise. Il ne fallait certainement pas y voir une manifestation égoïste, mais plutôt le désir de préserver dans une bulle ce que je vivais. J'avais l'impression que c'était mon corps qui prenait toutes les décisions. Et mon corps voulait rester près de celui de Louise, dans cette protection vaporeuse du désir. J'éprouvais le même sentiment quand elle me parlait de ma grand-mère. J'avais l'impression que tout ça était si loin. Louise me posait des questions sur elle, me demandait des détails sur notre expédition à Étretat, et c'est seulement dans ces cas-là que je me souvenais de la manière dont j'avais rencontré Louise.

« Quand tu me parles de ma grand-mère, ça me fait revenir à une étrange réalité.

— Laquelle ?

— Celle de ne te connaître que depuis quelques jours. »

J'éprouvais le sentiment qu'elle était là depuis toujours. D'une certaine manière, attendre quelqu'un, c'est le faire exister avant son apparition. J'avais tant désiré cette femme que sa présence débordait dans mon esprit les frontières de sa réalité. Et pourtant, elle me poussait à réintégrer le présent. Elle me disait que je devais aller voir ma mère. Elle avait prononcé cet avis avec une telle conviction que j'avais décidé d'y aller. J'apprendrais plus tard que la mère de Louise était morte un an auparavant dans des circonstances assez mystérieuses. Elle était en parfaite santé, mais un matin elle ne s'était pas réveillée. Il y avait une telle brutalité dans cette mort douce. On voulait que la mort s'annonce un peu, se déclare par une maladie ou une déchéance : là, c'était comme voler une vie au passage. Une pulsion dégueulasse de la mort. Pendant des semaines, elle était restée prostrée, littéralement envahie par les larmes. Elle marchait près des falaises, et piétinait la vacuité. Et puis, avec la rentrée scolaire et le regard des enfants, elle avait repris goût aux jours. Cet événement que je survole maintenant aurait une conséquence décisive. Louise vivait sa vie au jour le jour. Ainsi, notre histoire serait vécue avec l'incertitude permanente du demain. Cela la rendrait parfois fuyante, insaisissable ; et cela me rendrait donc souvent inquiet d'amour et maladroit.

Un matin, mon père a frappé à la porte de notre chambre. Je venais tout juste de m'endormir, j'étais dans cette meilleure partie du sommeil, celle où l'on sombre. Il était là, extrêmement nerveux, sur le palier. Il a voulu entrer, mais en voyant l'épaule nue qui dépassait du drap, il a fait marche arrière. Le bout de la féminité entraperçue a coupé la dynamique énervée de sa première intention.

« Qu'est-ce qui se passe ? ai-je demandé, très inquiet.

— Je n'en peux plus de toi. Tu ne réponds pas à mes appels. Tu ne vois pas que la situation est grave. »

Il avait prononcé cette phrase avec une rapidité déconcertante. On sentait qu'il avait retenu ses mots depuis des jours et qu'ils sortaient comme on prend une bouffée d'air après l'apnée. J'ai regardé l'épaule à mon tour, puis je suis sorti sur le palier. J'ai refermé la porte derrière moi.

« Ça va, j'ai prévu d'y aller.

— Mais quand ?! Quand ?!

— Ecoute, calme-toi.

— Tu ne me parles pas comme ça. Je suis ton père.

— Je sais… mais calme-toi.

— Non, je ne me calme pas. Je ne vois pas pourquoi tu me laisses tout seul dans ce merdier.

— Quoi ?

— C'est ta mère. Tu es vraiment insensible ! »

Il valait mieux mettre ces mots sur le compte de l'épuisement nerveux. Je lui trouvais des excuses, alors que je n'avais qu'une envie : le repousser violemment. Je comprenais plus que jamais à quel point

213

mes parents étaient égoïstes. Jamais mon père ne s'était intéressé à la moindre de mes interrogations, jamais il n'avait compati à mes malaises d'adolescence, et voilà qu'il me jugeait. J'avais envie de lui dire que personne n'était responsable de ses parents. Mais je voyais bien que sa rage ne m'était pas destinée. Il cherchait un allié à sa dérive, et j'étais le seul vers qui il pouvait se tourner. Mais je ne voulais pas de ce rôle. J'étais dans la naissance du bonheur. J'ai voulu tenir bon, mais il a osé dire :

« Si elle meurt, tu le regretteras toute ta vie.

— Mais ça ne va pas de dire ça. Tu es odieux.

— … Excuse-moi, je ne voulais pas dire ça.… »

En quelques phrases, nous étions déjà au bout de la conversation. Nos mots étaient des pas dans une impasse. J'ai laissé un blanc, puis j'ai soupiré : « D'accord, allons-y. » Il m'a dit merci d'un air soulagé.

Je suis retourné m'habiller rapidement. Louise faisait semblant de dormir. Et j'ai fait semblant de croire qu'elle dormait vraiment. J'ai voulu changer d'avis. J'étais dans ce premier mouvement de l'amour où chaque minute passée loin de l'autre paraît une absurdité. Aussi inconcevable qu'un homme sans tête. Nous sommes partis en voiture. Je n'en pouvais plus de vivre des situations compliquées sans avoir dormi. On me prenait pour un gentil, alors que j'étais juste démembré par la fatigue. Dès le début du trajet, mon père a changé d'attitude. Il était arrivé à l'hôtel, propulsé par une agressivité impossible à maîtriser. Mais, sûrement soulagé de ma présence, il était devenu tout mielleux. C'était vraiment le genre de personne insupportable, qui passait de l'irascible au docile. Il roulait paisiblement tout en me posant des questions sur ma vie, et sur la femme qui dormait avec moi. Je lui ai dit que c'était celle qui m'avait rejoint à l'enterrement. Il ne voyait pas. Il lui avait serré la main, quelques jours auparavant, mais à présent que nous l'évoquions il ne se souvenait plus du tout (mon père allait décidément mal : Louise était parfaitement inoubliable). Je me demandais si je n'allais pas lui prendre une chambre dans le même hôpital que ma mère. J'avais quand même du mérite de m'en sortir en étant le fruit de ces deux êtres. Bon, je suis sûrement excessif. Avant leur dérive récente, mes parents avaient été d'une stabilité exemplaire, pour ne pas dire d'un ennui profond. Je devais finalement me réjouir des dernières péripéties. Peut-être qu'eux aussi jouaient aux fous pour ne pas avoir à affronter le vide. Tout cela n'était qu'une mascarade de vieux adultes inquiets.

J'appris sur le chemin que la MGEN (Mutuelle générale de l'Éducation nationale) possédait à Paris trois centres de santé mentale et de réadaptation. Chaque établissement comptait environ une centaine de lits, et ne désemplissait pour ainsi dire pas : l'Éducation nationale est tout autant une machine à former la jeunesse qu'à créer des dépressions chez les enseignants. Mon père me dit que ma mère était internée à l'hôpital Van-Gogh, après avoir failli aller à Camille-Claudel. Cela me paraissait inconcevable de baptiser ainsi des cliniques soignant les dérives mentales. Donner le nom de deux artistes ayant sombré dans la folie ; un peintre qui s'est coupé l'oreille, et une sculptrice restée enfermée pendant des décennies. Quel beau message d'espoir. Pourquoi n'utili-saient-ils pas des noms positifs, comme Picasso ou Einstein ? Si jamais je devenais fou, je ne voudrais pas aller dans une clinique portant le nom d'une per-sonnalité connue pour sa dérive mentale, ou carré-ment son suicide. Dans ce cas-là, autant imaginer une clinique James-Dean pour les accidentés de la route. Mon père ne semblait pas gêné par cette appellation :

« Pour moi, Van Gogh, ce sont les iris. C'est beau et plein d'espoir. Et puis, c'est la réussite sociale… tu as vu à combien se vendent ses toiles ?

— Euh… il est mort dans la misère.

— Oui, enfin, c'est fort quand même... c'est un bel espoir pour l'avenir. »

Je sentais qu'il ne fallait pas le contrarier. Après tout, il avait peut-être raison. L'image de Van Gogh était positive. C'était une image de postérité rassu-rante. Mon père a trouvé une place de stationnement rapidement, et comme toujours cela le mit en joie. Je pense qu'on pouvait positionner le fait de se garer facilement dans le trio de tête de son panthéon du bonheur. Quelque part, c'est si symbolique : mon père a toujours voulu avoir une vie rangée. Je critique cet enthousiasme de la place de parking, mais après tout chacun fait comme il peut pour se réjouir.

J'avais peur de découvrir la vérité. Ma dernière visite avait été douloureuse, je n'avais presque pas reconnu ma mère. Je la voyais peu, nous n'étions pas vraiment proches ; mais j'étais toujours, d'une manière un peu stupide, un enfant qui avait besoin de sa présence. Sa possible folie m'avait terrifié. J'avais tout fait pour repousser le moment de cette épreuve.

Personne n'avait vu que mon incapacité à aller voir ma mère était finalement la preuve de mon affection. J'étais là devant la porte, la main suspendue, prêt à frapper doucement. Mais encore incapable de frapper. Oui, ma main était là, idiotement figée, comme un combattant arrêté par la peur. Mon père a fait demi-tour après avoir murmuré lâchement dans sa barbe : « Bon, c'est peut-être mieux que tu y ailles seul. »

J'ai frappé doucement, plusieurs fois. Devant l'absence de réaction, je suis entré dans sa chambre. Ma mère était endormie dans une position inhabituelle. Je me suis dit qu'on avait dû lui donner des cachets, car elle semblait abattue. Elle dormait la tête posée toute droite sur l'oreiller, alors que je l'avais toujours vue sur le côté. Mais je me suis trompé. Dès que je me suis assis près d'elle, elle a ouvert les yeux. D'une manière étrange, elle a ouvert un œil après l'autre. Elle ne dormait pas du tout. Elle semblait extrêmement calme (un dimanche matin en février). Elle a tourné la tête vers moi, et m'a fait un grand sourire. J'ai dit : « Bonjour maman. » Et elle a dit : « Bonjour mon chéri. » Je ne sais pas pourquoi, mais une émotion m'a envahi. Et j'ai bien vu que cette émotion était réciproque. Nous étions subitement rattrapés par la tendresse. On aurait pu croire que la tendresse nous avait sagement attendus au bord du précipice. J'ai immédiatement compris que ma mère n'était pas folle du tout. Elle avait eu peur de la vie, simplement. Peur de sa vie. Elle était comme une petite fille effrayée par le noir.

« Tu vas bien ? Je sais que tu as rencontré quelqu'un.

217

— Oui, elle s'appelle Louise.

— Tu vas trouver ça bizarre, mais je crois que je peux l'imaginer.

— J'aurais dû t'apporter une photo. Et j'aurais dû venir te voir avant, je le sais.

— Mais non, tu as bien fait. C'est ton père qui était énervé. Moi, j'ai compris pourquoi tu ne venais pas tout de suite.

— C'est vrai ?

— Oui, j'ai compris. Et j'ai compris aussi que je n'étais pas folle. Surtout quand j'ai vu tous les fous ici. Je me suis dit : mais je ne suis pas comme ça.

— Je suis si heureux que tu dises ça.

— Pour l'instant, je me repose un peu. Je fais le vide dans ma tête. Et je vais rentrer à la maison. Faut que je m'occupe de ton père. Il m'inquiète vraiment.

— Oui, c'est vrai qu'il est bizarre.

— Je lui ai dit de sortir le soir… de profiter de mon absence… mais non, rien à faire… il m'a dit qu'il n'avait pas le cœur à ça… il ne comprend pas que ça me ferait du bien de le voir vivant, et pas accroché à moi… avec sa tête de circonstance.

— Il se fait du souci, c'est tout.

— Oui, je sais. On se fait tous du souci. »

Nous sommes restés un moment comme ça, sans parler. Puis j'ai dit que j'étais heureux de la voir ainsi. Heureux et soulagé.

« Tu viens avec Louise la prochaine fois, d'accord ?

— Elle va repartir à Étretat. C'est la rentrée scolaire. Elle reviendra sûrement à Noël.

— D'accord. Prends bien soin d'elle. Une fille qui a des sentiments pour toi ne peut être que formidable… »

J'ai repensé à cette phrase, et j'ai envie de l'écrire encore : « Une fille qui a des sentiments pour toi ne peut être que formidable. » Ma mère ne m'avait jamais habitué à tant de douceur, de bienveillance. J'ai ressenti une émotion immense, comme si elle me disait qu'elle m'aimait après des années de sécheresse affective. Quelle idiotie d'attendre en permanence l'affection de ses parents ; il suffisait qu'ils vous jettent un petit os pour qu'on le ronge joyeusement en remuant la queue. Je l'ai embrassée, puis je suis sorti. Cela avait été si doux d'échanger comme ça quelques mots avec elle. J'avais l'impression que ses questions sur ma vie avaient été dictées par un réel intérêt et non par la mécanique de l'amour maternel. Un peu plus tard dans la journée, j'ai espéré tout de même que cette tendresse n'était pas le fruit d'un quelconque calmant.

J'ai rejoint mon père près de la machine à café. À la façon nerveuse qu'il avait de me guetter, je pouvais imaginer qu'il en avait bu au moins six ou sept à la suite. À peine suis-je entré dans un périmètre où sa voix pouvait être accessible à mes oreilles qu'il me demanda : « Tu veux un café ? » Oui, vraiment, ce fut sa première question, avant toute chose, et même de savoir ce que j'avais pensé de ma mère. Il réitéra :

« Tu veux un café ?

— …

— Tu devrais. Ils sont bons ici. Ça m'a surpris mais, vraiment, cette machine fait du bon café. »

J'ai dit oui, et j'ai bu ce café atroce. On aurait dit un café qui avait des troubles de la personnalité ; à mon avis, c'était un café qui aurait plutôt voulu être un jus de tomate. C'était déjà dur d'être malade, alors pourquoi s'infliger une double peine avec ce liquide improbable ? Exactement comme le tableau de la vache dans la maison de retraite ; à la différence qu'ici ils avaient préféré investir dans le saccage du goût et non de la vue. Je ne pouvais pas lui dire que le café n'était pas bon ; je voyais bien à quel point il misait sur mon assentiment. Finalement, j'en ai pris un deuxième, et c'était une façon d'apaiser la tension liée à mon attitude des derniers jours. Au bout d'un moment, alors qu'il ne me posait toujours aucune question concernant ma mère, j'ai dit que j'avais été soulagé de la voir aussi bien. Il m'a souri sans rien dire. Oui, tout irait mieux maintenant. Je l'ai embrassé et suis reparti, confiant en l'avenir. Bien sûr, je me trompais.

54

Un souvenir de Vincent Van Gogh

Grâce aux très nombreuses lettres échangées avec son frère Théo, nous avons un aperçu assez précis de la vie du peintre. Dès son plus jeune âge, il est obsédé par la religion, au point d'inquiéter sa famille. Cela le rend mutique, absent. Il a comme un rapport artistique à Dieu. Il pense que sa vocation principale sera spirituelle. En mai 1875, à l'âge de vingt-deux ans, il est à Paris. Il va très régulièrement à l'église. Dans une lettre adressée à son frère, il évoque « le beau prêche » qu'il a entendu : « Ayez plus d'espérance que de souvenirs ; ce qu'il y a eu de sérieux et de béni dans votre vie passée n'est pas perdu ; ne vous en occupez donc plus, vous le retrouverez ailleurs, mais avancez. » Plusieurs fois, il fera référence aux mots de ce prêtre, et il y verra presque la justification de faire table rase du passé. Il se souviendra de cette nécessité de l'oubli, qui est aussi une définition de la fuite ; et peut-être même, d'une certaine manière, le socle de la folie.

55

Je ne suis pas toujours certain d'être honnête dans la recomposition de cette époque-là. Nous étions heureux, avec Louise, remplis du bonheur de nous découvrir l'un l'autre, et pourtant il nous arrivait de saccager des minutes précieuses par des bouderies enfantines. Je ne sais même plus très bien pourquoi on se disputait, mais nous étions capables de passer de l'évidence au doute en moins d'une seconde. Je me disais : « Mais pourquoi ai-je pensé qu'elle était la femme de ma vie ? Il faut se rendre à l'évidence : elle est médiocre. Et je suis médiocre aussi d'avoir pu penser que tout cela existait vraiment. Ça ne va pas du tout. » Quelques minutes passaient, comme on chasse un nuage, et un nouveau monde parvenait à mon esprit : « Comment ai-je pu penser ce que je viens de penser ? Elle est formidable, cette femme. Je l'ai tout de suite su. Et elle est belle. Je la regarde, et je constate à nouveau que j'aime follement ce que j'aimais follement il y a une heure. » Et voilà, je me précipitais vers elle, et nous nous embrassions dans

221

une virginité renouvelée. C'était la chorégraphie incessante de nos premiers jours. Ce va-et-vient puéril entre l'amour qui rend calme et l'amour qui rend fou. De cette époque, j'ai aussi le souvenir d'une fatigue me rongeant les os. Je ne dormais presque pas, ce qui provoquait chez moi des incertitudes concernant la réalité. Il m'arrivait de m'éveiller en pleine nuit pour parler à Louise, et je comprenais à mon réveil qu'il ne s'était agi que d'un songe. Mes rêves prenaient la forme du réel. Je l'observais en train de dormir, et il m'arrivait aussi de penser à toutes ces femmes qui m'avaient échappé. La beauté du présent apaisait tant de choses dans ma vie. J'avais le sentiment de me réconcilier avec tout ce qui m'avait manqué. Il n'y avait plus d'acidité à mon passé.

On avait passé dix jours comme on gouverne un pays autonome. On nageait dans un océan d'égocentrisme primaire. On parlait de notre rencontre une centaine de fois par heure. On se répétait inlassablement la naissance de notre nous, comme si nous étions une mythologie à soumettre à l'exégèse. J'adore ce moment de l'amour où l'on rabâche ce que l'on sait déjà ; on se dit que la vérité doit regorger de nouvelles vérités cachées à découvrir. Des détails nous ont sûrement échappé au cours des reconstitutions de notre rencontre. Puis vint le temps de la séparation. Louise avait une vie, Louise avait un métier, Louise avait une autre ville : Louise avait un passé sans moi. Nous sommes restés collés l'un contre l'autre ; d'une manière assez bizarre, nous avons parlé de choses inutiles. Je veux dire, on ne parlait pas de notre future organisation. On ne disait pas quand on allait se revoir, qui viendrait rejoindre l'autre. Nous avons laissé nos derniers moments dans le flou le plus complet. C'était aussi une façon d'évacuer l'angoisse. Je lui demandai plutôt[1] :

« Tu préfères le rouge ou le bleu ?

— Je préfère le bleu, je crois.

— Tu préfères le bleu clair du ciel, ou le bleu foncé de l'océan ?

— Hum… le bleu du ciel.

— Tu préfères le ciel avec ou sans nuages ?

— Avec un ou deux nuages. Pas trop.

— Tes nuages, tu veux qu'on puisse y déceler des formes ?

— Non, j'aime bien les nuages sans trop de personnalité.

— Ton nuage sans personnalité, tu préfères qu'il reste en France ou qu'il soit poussé par le vent très loin ?

— Je voudrais qu'il aille en Russie. Qu'il rencontre un nuage russe.

— Oui, mais il y a beaucoup de nuages en Russie. Tu ne crois pas que ça va être difficile pour notre nuage français de trouver un nuage russe parmi la masse de nuages ?

— Non, il va avoir un coup de foudre, notre nuage. Ça va être évident. Car on sera en été. Il n'y aura qu'un seul nuage. Et ça sera celui-là.

— Comment être certain qu'un nuage soit un nuage féminin et non masculin ? Et d'ailleurs, tu pré-

1. Le dialogue qui suit n'est pas ce que je préfère de notre histoire, mais bon, j'opte pour une forme de réalisme qui n'est pas sans risque.

fères que ton nuage soit hétérosexuel ou homo-
sexuel ?

— Finalement, je crois que je préfère le rouge[1]. »

Je l'ai accompagnée à la gare. Nous nous sommes
embrassés sur le quai. Alors que mes lèvres étaient
tout contre les siennes, mon champ de vision fut
parasité par un autre couple dans la même posture
que nous. Ça me dégoûtait de voir ça. J'avais l'impression d'être dans un restaurant un soir de la Saint-
Valentin, entourés de tous ces couples qui dégustent
le même menu. C'était mon quai de gare et c'était
notre baiser. Il était hors de question que je partage
avec quiconque cette scène-là. Je voulais avoir le
monopole de ce cliché. Je ne voulais pas qu'il soit
pollué par ce grand moustachu dégoûtant qui embrassait à pleine bouche cette boulotte qu'il avait dû rencontrer sur Internet. J'ai expliqué mon mouvement
de recul à Louise. Elle m'a dit : « Tu es fou. » J'ai
évité de lui répondre : « de toi ». Ce qui aurait rendu
sans saveur sa première phrase. Je n'ai rien dit. J'ai
baissé la tête. Je voulais passer mes dernières
secondes avec elle dans la contemplation passive de
ses chevilles. J'aimais ses chaussures aussi. J'aurais
pu lécher son talon aiguille à cet instant (j'aurais ridi-
culisé le moustachu ; franchement, qui lèche les
talons aiguilles de sa fiancée sur un quai de gare ?).
Oui, elle avait raison, j'étais fou. Cela me rendait fou
de la voir partir. Je n'avais plus la moindre idée sur
nous. Elle était mon amour, et cela me plongeait dans
une immense confusion. Pendant des années, je

1. Finalement, ce dialogue me touche.

m'étais senti seul : et je découvrais maintenant qu'il faut être deux pour ressentir *réellement* la solitude. Ses chevilles sont montées dans le train, et le train est parti. Je trouvais ça atroce de constater que le quai ne bougeait pas. Le quai demeurait là, à Paris, pendant que le wagon fuyait.

Dès le soir, je lui ai envoyé un message en lui demandant si elle était bien arrivée. Je n'ai pas eu de réponse. Alors je l'ai appelée, et je n'ai pas entendu sa voix mais plutôt les longues sonneries qui ont résonné dans le vide. Terriblement inquiet, j'ai passé la nuit à lui envoyer des messages en vain. Le lendemain matin, j'ai appelé à son école. Je suis tombé sur la directrice de l'établissement qui m'a dit que Louise était dans sa classe.

« Vous êtes sûre ?

— Oui, Louise… de la classe des CE2.

— Oui, c'est ça. Elle est là ce matin ?

— Ben… oui…

— Vous avez vérifié ?

— Oui, j'ai bu un café avec elle ce matin. De quoi s'agit-il exactement ?

— De rien… je voulais juste lui parler, c'est tout.

— Vous voulez que je prenne un message ? Elle peut peut-être vous rappeler ? »

J'ai raccroché sans répondre. Ainsi, Louise était vivante. Louise avait repris une vie normale. Mais Louise ne me répondait pas. Cela me rendait fou ces gens capables de laisser l'autre dans le vide, ces gens qui ne prennent pas la peine d'envoyer un petit message simplement pour dire que tout va bien. Surtout, je ne comprenais pas son attitude. Nous avions été heureux, vraiment. Enfin, je doutais maintenant de ce bonheur. Elle n'avait pas pu tricher, ce n'était pas possible. Pourquoi agissait-elle ainsi ? Est-ce que je ne comprenais rien aux femmes ? Désespéré, je me confiai à Gérard, qui ne parut pas du tout inquiet. Il me dit, énigmatique : « Le silence d'une femme est sa plus grande preuve d'amour. » Il s'était toujours montré rassurant, mais là je doutais de la justesse de sa théorie.

Une journée passa avec le silence de Louise, puis une seconde. Je me suis mis à penser : « Ai-je mal agi ? Ai-je fait quelque chose qui l'a blessée ? » J'ai décortiqué chacun de nos moments, me focalisant sur ce qu'elle avait dit. En partant à la recherche de ses phrases, j'allais peut-être trouver une réponse à son attitude. J'étais pathétique, mais qui ne l'aurait été à ma place ? J'avais eu l'impression de vivre la grande rencontre de ma vie amoureuse et voilà que cette rencontre avait pris la forme d'une disparition. Je voulais prendre la route, la retrouver pour avoir enfin une explication. Gérard m'en dissuada :

« Si elle n'avait plus voulu de toi, elle te l'aurait dit.

— Tu crois ?

— J'ai passé du temps avec elle, je ne dis pas que je la connais, mais je suis certain d'une chose : elle est élégante. Elle ne te laisserait pas dans le vide, si elle ne t'aimait pas. »

Je me suis dit qu'il n'avait pas tort. J'en avais même la conviction. Elle m'aurait dit « c'est fini », si cela avait été fini. J'ai repensé à ses derniers mots : « Tu es fou. » Je me demandais maintenant si cela était une folie charmante ou une folie inquiétante. J'avais été fou de ne pas vouloir l'embrasser car un autre couple s'embrassait aussi sur le même quai. Est-ce que cela l'avait vexée ? Je replongeais à nouveau dans l'inquiétude. Son silence était une torture.

Je n'ai pas écouté mon patron, et suis parti sur la route à la recherche d'une explication. Il pleuvait, je roulais vite, j'aurais pu mourir si facilement. J'étais perdu entre le désespoir et l'excitation. J'ai repensé au matin où j'étais parti retrouver ma grand-mère. J'étais dans le même état d'esprit. Est-ce qu'on passe son temps à faire toujours les mêmes choses ? J'étais là, dans la même station-service où je m'étais arrêté la première fois. J'ai observé encore toutes les barres chocolatées. Et je ne savais que faire. Un instant, j'ai cru entendre un perroquet. J'ai tourné la tête vers le caissier, et j'ai compris que je n'avais pas cru entendre un perroquet, mais que je l'avais réellement entendu. L'oiseau était perché derrière lui, sur une barre dans une grande cage. Je ne sais plus vraiment pendant combien de temps je suis resté figé devant le rayon, sûrement un long moment, car le caissier s'est avancé vers moi :

« Je vous conseille les Twix.

— Ah bon ? Pourquoi ?

— Parce qu'ils sont deux. »

J'ai pensé : toute la vie devrait être comme ça. Pour chaque choix à faire, on devrait avoir un conseil d'une personne qui semble maîtriser le sujet. Il avait raison, les Twix semblaient un bon choix. Au moment de payer, je fus saisi par une intuition : si cet homme s'y connaissait en barres chocolatées, peut-être était-

227

il aussi doué en femmes ? Il y avait beaucoup de points communs entre les deux finalement.

« Est-ce que je peux vous poser une question ?

— Oui.

— C'est à propos de ma fiancée. Enfin, je n'ai plus de nouvelles d'elle depuis trois jours. Je ne comprends pas son attitude. Tout allait bien entre nous. Et puis, depuis qu'elle est rentrée chez elle, elle ne répond plus à mes messages.

— Il lui est peut-être arrivé quelque chose…

— Non, je sais qu'elle va bien.

— Tant mieux.

— Et là, je suis en train de rouler pour la retrouver. Pour qu'elle m'explique ce qui se passe.

— Ah… très bien. Et ?

— Je voulais avoir votre avis.

— Mon avis ?

— Oui… un peu comme vous avez fait avec les Twix. Vous avez l'air de savoir ce qu'il faut faire ou non.

— Vous voulez mon avis ?

— Oui.

— Vous voulez vraiment mon avis ?

— Oui.

— Rentrez chez vous. Faites demi-tour, et rentrez chez vous.

— Quoi ?

— C'est mon conseil. C'est la meilleure chose à faire.

— …

— Vous avez l'air épuisé, hagard. Et puis, vous êtes à moitié trempé. Franchement, c'est cette impression que vous voulez donner ? Vous voulez arriver

228

au petit matin, la cueillir, tout ça pour lui demander une explication... Non, soyez un peu responsable. Elle va vous voir, et il est probable qu'elle vous trouvera pathétique. Pardon, je suis désolé de vous dire ça, mais vous m'avez demandé mon avis. J'essaye d'être sincère…

— Oui, mais…

— Si ça se trouve, elle sera agressive. Car elle va penser que vous ne respectez pas son silence. Les femmes détestent ça.

— Ah bon ?

— Mais je crois surtout qu'une fois l'énervement passé, elle éprouvera de la pitié.

— Bon, je vais prendre les Twix, ai-je dit le regard ailleurs.

— Oui. Prenez les Twix et rentrez chez vous. »

Je suis resté un moment dans ma voiture à digérer les mots excessifs de cet inconnu. J'ai jeté un œil dans le rétroviseur pour me regarder ; je n'étais pas aussi hagard que ça. En tout cas, ses mots avaient eu le mérite de m'immobiliser. J'étais bien incapable de reprendre la route tout de suite. Est-ce pour cela qu'il avait été dur ? S'il avait émis mollement son avis, je ne l'aurais pas écouté. Je repensais à ce qu'il avait dit : elle va détester me voir débarquer. Mais moi, je la détestais de me laisser ainsi. D'abîmer notre beauté. Je voyais que le caissier continuait de me regarder discrètement à travers la vitre, et j'avais l'impression que le perroquet aussi me fixait. Cet homme-là, j'allais l'écouter. Cela arrive parfois qu'une personne n'ayant aucun lien avec nous devienne subitement décisive ; c'est d'ailleurs sûrement parce qu'elle est un élément étranger que sa voix compte. Je suis ressorti de ma voiture pour le remercier. Je lui ai serré la main, et le perroquet a dit : « Bonne route. »

J'ai roulé jusqu'à la prochaine sortie me permettant de faire demi-tour. Comme je n'avais pas le courage de pousser jusqu'à Paris, je me suis arrêté dans un hôtel Formule 1. J'ai payé ma chambre avec ma carte de crédit. C'était un hôtel sans veilleur de nuit. J'ai pensé que, bientôt, mon métier n'existerait plus. J'étais comme une caissière de supermarché. Des machines allaient être plus performantes que moi ; enfin, elle n'était pas encore créée cette machine capable de discuter avec un touriste ukrainien en pleine nuit. Je me suis endormi sur cette pensée qui n'avait pas non plus un intérêt démesuré. Ma nuit fut profonde et dense. J'avais le sentiment d'avoir été kidnappé puis assommé par le sommeil. J'ai été réveillé par un appel sur le téléphone fixe de la chambre. Une voix (j'ai eu du mal à discerner si elle était humaine ou magnétique) m'a demandé si je comptais rester une journée supplémentaire. Il allait bientôt être midi, et c'était le moment décisif dans une chambre d'hôtel où il fallait prendre la décision de partir ou rester. J'ai été vraiment surpris par cet appel, car je ne voyais pas quel être humain normalement constitué pouvait dormir deux nuits de suite dans un tel hôtel. Cela avait été sûrement une façon polie de me faire comprendre qu'il était temps que je quitte les lieux, sans quoi *ma carte bancaire serait automatiquement débitée d'une nuitée supplémentaire*. Je n'avais toujours pas le moindre message de

Louise. Je me suis douché rapidement, puis j'ai repris ma voiture. Chaque fois que je roulais sur des portions d'autoroute où mon téléphone ne captait pas, j'espérais qu'au moment où les signes de la validité du réseau réapparaîtraient j'aurais sur mon répondeur des nouvelles de Louise. Rien à faire : elle ne m'appelait pas davantage quand je n'étais pas joignable que quand j'étais statufié devant mon téléphone, rivé dans l'attente (la version moderne du supplice).

En arrivant à mon hôtel, je me suis plongé dans le travail. J'avais gardé ma chambre, notre chambre. Les choses seraient plus pratiques ainsi, puisque je dormais sur mon lieu de travail. Pendant la journée, il n'était plus rare que je m'investisse dans la comptabilité, la logistique, ou les réservations. D'une manière plus ou moins consciente, j'étais en train d'accepter la proposition de Gérard de devenir le gérant de l'hôtel. Mais il était encore hors de question que je l'admette. L'épuisement par le travail me permettait parfois de ne pas penser à Louise. Comme si j'avais accompli un miracle, je me disais : oh je l'ai chassée de mon esprit pendant sept ou huit minutes, je l'ai évincée de ma conscience. Parfois, j'étais subitement envahi par des pulsions de rages et mes tempes gouttaient. Je la maudissais. Je ne voulais plus jamais entendre parler d'elle. Ma haine saccageait mentalement ce que nous avions vécu. Fini Louise. Adieu Louise. C'était mort. J'ai changé de chambre, et j'ai proposé la nôtre à des clients de passage pour que nos souvenirs se diluent dans les gesticulations dégueulasses des autres. La chambre n'avait maintenant plus rien de notre sanctuaire. Je crois que le temps m'a paru atrocement long, mais je ne suis pas certain qu'elle m'ait laissé dans le silence si longtemps que ça. J'étais si triste. Car je savais maintenant que, si elle revenait vers moi, ce serait trop tard.

Un soir, alors que je ne m'y attendais plus, son nom s'est affiché sur mon téléphone. Je m'étais promis de ne pas lui répondre, et pourtant j'ai décroché aussitôt. J'ai dit simplement « allô », et j'ai été incapable de lui exprimer ma colère. J'avais ruminé des centaines de fois tout ce que j'allais lui dire, mais non, j'ai décroché et j'ai demandé : « Tu vas bien ? » Je n'ai rien demandé, aucune explication. On a parlé comme ça, de tout et de rien, comme s'il n'y avait jamais eu l'épisode de son absence. Au bout d'un moment, elle a finalement tenté de m'expliquer : « Les choses sont allées très vite entre nous. Quand je suis arrivée ici, j'ai compris que j'avais besoin de recul. Je ne pouvais pas te parler. Je pense à toi tout le temps depuis que je suis là... je sais que tu es là, je sais que tu es dans ma vie maintenant... et ça me fait peur aussi... » Je suis resté silencieux. Elle a répété : « Et ça me fait peur aussi... », puis a ajouté :

« Ça me fait peur de t'aimer, comme ça, si vite. »

En une dizaine de mots, elle avait balayé toute ma rancœur et la haine même que j'avais accumulée contre elle. Je lui trouvais même des excuses. Et je me disais qu'elle avait raison, que j'aurais dû faire pareil, prendre du recul pour digérer notre rencontre. J'étais si amoureux d'elle que je n'allais pas tarder à penser que tout était ma faute. Je n'aurais jamais dû m'énerver qu'elle ne me réponde pas. Il fallait voir dans son recul le résultat d'un bonheur trop vif qui nous avait surpris, en nous attrapant tous les deux par la nuque. Chacun était reparti de son côté pour le moment, et j'admettais qu'il n'y avait rien à dire. J'admettais que l'amour ne s'écrit pas par messages.

56

Un souvenir du caissier de nuit sur l'autoroute A13

Depuis qu'il travaillait de nuit sur une aire d'autoroute, il avait assisté à tant de situations improbables qu'il lui était difficile de choisir un souvenir en particulier. De toutes les petites tragédies, il appréciait surtout les scènes de dispute conjugale. Plusieurs fois, il était arrivé qu'un homme reparte, laissant sa femme seule, dans la nuit, hagarde. Le contraire aussi était arrivé ; il avait vu des hommes se retrouver là, démunis, à errer comme des fous. Il y avait aussi de nombreux animaux abandonnés. Les gens se sentaient sûrement coupables de délaisser leur animal alors, pour se donner bonne conscience, ils les laissaient près d'une station-service ; de la même manière qu'on abandonnerait un nouveau-né sur un palier. Combien de fois s'était-il retrouvé avec des chats, des chiens, des poules, des souris, des hamsters... et même un perroquet. Fallait vraiment être bizarre pour se débarrasser d'un perroquet sur une autoroute. Et pourtant, c'était sûrement l'un de ses plus beaux souvenirs. Il était là, en pleine nuit, en train de fumer une cigarette, quand il aperçut le petit perroquet dans sa cage. C'était un perroquet avec un regard de chien battu. Il ne sut que faire. Le perroquet semblait vraiment mal en point. Il n'avait aucune idée de ce que pouvait manger un perroquet. Il le ramena à l'intérieur, le sortit de sa cage, le caressa un peu. Des clients passaient, et tous étaient heureux de voir un perroquet. On lui demandait : Comment s'appelle-t-il ? Que dit-il ? Vous l'avez depuis longtemps ? Depuis qu'il faisait ce travail, personne ne lui avait autant parlé. Le perroquet allait lui permettre de créer des liens inouïs. Le caissier soigna l'animal, et lui apprit à dire « Bonne route » aux automobilistes.

57

Après cette étape où Louise avait eu besoin de digérer notre rencontre par le silence, nous avons repris notre histoire. À nouveau, on ne cessait de se parler. On s'écrivait toute la journée. Dès que je vivais quelque chose, j'étais heureux de le vivre uniquement parce que cela se transformait aussitôt en matière à partager avec elle. L'angoisse épuisante des premières semaines s'atténuait progressivement, et je retrouvais un état naturel. Louise me rejoignait souvent le week-end, et je me précipitais sur elle. Le manque accumulé pendant les jours loin l'un de l'autre aggravait le désir. Nous avancions vers une sexualité de plus en plus libre. Je lui demandais ses fantasmes, et elle chuchotait des péripéties érotiques dans mes oreilles heureuses. Elle jouait à être mon jeu. Elle me disait : je suis à toi, je fais tout ce que tu veux, je suis ton corps qui te reçoit et je suis ta bouche qui te boit. Elle lissait ses cheveux, mettait un serre-tête, conservait ses talons, susurrait quelques mots en allemand, et me disait : oh oui, comme j'ai envie. C'était fabuleux ce temps de l'érotisme acide, où les heures passent aussi vite que la jouissance est retardée. Les mois avancèrent ainsi, avec l'emploi du temps dissocié de notre amour : l'esprit la semaine, et le corps le week-end.

Au printemps, nous avons eu une discussion concrète. Qu'allions-nous faire ? Comment voulions-nous mener notre vie ? J'ai dit que je pouvais la rejoindre à Étretat, trouver un travail quelque part, peu importait quoi. Et le reste du temps… j'en profiterais pour écrire. Oui, je parlais encore d'écrire, alors que je n'écrivais plus. Et que je n'éprouvais plus le désir d'écrire. Je disais que j'écrivais parce que j'avais l'impression que Louise aimait que j'écrive. Je commençais à me dire que tout cela n'avait été qu'un fantasme : le caprice d'un homme qui ne dort pas bien la nuit. Elle soufflait : « Lis-moi des passages de ton roman. » Elle me disait ces mots avec une telle douceur : j'aurais pu lui montrer une feuille blanche que je me serais senti comme le plus grand des romanciers. J'étais un monde dans son envie, et cela m'imposait une responsabilité immense : l'obligation de ne pas la décevoir. Elle continuait de me dire : « Tu pourras écrire, tu seras bien là-bas pour écrire. » Je m'imaginais alors me promenant le long de la plage, ballotté par le vent, construisant l'édifice d'un roman ambitieux. Puis je m'imaginais n'ayant rien à lui raconter le soir, et comme ce serait désolant. J'avais le sentiment que je risquais bien davantage en allant sur son terrain, alors j'ai avancé l'idée qu'elle vienne me rejoindre à Paris. Et, pour que nous puissions vivre dignement, j'accepterais la proposition de Gérard, celle de devenir gérant de l'hôtel. À vrai dire, je n'avais pas d'autre choix. La vie professionnelle était devenue si difficile. J'avais des amis qui ne savaient que faire après la fin de leurs études, si brillantes fussent-elles. On ne pouvait plus prendre le risque de s'opposer au concret (notre époque). On était coincés dans la certitude que les opportunités étaient rares, et qu'il fallait les saisir. Je pouvais organiser mon temps, et mes équipes, comme je le voulais. Louise a dit : « C'est une bonne idée. » Non, elle a dit : « C'est une merveilleuse idée. » Elle semblait vraiment aimer l'idée de l'hôtel, et l'idée aussi de venir vivre à Paris. Plus elle parlait de cette option, plus cela l'excitait. On vivrait ensemble. Et on offrirait des chambres à ses amis, à sa famille, à tous ceux qui voudraient nous rendre visite. La vie serait simple.

« Mais tu trouverais facilement un travail à Paris ? ai-je demandé simplement, sans me douter de ce que cette simple question allait provoquer.

— Oui, je demande une mutation… ils en donnent quand un conjoint doit rejoindre l'autre…

— Mais nous ne sommes pas mariés.

— Eh bien, on va se marier ! »

Elle avait dit ça comme ça. Moi, en postadolescent romantique, j'avais toujours imaginé que je demanderais à une femme de m'épouser le genou au sol, et la bague dans la main. Elle coupait l'herbe sous le pied de mon fantasme. Et pourtant, on continuait à se dire, presque comme un jeu : « Oui, on va se marier ! Oui ! Oui !... » Nous étions dans notre chambre. Je me suis précipité vers le minibar, et j'ai débouché la demi-bouteille de champagne qui était là. Je me suis mis debout sur le lit, et j'ai crié : « À ma femme ! » Elle est montée me rejoindre, pour m'embrasser, en disant : « Mon mari ! Mon mari ! » Nous sommes alors sortis, en plein cœur de l'après-midi, en plein cœur de ce samedi après-midi, et nous avons marché à travers Paris. On a annoncé la bonne nouvelle à quelques amis, et aussi à quelques passants dans la rue car chaque passant était notre ami ce jour-là. On allait dans des bars, et on fêtait ça avec qui voulait. L'idée de notre mariage était venue comme ça, comme une chose pragmatique, et voilà qu'on se retrouvait tous les deux dans une étrange joie. On était heureux de se marier ! On aimait l'idée de faire une fête. On n'y voyait aucune lourdeur, et même : je crois qu'on n'y voyait pas le propos d'un engagement éternel. On marchait dans la rue, on foulait notre jeunesse et notre beauté, enfin notre jeunesse et sa beauté, je me souviens comme on marchait à travers notre ville, on marchait, on marchait, et on avait l'air d'une photo. Et j'ai pensé idiotement que rien ne pourrait nous arrêter.

Nous sommes allés dans un magasin de robes de mariée. On était considérablement imbibés d'alcool, mais il fallait choisir la robe tout de suite. Quand Louise voulait essayer une robe, elle en montrait une autre ; son doigt ne pouvait plus viser juste. La vendeuse essayait de nous calmer en disant : « Écoutez, c'est important le mariage. C'est le plus grand jour de votre vie. Alors, il faut le préparer avec sérieux. » Elle avait une façon première de la classe de nous ramener dans le droit chemin. Plus elle était sérieuse, plus on pouffait. Finalement, on a réservé la plus belle et la plus chère du magasin (je m'en rendrais compte le lendemain matin). Louise serait belle, Louise serait ma femme. De mon côté, j'ai acheté une belle cravate. Une belle cravate jaune. En repartant, j'ai dit :

« Il faut que je prévienne mes parents.

— Attends… propose-leur qu'on vienne déjeuner chez eux demain. Ce sera mieux de leur annoncer comme ça plutôt que par téléphone.

— Oui, tu as raison. »

J'ai appelé chez mes parents. Ma mère a dit qu'elle nous attendait le lendemain avec plaisir. Elle était plutôt surprise, car je n'allais pas souvent les voir, mais bon je n'avais pas trop éveillé les soupçons. Après tout, ces derniers temps, j'avais passé du temps avec elle. On déjeunait souvent ensemble. On allait voir des expositions. Elle s'était complètement remise de sa dépression. Pourtant, mon père m'appelait parfois pour me dire : « Je crois que ta mère ne tourne pas rond. » De son côté, elle me disait : « Ton père me fait une tête au carré. Il ne sort presque pas de la maison, et ressasse tout le temps la même chose. » Oui, c'est vraiment ce qu'ils me disaient. Leurs disputes étaient géométriques. Je crois que tous les deux avaient des hauts et des bas mais qu'ils parvenaient progressivement à entrer dans cette nouvelle ère de leur vie. Mon père avait compris certaines choses, et s'était motivé pour trouver des activités. Près de chez lui, il y avait un ciné-club auquel il s'était inscrit. Cela m'avait surpris au début, car il n'avait jamais vraiment été intéressé par le cinéma. Son film préféré devait être *Titanic* ou *Le Parrain*, et voilà qu'il me parlait d'Antonioni et d'Ozu. Un jour, il me dit, l'air concentré :

« Tu as vu cet art de l'ellipse dans *L'Avventura* ?

— C'est plutôt difficile de constater un art de l'ellipse », répondis-je en voulant faire de l'humour ; trait qu'il ne comprit pas. Il changeait beaucoup, mais il ne fallait quand même pas espérer qu'il développe un sens de l'humour. Il commençait à prendre très au sérieux le cinéma italien. Il partageait cette nouvelle passion avec ma mère, et, aux dernières nouvelles, ils voulaient aller au festival de Venise. Comme quoi, rien n'était impossible.

Le dimanche matin, nous nous sommes réveillés avec une effroyable gueule de bois. J'ai regardé Louise un moment, avant de lui demander :

« Tu veux un café ?

— Oui… je veux bien.

— Tu veux un croissant ?

— Oui… je veux bien aussi.

— … Et…

— Quoi ?

— … Tu veux toujours te marier ?

— Oui… oui… »

Elle m'a embrassé pour me dire le troisième oui. Je voyais bien dans son regard de réveil qu'elle avait oublié notre folie de la veille, mais elle semblait toujours heureuse de notre décision. On s'est préparés pour aller chez mes parents. C'était un moment si particulier. J'allais l'emmener dans une maison où j'avais été enfant. Une maison où j'avais tant de souvenirs de mon adolescence, et voilà que j'y venais pour déjeuner, jeune homme que j'étais maintenant. J'y venais pour annoncer mon mariage. Ma vie me paraissait avoir une importance démesurée aujourd'hui, non pas pour l'annonce du mariage en tant que telle, mais tout simplement pour l'idée qu'on évolue sous le regard de l'enfant que nous avons été.

Louise était anxieuse, mais il n'y avait pas de quoi. Mes parents allaient être si heureux, c'était certain. Ils allaient avoir quelque chose de concret à penser pendant des mois (ce dont ils rêvaient). Ils allaient se sentir utiles en organisant la cérémonie. Et puis, ils aimaient Louise. Chaque fois qu'ils l'avaient vue, ils avaient été charmés par sa présence et sa gentillesse. Lors de la première rencontre avec mon père, j'avais décelé dans son regard comme une pointe de surprise : « Comment une telle fille peut-elle être avec mon fils ? » Oui, c'est ce que j'avais lu dans ses yeux. Je ne savais pas quelle conclusion en tirer : est-ce qu'il la trouvait merveilleuse, ou bien avait-il si peu d'estime pour moi ? Je penchais pour la première solution, tout en soulignant que la seconde ne manquait pas de crédibilité au vu de son attitude envers moi depuis toujours. Quant à ma mère, je crois qu'elle avait été surprise de ne pas trouver chez Louise un défaut majeur, une tare rédhibitoire, quelque chose qui rendrait notre union caduque. Cela semblait la fasciner de voir que tout allait bien entre nous, qu'on s'entendait à merveille, et que nous partagions un amour sincère avec une simplicité déconcertante. Ainsi, mes parents semblaient heureux pour moi. Je ne les avais jamais connus très impliqués ou enthousiastes pour quoi que ce soit, mais l'évocation de Louise, comme un miracle inespéré, provoquait chez eux une sorte de bienveillance.

En sortant du RER, il fallait monter une petite côte. Autant dire qu'il s'agissait d'un effort surhumain, après notre samedi de beuverie. Tout près de chez mes parents, nous nous sommes arrêtés pour nous regarder. Je lui ai dit : « Tu es belle. Avec toi, cela devient impossible de considérer le dimanche comme un jour de repos. » Elle a fait une moue, qui voulait dire : « Ça ne tourne pas rond chez toi. » Décidément, il y avait une contagion des métaphores géométriques. Mais elle a préféré répondre : « Toi, tu as l'air tout fripé. » À mon tour, j'ai fait une moue. Alors, elle m'a embrassé. Je sais : j'ai tendance à écrire chaque fois qu'elle m'embrasse, mais il ne faut pas s'inquiéter, cela ne durera pas : bientôt, j'oublierai de mentionner ses baisers, ou alors c'est simplement qu'ils s'espaceront.

« On ne peut pas arriver les mains vides, dit Louise.

— On vient avec une grande nouvelle, ce n'est pas rien.

— Non, il faut des fleurs. Des fleurs orange, ça serait bien. »

Elle avait sûrement raison. Nous sommes passés chez le fleuriste du coin. Elle a dit au fleuriste, en me désignant : « On va annoncer à ses parents qu'on se marie. Alors, il nous faut un beau bouquet, mais pas un bouquet trop grandiloquent, pas un bouquet qui parasite notre annonce. » Le fleuriste nous a félicités, et s'est parfaitement acquitté de sa tâche. Quelques minutes plus tard, nous étions sur le seuil de mes parents. Louise était belle, moi j'étais fripé, et nous avions un beau bouquet orange, un bouquet qui avait l'élégance de ne pas parasiter notre annonce.

J'ai sonné. Comme personne n'est venu nous ouvrir, j'ai sonné à nouveau. Toujours rien. J'ai commencé à trouver ça bizarre, à espérer que rien de grave ne leur soit arrivé.

« Ils sont sûrement sortis pour acheter quelque chose, dit Louise.

— Tu crois ?

— Oui, ils ont dû oublier d'acheter le vin... ou le gâteau. Ne t'inquiète pas. »

C'était peut-être ça, mais je ne voyais pas pourquoi ils étaient sortis tous les deux pour accomplir un achat de dernière minute. Alors que je m'apprêtais à les appeler, j'ai entendu des pas. Ma mère a ouvert la porte, et je n'ai rien osé dire. Pourquoi avaient-ils mis du temps à nous ouvrir ? Avec Louise, je crois que nous avons pensé la même chose. Enfin... je n'avais pas envie de me dire... que peut-être... ils étaient en plein milieu... je ne sais pas pourquoi... mais ça me dégoûtait un peu cette idée... bon passons, passons. Avançons plutôt dans le couloir. Ma mère a pris les fleurs, en disant qu'elles étaient très belles. Puis, en regardant Louise, elle a ajouté : « Comme vous. » Juste après, elle a jeté un regard sur moi, et j'ai devancé sa pensée : « Oui, je sais, je suis fripé aujourd'hui. »

Nous l'avons suivie dans le salon. Mon père était là, assis. En train de boire. Et il n'avait vraiment pas la tête d'un homme qui vient d'avoir un rapport sexuel. Quelque chose ne collait pas dans la succession des dernières minutes, mais bon, j'étais habitué à une forme d'étrangeté familiale. Après tout, ma mère revenait tout juste d'un voyage vers la folie. Je n'avais pas pris de champagne, car je savais que mon père ouvrait toujours une bouteille à l'apéritif. Mais là, aucune trace de champagne. Je lui ai demandé si ça allait, et il ne m'a pas répondu. Il s'est contenté d'un sourire un peu crispé. J'ai enchaîné :

« Tu n'ouvres pas une bouteille de champagne ?

— Du champagne ? Maintenant ?

— Ben oui… c'est ce qu'on boit toujours, non ?

— Oui, oui sûrement… »

Ma mère est alors revenue dans le salon, avec les fleurs dans un vase. À nouveau, elle a dit : « Elles sont très belles », mais elle a ajouté : « Dommage de penser qu'elles vont faner. » Il y eut alors un blanc. Les phrases étaient décousues, nous n'arrivions pas à nous comprendre les uns les autres. Mon père a annoncé à ma mère, comme si c'était incroyablement étonnant :

« Il veut qu'on ouvre une bouteille de champagne.

— Du champagne ? Maintenant ? a répondu ma mère, avec la même intonation que mon père.

— Vous êtes bizarres tous les deux, ai-je dit.

— Oui, ça serait bien qu'on boive du champagne aujourd'hui. On a quelque chose à vous dire ! a dit

243

gaiement Louise, pour mettre un peu de vie dans ce dimanche qui prenait subitement l'allure d'une euthanasie.

— Nous aussi… on a quelque chose à vous dire, a soufflé ma mère.

— …

— Asseyez-vous. »

Nous nous sommes assis tous les deux. Les mots de ma mère m'avaient glacé. Je sentais bien qu'il y avait quelque chose de grave. J'ai pensé que mon père avait un cancer. Je ne sais pas pourquoi, mais vraiment j'ai pensé que cela ne pouvait être que ça. Avec tout le mauvais sang qu'il s'était fait ces derniers mois, cela ne m'étonnait qu'à moitié qu'il ait développé des métastases. Je l'ai regardé, et je ne pouvais rien dire. Ma mère a alors coupé court à ma digression mentale, en annonçant : « Voilà… ce n'est pas facile à dire… mais ton père et moi, nous avons décidé de divorcer. »

58

Un souvenir du film Le Parrain
(1972)

Francis Ford Coppola aurait pu faire un film sur les péripéties de son tournage. Un film qui eût peut-être été aussi violent que Le Parrain. *Les producteurs ont tout fait pour le débarquer au début du tournage, pensant qu'il n'était pas le réalisateur de la situation. Idem pour Al Pacino, acteur inconnu imposé par Coppola. Personne n'en voulait à la Paramount.*

Il est impressionnant que le réalisateur ait, au final, réussi à s'imposer, lui et son idée précise du film.

Marlon Brando, qui a obtenu l'oscar du meilleur acteur pour son rôle de Don Corleone, fut aussi un problème. La production ne voulait pas l'engager. Réputé incontrôlable, il coûtait une fortune en assurance. Coppola ne transigea pas, alors les dirigeants de la Paramount exigèrent qu'il passe des essais. « Quoi ? Mais vous êtes complètement fous ! Faire passer des essais à Brando ! Au plus grand acteur vivant ! » Il n'eut d'autre choix que de céder. Mais impossible d'annoncer ça à Brando. S'il lui parlait d'essais, il était certain de ne plus le revoir. Finalement, il utilisa un subterfuge, en faisant croire à l'acteur qu'il avait besoin de lui pour des répétitions lumière. Est-ce que Brando a vraiment cru à cette entourloupe ? Pas sûr. Car c'est ce jour-là qu'il trouva l'élément qui rendrait mythique son interprétation de Don Corleone. En plein milieu des essais, il partit chercher quelque chose dans son sac. Il revint alors avec des boules de coton dans la bouche. Cela changeait tout : la physionomie de son visage, sa façon de parler, sa puissance. Coppola ne pourrait jamais oublier ce moment d'une si grande intensité : le personnage qu'il avait en tête depuis des années, le personnage créé par Mario Puzo, était là, subitement, devant lui. C'était la naissance illuminée d'un fantasme.

59

Au bout d'un moment ma mère a demandé : « Mais au fait, vous ne vouliez pas nous annoncer une bonne nouvelle ? » On a dit non, non, on ne se souvient pas d'avoir dit ça. On n'allait pas leur annoncer notre mariage le jour où ils nous balançaient leur divorce. Cela nous avait refroidis. On était arrivés heureux, fous de notre avenir, importants de notre prochaine promesse, et voilà qu'on avait été accueillis par leur agonie. Est-ce qu'il fallait y voir un symbole ? Est-ce que mes parents allaient me pourrir tous mes moments de bonheur ? On a traversé le déjeuner comme des ombres, presque gênés de cette joie qu'on avait en nous, et qu'on cachait sagement. Mon père a dit :

« C'est étonnant que tu nous aies appelés hier pour venir nous voir. On aurait dit que tu savais.

— Oui, ça nous a vraiment surpris, a continué ma mère. On ne savait pas comment te l'annoncer. On trouvait que c'était mieux de te le dire en face plutôt que par téléphone.

— …

— Ça va ? a-t-elle demandé, inquiète de mon silence.

— Oui… oui, ça va. Je suis surpris, c'est tout. Je pensais que vous aviez traversé et surmonté tant d'épreuves, et que vous étiez repartis pour un tour.

— C'est ta mère qui est repartie pour un tour ! a lancé mon père, subitement agressif.

— Oh ça va ! Ne commence pas.

— Mais dis-leur ! Dis-leur !

— Dis-leur quoi ? ai-je demandé.

— Il n'y a rien à dire. C'est juste que j'ai rencontré quelqu'un. Voilà, ça arrive. Je l'ai rencontré à la clinique. C'est un professeur d'allemand. Il n'a pas supporté de travailler en banlieue, et du coup il a fait une dépression. Mais il va mieux maintenant. Je crois qu'on s'est fait beaucoup de bien mutuellement. Il est si…

— Bon ça va ! a coupé mon père. Dis-leur plutôt son âge.

— …

— Il a ton âge ! Oui, il a ton âge ! C'est un tout jeune prof ! a crié mon père en me regardant comme un fou.

— C'est vrai maman ? Il a mon âge ?

— Oui, c'est vrai. Enfin, je crois même qu'il est un tout petit peu plus jeune que toi… mais bon, l'âge n'a rien à voir ! Avec lui, je m'exprime, je vis, je parle. Je n'en pouvais plus de ton père. Tout est toujours étriqué avec lui. Il n'y a jamais rien de spontané. Avant de sortir quelque part, il rumine pendant deux ans dans sa tête.

— C'est sûr que ça change de toi ! Tu rumines deux secondes, et hop ça te suffit. Et encore je suis gentil pour les deux secondes.

— Tu es vulgaire.

— Tu es mesquine.

— Tu es égoïste, et radin.

— Tu es hautaine.

— Tu pues. Tu pues de partout.

— On voit que tu couches avec un enfant. Tes arguments, c'est pipi caca. Pédophile !

— Petite bite.

— Frigide.

— Avec toi, c'est sûr ! Tu rendrais frigide une nymphomane !

— Ah ah… c'est méchant, ça ! Et ça vole vraiment bas…

— C'est sûr que Monsieur est maintenant dans les hautes sphères ! Monsieur voit des An-to-nio-ni ! Mais tu n'y comprends rien ! Ça se voit que tu n'y comprends rien ! Tu te donnes un genre. Non mais franchement, il suffit de passer dix secondes avec toi pour être certain que tu ne peux pas comprendre *L'Avventura*.

— Quoi ? Moi, je n'ai pas compris *L'Avventura* !? Moi, je n'ai pas compris *L'Avventuraaaaaa* ?

— Oui, je suis sûre que tu n'as rien compris ! »

C'est à ce moment-là que nous sommes partis. Nous n'avons donc pas assisté à la suite de cette dispute qui prenait une étonnante tournure cinéphilique. Mes parents, embourbés dans leur nouvelle haine, n'ont même pas tenté de nous retenir. Louise et moi avons repris le RER en silence. Notre week-end suivait le parcours d'une montagne russe ; après notre ascension progressive vers la beuverie romantique, on descendait maintenant à toute vitesse vers une réalité sobre et consternante.

« C'est donc ça, la vie à deux ? a chuchoté Louise au bout d'un moment.

— Je t'en prie. Ne prends pas mes parents en exemple. Ils ne se sont jamais aimés. Je ne suis pas un fruit de l'amour. Je suis le fruit d'une étrangeté passagère.

— Quelle étrangeté ?

— Mais l'étrangeté de leur union. J'ai passé ma vie à observer leur surprise d'être ensemble. Mon père n'en revenait pas d'être avec ma mère, et ma mère n'en revenait pas d'être avec mon père. Bien sûr, tu te doutes que ce n'était pas le même sentiment. Mon père était ébahi d'avoir réussi à épouser ma mère ; et ma mère a tenté tant bien que mal de chasser le sentiment de désolation qu'elle éprouvait en regardant mon père.

— Je ne suis pas d'accord. Je les ai vus peu de fois, mais j'ai le sentiment qu'ils se sont aimés. J'ai même l'impression qu'ils jouent à montrer toutes leurs différences. Je suis certaine qu'il y a eu de l'amour entre eux.

— Oui, c'est possible. Je peux toujours me dire qu'ils s'aimaient follement quand je dormais ou quand ils se débarrassaient de moi en m'envoyant passer l'été dans des camps de vacances sordides.

— Ton père, en tout cas, c'est certain qu'il aime encore ta mère.

— Je ne sais pas si c'est de l'amour. Il est rongé par la peur de la solitude. Et puis là… avec ce nouvel amoureux… tu te rends compte, je suis plus âgé que lui…

— Oui, c'est vrai, ça doit pas être facile, ça.

— Le mec, il est avec ma mère… et il doit avoir une mère qui a le même âge… c'est si bizarre…

— De toute façon pour être prof d'allemand, il faut être un peu bizarre », conclut Louise pour me faire sourire (elle savait ma passion érotique pour cette langue).

La scène à laquelle nous venions d'assister nous avait conduits à parler longuement. Étrangement, ce fut bénéfique. On avait évoqué notre vision du couple, de l'amour, de la vie. Peut-être qu'il fallait ça pour cimenter une union ? Peut-être qu'il fallait assister à la désintégration d'un autre couple ? La folie de mes parents, après nous avoir rendus fébriles, nous avait soudés plus que jamais. On voulait se marier, avec encore plus de conviction. On avait l'illusion de montrer au monde (et donc à mes parents) que l'amour pouvait être puissant. Cela m'émeut de me dire que cette utopie se régénère en permanence, alors que nous marchons sans cesse sur les cadavres de la déception affective.

Et puis une autre scène avait réparé le déjeuner traumatisant chez mes parents : celle de l'annonce du mariage au père de Louise. Il avait été si heureux. Et même, je dois avouer que je l'ai trouvé un peu trop enthousiaste. Il m'a regardé dans les yeux et m'a dit : « Tu es mon fils maintenant. » Euh… oui, d'accord. Fallait juste que je prenne mes marques. Mais ça m'avait tellement touché que cet homme, ayant perdu sa femme, ayant perdu le goût des jours, se réjouisse ainsi pour nous. Il y avait tant de tendresse dans son rapport à sa fille. Après un premier temps où je fus désarçonné, l'émotion vint à moi en pensant à l'étendue de sa gentillesse. Souvent, dans les affres de ma solitude d'adolescent, j'avais rêvé d'une autre famille où je me sentirais aimé et respecté, et voilà que je découvrais en cet homme toutes les conditions d'une tendresse adoptive. Il trouvait ça formidable que je m'occupe d'un hôtel. Il m'a demandé :
« C'est un hôtel qui a combien d'étoiles ?
— Deux.

— Eh bien maintenant, ça fait trois, si ma fille s'installe avec toi. »

J'ai adoré cette phrase. Pendant des mois, j'ai surnommé Louise : ma troisième étoile.

Nous nous sommes mariés au début de l'été. La cérémonie a été intime et joyeuse. Mes parents ont fait des efforts surhumains pour ne pas ruiner l'ambiance. Ils souriaient à tout-va, d'une manière grossière, comme les représentants d'une marque de dentifrice. Mes amis de lycée, que j'avais pourtant peu vus ces derniers mois, étaient tous venus. J'étais assez fier de partager mon bonheur, et de leur faire découvrir ma femme. Cela me paraissait fou de dire : ma femme. J'étais si heureux ; après tant d'années passées avec le sentiment de flotter dans mes jours, j'entrais enfin dans le costume de la vie sociale. Je jubilais de toucher du bout des doigts la beauté de la vie normale. Louise a dit oui, et j'ai dit oui aussi, nous nous sommes embrassés, et j'ai pensé que ce baiser était le roman que je n'arrivais pas à écrire.

60

Un souvenir du père de Louise

Il pensait souvent à la dernière soirée avec sa femme. Depuis quelques semaines, il travaillait dur et rentrait tard. Il dirigeait une entreprise de parapluies, et il fallait activer la cadence car la saison de la pluie s'annonçait. Le dernier soir, rentré vers 23 heures, il fut surpris de constater que sa femme était déjà endormie. Habituellement, elle regardait la télévision ou lisait un livre, et se couchait rarement avant minuit. Quand il est entré dans la chambre, elle s'est réveillée, et a allumé la lumière. Elle a regardé son mari, et lui a demandé : « Tu as faim ? » Il a répondu qu'il avait grignoté quelque chose au bureau, et que ça allait. Alors elle a éteint, et il s'est mis au lit à son tour. Pendant la nuit, elle est morte subitement. La dernière phrase que sa femme avait prononcée avait donc été : « Tu as faim ? » Il y pensait tout le temps, il trouvait ça si beau, cette façon qu'elle avait eue de lui demander ça, mi-douce mi-inquiète. Il y voyait le signe d'une si belle bienveillance à son égard. Et maintenant qu'elle n'était plus là, il avait l'impression qu'elle veillait encore sur lui.

61

Il faudrait maintenant que je raconte comment la vie a avancé, avec cette folie maîtrisée des jours se succédant les uns aux autres. Au moment où j'essaye de ramasser mes souvenirs, j'ai le sentiment que l'époque qui a suivi notre mariage a été particulièrement fulgurante. Je n'avais jamais éprouvé auparavant la sensation que la vie passe si vite ; et même, pendant mon adolescence, j'avais observé les secondes couler d'une manière atrocement lente, comme le goutte-à-goutte qu'on donne à un homme qui agonise. Peut-être que la caractéristique majeure du bonheur est d'accélérer le temps ? Car nous avons été heureux ; en tout cas, je le crois vraiment.

Louise est venue s'installer avec moi à l'hôtel et a réussi à se faire muter à l'école Primo-Levi du XIIIe arrondissement de Paris. Elle était ravie de cette nouvelle expérience. Il me semble aussi qu'elle était soulagée de s'être éloignée un peu de son père. Après le décès de sa mère, ils avaient formé un étrange duo, soudés par le drame, comme un monde autonome de morbidité. Cela leur faisait un bien fou à tous les deux de mettre un peu de distance. Son père recommençait à sortir, à avoir une vie sociale, à penser la vie comme une matière à créer du présent. Il venait de temps en temps nous voir, et je l'appréciais chaque fois un peu plus. Je faisais en sorte qu'il passe un bon séjour et, bien sûr, je l'installais dans l'une des meilleures chambres de l'hôtel. On se retrouvait le soir, autour d'un verre, et on parlait de choses et d'autres pendant que Louise préparait ses leçons. Il me donnait des conseils sur la gestion de l'hôtel ; certes, il n'y avait pas grand-chose de commun entre les chambres et les parapluies, mais il avait une grande expérience du commerce, notamment en matière de relations avec le personnel. Cela m'était d'autant plus bénéfique que Gérard était parti rejoindre ses enfants en Australie, et ne se préoccupait pas du tout de la vie de son établissement. Cela dit, il n'avait pas à se plaindre, tant je prenais ma tâche à cœur. Je découvrais l'amour du concret, des choses bien faites. Au fond, j'avais l'âme d'un gérant d'hôtel. Je prenais définitivement mes distances avec les mots. Pourtant, Louise, de manière incessante, me parlait de mes projets littéraires. Elle continuait à ne pas admettre l'évidence de mon errance artistique. Elle me répétait que je devais à tout prix prendre du temps pour moi. Alors, pour ne pas la décevoir, j'ai loué une chambre de bonne pas très loin de l'hôtel. J'y ai installé une chaise et une table puis, assez vite, un canapé-lit. J'allais de temps à autre me réfugier dans ce temple de mon manque d'inspiration. Je restais figé dans le vide, puis j'ouvrais le canapé pour dormir.

Un peu plus de deux ans après notre mariage, Louise est tombée enceinte, alors que nous venions à peine d'essayer d'avoir un enfant. La stupéfaction de la rapidité s'est mélangée à notre joie. On voulait devenir parents, mais on voulait avancer progressivement vers cette idée. Il fallait croire que cet enfant désirait vraiment venir au monde, avait des choses importantes à révéler pour surgir ainsi dès le premier rapport sexuel non protégé. Ou alors, il y avait une autre hypothèse : j'étais en possession de spermatozoïdes surpuissants. Pour fêter la nouvelle, nous avons simplement décidé de faire une longue promenade dans Paris. Pas de restaurant, pas de cadeau, juste marcher le long de la Seine[1].

On l'a assez vite dit au père de Louise. Il a annoncé d'une manière très surprenante : « C'est moi qui lui offrirai son premier parapluie ! » Je crois qu'il était si décontenancé par la nouvelle que c'est la première chose qui lui est passée par la tête. Enfin, c'est ce que je me suis dit. Mais pas du tout : il lui a vraiment offert un parapluie gravé à ses initiales. Pour lui,

1. Cette balade fait partie des dix meilleurs moments de ma vie.

c'était une façon de marquer l'héritage familial. C'est à cet instant que j'ai compris qu'il éprouvait une vraie passion pour son métier, qu'il aimait profondément les parapluies. J'ai remarqué à plusieurs reprises à quel point cela le mettait en joie de voir le ciel noircir. Il adorait annoncer : « On dirait qu'il va pleuvoir. » Tout était cohérent : il partait en vacances en Irlande ou en Asie pendant la mousson. Il pouvait parler de la pluie pendant des heures. Il trouvait que c'était une preuve de la sensibilité du ciel. Une preuve que le monde avait un cœur. Je trouvais cela poétique, et j'appréciais surtout la façon qu'il avait de rendre merveilleux son métier. J'aurais pu, à mon tour, chercher des théories sur les chambres d'hôtel. Mais je ne voyais pas en quoi cela pouvait être la preuve d'une quelconque sensibilité.

Quand Louise m'a annoncé qu'elle était enceinte, j'étais absolument persuadé que nous aurions une fille. Une fille que nous allions appeler Alice. Et qui aurait de longs cheveux lisses. Je voyais déjà Alice faire du piano, et apprendre l'allemand à l'école. Je l'imaginais déjà, cette petite fille, quand l'échographie mit un coup d'arrêt au fantasme de ma relation père-fille. Je me souviens avoir mis quelques minutes pour réagir, et puis j'ai dit : « C'est merveilleux. Je pourrai jouer au tennis avec lui. C'est tellement difficile de trouver un partenaire. » Louise m'a dit : « Tu es fou », et je me suis mis à paniquer, car, la dernière fois qu'elle m'avait dit ces mots-là, je n'avais pas eu de ses nouvelles pendant des jours. Je l'ai serrée dans mes bras pour qu'elle ne parte pas. Je lui ai dit encore : c'est merveilleux. Ce soir-là, nous sommes rentrés à l'hôtel (il fallait maintenant qu'on se trouve un appartement), et nous avons regardé l'échographie toute la soirée comme s'il s'agissait du plus palpitant des films d'action.

Bien sûr, je devais aussi annoncer la nouvelle à mes parents. Après leur divorce, il m'avait été très compliqué d'avoir des relations avec eux. Quand je voyais mon père, il demandait systématiquement : « Tu as des nouvelles de ta mère ? » Engoncé dans l'obsession de sa déchéance, il était obnubilé par elle. Il me disait : « Je ne comprends pas ce qui lui a pris. Je me suis toujours bien occupé d'elle. J'ai été un bon mari. Vraiment, je ne comprends pas. » J'avais de la peine pour lui, car sa douleur était réelle. Mais bon, c'était ainsi. Il devait respecter le choix de ma mère. J'essayais de le rassurer comme je pouvais, mais c'était impossible. Alors, j'ai décidé d'espacer mes visites. Quand je lui ai dit pour le bébé, son visage s'illumina subitement. On aurait cru que je lui offrais une nouvelle raison de vivre. Cette réaction excessive m'effraya. Il commença à dire qu'il l'emmènerait ici et là aussi, et qu'il fallait absolument qu'ils aillent voir le Grand Canyon, et quand il aurait dix-huit ans, ils iraient dîner en haut de la tour Eiffel. J'ai dû le calmer : « Il n'est même pas né, et tu fais déjà des plans pour ses dix-huit ans. » Il admit qu'il allait un peu vite et réprima ses projets avec le fœtus dans le ventre de ma femme. Son enthousiasme me mettait d'autant plus mal à l'aise qu'il ne m'avait jamais emmené nulle part. Voulait-il rattraper avec mon enfant des années d'errances en matière de paternité ? Bon, je ne voulais pas m'encombrer pour le moment de ces interrogations. Après tout, cela le rendait heureux, et c'était déjà ça. Ma mère aussi exprima sa joie. J'avais eu peur que l'annonce de sa prochaine condition de grand-mère ne lui coupe les ailes dans sa course vers la jeunesse. Mais non, elle trouvait cela formidable. Peu de temps auparavant, j'avais rencontré son fiancé, et il était justement là, le jour de l'annonce. Elle ne cessait de lui dire : « Tu te rends compte ? Tu vas être grand-père ! » J'étais atrocement gêné, mais je ne disais rien. Je baissais la tête, et j'eus l'habileté de ne jamais croiser son regard. Lui aussi paraissait mal à l'aise en ma présence. Ma mère continuait à rire de la situation dans une folle inconscience, et je dois dire qu'elle me touchait malgré cette douce folie. Je la trouvais vivante et drôle. Elle me faisait sourire.

Nous avons emménagé dans un appartement, près de l'hôtel. Par superstition, on a laissé vide la chambre de notre futur fils. Un dimanche matin, Louise s'est réveillée avec des contractions plus fortes qu'à l'habitude. Le terme n'était que trois semaines plus tard, mais, à l'image du spermatozoïde performant, il semblait que mon fils voulait sortir plus vite que prévu. Il était pressé de nous rencontrer, nous, ses parents formidables. J'ai commandé un taxi, et nous avons roulé vers la maternité. Le chauffeur se mit à nous parler.

« Les enfants, c'est du souci, vous allez voir.

— Ah très bien…

— Ils sont ingrats. On leur donne tout, et ils partent avec tout. Surtout les garçons. J'espère que c'est pas un garçon que vous attendez, hein ? »

Louise avait mal, et espérait que tout allait bien se

passer. C'était la première fois que je la voyais inquiète comme ça, depuis le début de sa grossesse. Je lui tenais la main, sans répondre au chauffeur qui parasitait de sa connerie notre moment. Nous sommes arrivés à la maternité, et Louise a été prise en charge. Une infirmière confirma l'arrivée imminente de notre fils. Pourtant, l'accouchement fut long et pénible. Je ne sais plus exactement combien de temps cela dura, mais je dirais au moins seize heures. Au bout de son long tunnel, notre fils s'annonça par un cri. Je partis le laver dans une autre salle, puis nous revînmes près de la nouvelle maman. On posa l'enfant sur son torse. Elle semblait terrifiée.

« Ça va mon amour ? lui ai-je demandé.

— Oui… oui, ça va.

— Tu as l'air triste.

— Je suis fatiguée, c'est tout.

— Oui, je comprends… il faut que tu te reposes. »

Elle a posé l'enfant dans une petite couveuse, près d'elle, puis m'a demandé :

« Est-ce que tu peux me laisser un peu seule ?

— Tu ne veux pas que je reste près de toi ? Si tu as besoin de quelque chose. Je peux me mettre sur le canapé.

— Non, s'il te plaît. Laisse-moi. »

Je suis sorti de la maternité, un peu désemparé par la tournure des dernières minutes. Nous n'avions pas exprimé la moindre joie. Je devais respecter le souhait de ma femme. Mais j'avais lu sur son visage autre chose que de la fatigue. Surtout que rien n'empêchait une personne épuisée de sourire. Il fallait que la nuit passe. Je ne voulais pas rentrer chez moi. Je suis allé boire une bière dans le bistrot situé juste en face. J'ai fait défiler le répertoire de mon téléphone : je voulais appeler un de mes copains pour marquer le coup. C'est ce que font tous les hommes qui viennent de devenir père, non ? Étrangement, j'ai préféré rester seul ce soir-là. L'attitude de Louise avait refroidi mon enthousiasme. Je me disais que sa tristesse avait forcément un lien avec sa mère. Voilà ce que je me disais pour masquer ma subite angoisse en songeant aux jours à venir.

Pendant des semaines, notre vie serait un manège de montagnes russes. La cyclothymie serait notre rythme. Ainsi, le lendemain matin, Louise m'accueillit avec un grand sourire. Elle était radieuse, d'une nouvelle beauté. Elle me dit de prendre notre fils : regarde comme il est beau, regarde comme il est doux. Il me bavait un peu dessus, et j'aimais sa bave, c'était la plus belle bave du monde. J'entrais de plain-pied dans un monde parallèle, un monde où je n'aurais jamais vraiment de jugement objectif sur cette petite chose humaine.

« Tu as dit à tes parents de passer ?

— Non… je ne savais pas comment tu te sentais. Je me suis dit que peut-être tu voulais rester seule.

— Non, ça va. Dis-leur de venir. Enfin, l'un après l'autre. Mon père a pris le train ce matin. Il ne va pas tarder à arriver. »

Nos parents sont donc venus, à tour de rôle, à la maternité, et ce fut plutôt joyeux. Chacun y alla de ses anecdotes, de ses expériences. Ma mère déposa une goutte de champagne sur les lèvres de l'enfant, malgré mon refus. « Oh, ça ne lui fera pas de mal ! » dit-elle de manière assurée, légèrement insupportable. Un peu plus tard dans la journée, alors que mon fils devait dessaouler, mon père demanda :

« Et il s'appelle comment mon petit-fils ?

— Euh…

— Quoi ?

— On n'a pas encore choisi… »

Une fois seuls, le soir, Louise a dit : « Il faut vraiment qu'on lui trouve un prénom maintenant. » Surpris par son arrivée précoce, nous ne nous étions pas encore mis d'accord sur son identité. Ce qui avait provoqué une première journée cocasse. Nos parents, et nos visiteurs n'avaient pas pu mettre un nom sur l'enfant. Ils disaient l'enfant ou le bébé à propos de lui. Il entrait dans la vie en anonyme. Il était comme un roman sans titre.

J'ai pensé à tous les prénoms des artistes que j'admirais. Fedor comme Dostoïevski, Frank comme Zappa, François comme Truffaut, Albert comme Cohen, Woody comme Allen, Igor comme Stravinsky, Gérard comme Depardieu, John comme Lennon, Miguel comme Indurain, Wayne comme Shorter, Willem comme De Kooning, Aby comme Warburg, Alain comme Souchon, Max comme Jacob, Rüdiger comme Vogler, Milan comme Kundera, Kazimir comme Malevitch, Zinédine comme Zidane, Witold comme Gombrowicz, Serge comme Prokofiev, Claude comme Sautet, Arthur comme Schopenhauer, Paul comme Éluard, Wassily comme Kandinsky, Philip comme Roth, Pierre comme Desproges, Bruno comme Schulz, Michel comme Houellebecq, Chet comme Baker… et… Louise a coupé ma réflexion : « Il faut l'appeler Paul. » Nous

nous sommes mis d'accord sur ce prénom (il était dans ma liste).

Et c'est ainsi que Paul a commencé sa vie.

62

Un souvenir de Wayne Shorter

Immense saxophoniste, membre du quintet mythique de Miles Davis, Wayne Shorter représente, à l'image du label Blue Note, un jazz incroyablement élégant. Dans les années 1970, il fonde avec d'autres stars le groupe Weather Report. Enchaînant les concerts, les années passent, et il se retrouve à Nice à l'été 1996. Sa femme et sa nièce doivent le rejoindre. Elles n'arriveront jamais. Elles font partie des victimes du crash de l'avion TWA, qui devait relier New York à Paris. En apprenant la nouvelle, Wayne Shorter n'a pas bougé. Les organisateurs du concert ont entamé les démarches pour annuler la soirée. Wayne Shorter a simplement dit : « Il faut jouer. » Il se souvient avoir pensé qu'il fallait immédiatement se réfugier dans les notes.

63

Les premiers jours furent difficiles, il n'y a rien d'extraordinaire à ça. Paul était très énergique, et dormait peu. Louise a vite abandonné l'idée de lui donner le sein, c'était beaucoup trop contraignant, et je crois bien qu'elle n'aimait pas ça. On se relayait pour s'occuper de lui la nuit. Je tournais en rond dans la chambre en lui lisant *L'Insoutenable Légèreté de l'être*, de Milan Kundera. Ça ne marchait pas vraiment. Kundera n'est pas très bon pour endormir les nourrissons. J'ai tenté Proust, et les résultats furent plus convaincants. Au bout de quelques pages, je pouvais poser Paul dans son petit lit. Il nous laissait quelques heures de répit. Malheureusement, c'était très difficile de s'endormir quand on savait limitée la durée du sommeil ; Paul se réveillait souvent dès que je m'endormais. Comme j'ai dû reprendre le travail assez vite, il m'arrivait d'utiliser une chambre libre pour faire une sieste au cœur de l'après-midi. Ainsi, les choses étaient supportables.

Louise n'apprécia pas cette époque. Je peux l'écrire clairement, maintenant, avec le recul. Mais, sur le moment, je ne crois pas avoir perçu ce qu'elle traversait. On ne devait pas être très loin de ce que les gens appellent le baby blues. Elle se sentait très déprimée, et les rares fois où nous en avons parlé, elle insistait surtout sur un étrange point :

« Je n'arrive pas à savoir pourquoi je me sens si mal par moments.

— Qu'est-ce que tu ressens ?

— Paul est merveilleux, tout va bien, mais je ressens comme un vide immense en moi. J'ai l'impression que je vais m'engouffrer dans un trou.

— Tu n'es peut-être pas faite pour l'inactivité. Il faut que tu reprennes ton travail. Ça te fera sûrement du bien… », disais-je, tout en pensant qu'il n'y a jamais de remède à nos errances. Elle ne savait pas, et j'en savais encore moins. Il m'arrivait de la regarder, et j'avais le sentiment qu'elle m'échappait. À ce moment-là de ma vie, j'étais bien trop fatigué pour en souffrir. J'enchaînais les jours en essayant de ne pas me poser de questions. Et puis, il faut le dire : notre vie n'était pas vécue tout le temps à travers le prisme des angoisses passagères. Nous avions aussi de grands bonheurs. La lourdeur s'échappait subitement quand on prenait Paul avec nous dans le lit, et qu'il nous faisait de grands sourires. Il nous offrait sa chaleur, son innocence, et sa croyance béate dans le moment présent. On s'embrassait alors, Louise et moi, et on se disait qu'on s'aimait.

Et puis nous nous disputions à nouveau. Contrairement à Louise, j'étais très sensible aux disputes. Je ne supportais pas l'hystérie et les cris. Elle s'énervait parfois uniquement pour se défouler, alors que de mon côté j'accumulais des ondes négatives. Elle oubliait vite les raisons de sa mauvaise humeur tandis que je les ruminais pendant des heures. Tout cela me choquait. Je savais que tout était lié à notre manque de sommeil. Mais je me disais aussi que certains mots étaient des allers simples. On ne pouvait pas revenir après vers la douceur. On se réconciliait par les baisers, mais il y avait quelque chose d'abîmé. Notre amour était fissuré, alors qu'il aurait dû être plus solide que jamais.

Les choses s'arrangèrent quand Louise reprit le travail. En retrouvant les enfants, elle retrouva la gaieté. Pour garder Paul, nous avions déniché une nounou polonaise très compétente. Quand nous l'avons embauchée, j'avais dit à Louise : « J'espère qu'elle ne mettra pas de vodka dans son biberon. » Ce n'était pas mon trait d'humour le plus vif, je l'admets, mais il aurait mérité de décrocher au moins un minuscule rire de Louise. Au bout d'un moment, elle esquissa tout de même un sourire ; pour me faire plaisir. Ce sourire-là, je le considère comme celui du nouveau départ. Paul dormait toute la nuit maintenant. On surgissait du chaos des premiers mois, rescapés de l'heureux événement.

Certains soirs, nous faisions garder Paul, pour vivre des moments de couple. Les gens adorent dire : « Il faut faire attention à garder du temps pour vous. » Alors, parfaitement dociles, on faisait ce que les gens disaient. On suivait les conseils de millions de personnes qui étaient passées avant nous sur le chemin de cette forme de désillusion. Mais je dois dire que nous étions assez bons. Notre amour avait recouvré de la vigueur, et même notre vie sexuelle reprit une allure quasi décente. On retrouvait nos couleurs, et j'en profitais pour faire des photos. Paul vivait sous les flashs. Il était comme un monument dans les griffes d'un Japonais. J'ai d'innombrables clichés de lui. Chaque jour de sa vie devient ainsi inoubliable. Je prenais aussi des photos de Louise. J'aimais regarder son visage à travers le viseur de l'appareil. J'en découvrais de nouveaux détails, et je me disais qu'il y avait encore tant de choses d'elle que j'ignorais.

« Il faut que nous partions en voyage tous les deux.

— Et on laisse Paul ?

— Oui, il a deux ans maintenant. On peut bien partir quatre jours ensemble. Ça nous fera du bien.

— D'accord, admit Louise. Mais on part où ?

— Dans une ville ?

— Ah non… je préfère aller au bord de la mer.

— Alors, on pourrait aller à Barcelone. »

Voilà comment nous nous sommes retrouvés à Barcelone. C'était une ville simple, qui pouvait faire plaisir à tout le monde. Je crois que j'aurais préféré Prague ou Saint-Pétersbourg, mais finalement ce fut un bon choix (enfin presque).

Dans l'avion, Louise n'a cessé de dire : « J'espère que tout va bien se passer. » Pendant ce voyage, j'allais me rendre compte, un peu plus que d'habitude, de l'angoisse qu'elle éprouvait quand il s'agissait de laisser son fils. Nous l'avions confié à son père, qui était très heureux de vivre ces quatre jours de grand-paternité. Il s'était installé chez nous, et la nounou allait passer pour l'aider dans les tâches pratiques. Il n'y avait pas de quoi se faire du souci. En arrivant, nous avons pris directement un taxi en direction de la mer. Louise commença à se détendre, et me dit : « Merci mon amour. C'était une si bonne idée de venir ici. Ça va être merveilleux. » Et c'est vrai que ce fut merveilleux, au début en tout cas. Notre chambre était sublime. Au passage, je ne pus m'empêcher d'observer tous les détails du fonctionnement de l'établissement : un gérant d'hôtel qui part dans un autre hôtel n'est pas tout à fait en vacances. Le premier jour, nous sommes restés toute la journée au lit. Il faisait si bon. J'avais entrouvert la fenêtre de la chambre, et nous étions bercés par la bonne humeur catalane. La carte de la ville était dépliée sur nos oreillers, on disait « il faut qu'on aille ici », ou encore « il faut qu'on aille là », mais pour l'instant on n'allait nulle part, on visitait la plus belle partie de la ville : notre lit.

Le lendemain, nous nous sommes promenés dans le parc Güell. Conçu par Gaudí, cet endroit féerique aurait pu être un songe issu d'un conte des frères Grimm. Les maisons avaient l'air d'être en pain d'épice. J'ai adoré m'y promener avec Louise, c'était comme une visite dans un endroit qui échappait aux règles du temps. Toutes les trois heures, elle téléphonait à son père pour voir si tout allait bien. On entendait Paul, deux idiots rivés à un appareil pour entendre le souffle d'un enfant. Le père de Louise semblait heureux : « Ah bon, il y a du soleil chez vous ? Il pleut à Paris ! » disait-il comme si nous étions des damnés par rapport à lui. En raccrochant, on se moquait de son obsession. En vieillissant, nos folies s'accentuent, et nous résumons notre personnalité à quelques détails. Son père ne parlait maintenant pratiquement que de pluie. Et j'avais peur qu'il ne promène mon fils pour lui faire découvrir sa passion, sans penser qu'il risquait d'attraper une bronchite.

Pendant la nuit suivante, il y eut un moment étrange : nous avons ouvert les yeux tous les deux à la même heure, et dans la pénombre nous nous sommes regardés sans rien dire. J'ai posé un instant ma main sur sa joue, elle a fait pareil, notre tendresse était comme un songe. On se disait des mots d'amour par le silence. Nous étions dans l'obscurité d'une chambre, et j'ai pourtant pensé à cet instant que Barcelone était la plus belle ville du monde. Puis la nuit a repris son voyage. Au petit matin, Louise s'est habillée assez vite. J'étais encore dans le lit quand elle annonça qu'elle allait faire un tour. Elle m'a embrassé, puis a filé. Elle ne m'a pas laissé la possibilité de l'accompagner. Je ne savais pas où elle était partie, ni même pour combien de temps. Au milieu de la matinée, j'ai commencé à tourner en rond. Devais-je aller faire un tour moi aussi ? Devais-je l'attendre ? Je suis descendu m'acheter un paquet de cigarettes. Je n'avais pas faim. Je suis resté à la fenêtre à fumer pendant au moins une heure, à ruminer une sorte de rage qui montait en moi. Elle gâchait le séjour. Je ne pouvais même pas lui envoyer un message ; elle avait laissé, ostensiblement, son téléphone sur la table. Une manière de me dire : n'essaye pas de me joindre. Elle est revenue vers 14 heures, comme si de rien n'était. Habituellement, quand je la voyais, tout l'agacement accumulé contre elle se désamorçait. Elle avait tant d'innocence dans le regard qu'on lui pardonnait tout ; elle n'avait jamais l'air coupable. Cette fois-ci, ce fut différent :

« Tu aurais pu me prévenir que tu partirais si longtemps !

— Je suis entrée dans un musée, et je n'ai pas vu le temps passer… pardon.

— Mais ça ne se fait pas du tout ! On est en week-end ensemble… et tu te barres pendant des heures… et moi, je fais quoi en attendant ? Si tu m'avais dit que tu rentrerais si tard, j'aurais pu aller faire un tour. Tu ne penses qu'à toi !

« — Oh ça va ! Ce n'est pas si grave, quand même !
Tu dis toujours que tu adores être seul.

— Oui, mais pas là. Nous sommes partis
ensemble ! Tu es insupportable. Notre voyage, je
m'en fous maintenant ! T'as qu'à ressortir et te promener toute seule !

— Mais non…

— Mais si !!! »

Elle s'est alors approchée de moi, je l'ai repoussée
assez violemment. Elle est tombée par terre. Je n'arrivais plus à contenir ma colère. J'ai alors pris une
lampe et je l'ai jetée contre le mur. J'étais fou pour
la première fois de ma vie. La lampe s'est cassée en
mille morceaux. J'aurais voulu être libre de cette
folie, être comme une rock star qui saccage une
chambre d'hôtel, mais ça ne se passe jamais ainsi
avec moi. Il y a toujours quelque chose qui me rat-
trape dans le monde de la maladresse, dans le monde
des choses pas tout à fait réussies. Il faut croire qu'un
morceau de la lampe a rebondi sur le mur, car un
éclat de verre a été projeté sous mon œil, m'entaillant
la joue. Je me suis regardé dans la glace, mon visage
saignait. J'étais tétanisé. J'ai tout de suite compris
que j'avais failli perdre un œil. Plus tard, j'écrirais
sur un de mes cahiers : « L'amour rend presque
aveugle ; c'est une affaire de millimètres. » Louise
parut vraiment surprise par la violence de mon attitude. Elle mit un temps à réagir, avant de se précipiter vers moi, en disant : il faut vite aller à l'hôpital.

Nous sommes arrivés aux urgences, et Louise a
montré ma blessure à un infirmier. Il nous a demandé
en anglais ce qui s'était passé. Malheureusement,

nous n'étions pas très doués en anglais. J'ai tenté de baragouiner quelque chose et, comme je ne voulais pas dire la vérité de ma colère, j'ai dû m'embrouiller et donc l'embrouiller lui aussi. Je ne sais pas trop ce qu'il a compris. Louise parlait surtout l'allemand. Pour tenter de nous faire comprendre, elle demanda à l'infirmier espagnol s'il parlait allemand. Autant dire qu'à cet instant a flotté sur son expression comme une stupéfaction appuyée ; et pourtant, cet homme devait avoir l'habitude de voir défiler de sacrés cas. Mais là, face à deux Français, dont l'un en sang et l'autre voulant lui parler allemand, il a dû hésiter à nous transférer directement en psychiatrie. Après avoir observé la plaie, il a dit que j'avais eu beaucoup de chance (ça, je l'avais compris), puis a fait quelques points de suture (ça, je l'ai senti). Louise me tenait la main, m'encourageait. « Ça va aller, mon amour », disait-elle dans sa douceur retrouvée. Quelques minutes plus tard l'affaire était close. Je me suis regardé dans le miroir, puis Louise est venue près de moi, nous nous sommes observés tous les deux dans le miroir. J'avais l'impression d'être face à un couple qui n'était pas nous. D'un coup, nous avons explosé de rire. Nous étions fous. J'adore ces moments de vie liés à la douleur amoureuse qui se transforment en météorites de fantaisie. On ne pourrait jamais oublier cette journée.

« Quel beau voyage, ai-je dit.

— C'est sûr que personne ne visite cet hôpital.

— Tu es folle, tout de même.

— Tu es malade. Et je te découvre violent.

— Tu es instable. Et insaisissable.

— Tu l'es aussi. Tu rêves tout le temps.

— Au moins, c'est léger. Toi, tu es lourde.

— Je suis dense, ce n'est pas pareil. Tu ne sais pas saisir les nuances, c'est ton problème.

— Louise… mon problème, c'est de t'aimer.

— Je t'aime aussi, mais pour moi tu es la solution, pas le problème.

— Je sens que tu vas m'avoir comme toujours. Tu es si maligne. Au moins, je ne te vois que d'un œil aujourd'hui, ça me fera des vacances.

— Tu me trouves belle, même d'un œil ?

— Oui. Tu es comme une éclipse[1]. »

Nous avons quitté l'hôpital, en amoureux transis. Louise a voulu qu'on retourne au musée où elle était allée seule. Elle voulait ainsi rattraper son attitude, panser ce moment vécu sans moi. Je trouvais que c'était une si belle façon d'arranger les choses. Elle me montra ce qu'elle avait préféré, et je découvrais d'un œil les trésors de la peinture espagnole. Le lendemain, nous sommes rentrés ; j'avais un gros bandage sur le visage ; j'étais comme un soldat qui revient du combat.

64

Un souvenir d'Antoni Gaudí

Immense architecte catalan, et notamment de la sompptueuse Sagrada Familia à Barcelone, Gaudí est

1. En relisant ce passage, je me dis que Louise a été une étoile (la troisième étoile), puis une éclipse. Sa féminité a tendance à la progression cosmique.

un personnage fantasque. Très croyant, il lui arrivait de pratiquer des jeûnes le conduisant au bord de la mort. Profondément marqué par de nombreux décès autour de lui, il se réfugia dans son travail, pour lequel il fut de plus en plus considéré. Septuagénaire auréolé d'une grande reconnaissance, il méprisait le matériel, et finit dans un grand dénuement. Il mourut écrasé par un tramway, et on prit son corps pour celui d'un mendiant. Ce n'est que le lendemain qu'on se rendit compte qu'il était celui qu'on avait surnommé « le Dante de l'architecture ». Pendant sa dernière journée, vécue dans la glissade de l'agonie, abandonné comme un misérable, il se souvint de sa jeunesse. Et de ses études. Le directeur de l'école d'architecture de Barcelone avait dit de lui, lors de la remise de diplôme : « Nous avons accordé le diplôme à un fou ou à un génie. Le temps nous le dira. » Il se souvenait de cette phrase au moment de mourir, et il mourut sans savoir s'il avait été fou ou génial.

65

Je passais mon temps à mesurer mon fils. Je lui disais, pauvre bébé hagard : « Oh comme tu as grandi ! », alors qu'il avait dû pousser de deux milli-mètres pendant la semaine. Le temps n'était plus une donnée horizontale, mais verticale. Sur un mur blanc, je traçais les marques de sa progression. Il avait un an ici, puis deux ans là, et sur cette marque-là, bien plus haut, il avait déjà quatre ans, et là, sur celle-là, c'est déjà un petit homme : il a cinq ans. Avec Louise, on s'asseyait parfois devant le mur, et on dégustait un verre de vin rouge en constatant la frénésie du temps qui passe. Un soir, j'ai posé mon doigt un peu plus haut sur le mur :

« Tu crois qu'il sera comment Paul à cette taille-là ?

— Ah non… il sera adolescent. Il aura des boutons, il ne rangera pas sa chambre, et contestera tout ce qu'on lui dira.

— Et nous, tu crois qu'on sera où ?

— …

— Tu ne dis rien ?

— Nous, on sera toujours au même endroit. On ne grandit plus », dit Louise d'une manière subitement triste. Après un temps, elle m'a demandé :

« Est-ce que tu vas te remettre à écrire ?

— Je ne sais pas… je n'ai pas vraiment le temps… je me dis que c'est derrière moi, tout ça…

— Quand je t'ai rencontré, tu paraissais obsédé par l'écriture. J'avais l'impression que c'était ce qui comptait le plus pour toi. Et tu as laissé tomber, comme ça. Je trouve ça médiocre.

— Ce qui est médiocre, c'est peut-être ce que j'écrivais.

— Mais tu n'as même pas essayé.

— C'est comme ça. C'est la vie. »

J'ai vu à son expression qu'elle détestait cette réponse.

Son regard était comme un discours :

« Non, la vie ce n'est pas ça. Rien n'est jamais défini. Rien n'est statique. Nous sommes dans la routine, il n'y a plus d'enjeu, il n'y a plus de rêve. Tu devrais écrire, n'importe quoi, des mots comme ça.

C'est toujours mieux que de renoncer. Sinon, nous renonçons à tout. Je ne suis pas malheureuse avec toi. Oh non, je ne suis pas malheureuse. Mais je voudrais être heureuse. Je sens que l'idée du bonheur m'échappe. Je sens que tout va très vite, et que la vie est bien trop courte pour se permettre la médiocrité. Je sens en moi l'urgence du bonheur. »

Oui, c'est ce que j'ai lu dans son regard. Je voyais bien que nous partagions un bonheur tendre et stable, mais qu'elle ne m'aimait pas comme j'étais. Certains jours, je me sentais décevant à ses yeux. D'autres, j'étais heureux d'être devenu un adulte responsable. Contrairement à Louise, je me disais que c'était peut-être ça, le héros moderne : l'homme qui se lève tous les jours pour aller travailler, l'homme qui s'occupe de son enfant, l'homme qui planifie les vacances en famille, l'homme qui pense à payer à temps la taxe d'habitation ou l'assurance de la voiture. Il y a de l'héroïsme à vivre cette folie épuisante du concret.

L'autre épuisement était le voyage incessant entre nos envies contradictoires. Au fond, les choses se sont déroulées ainsi au XXe siècle : il y a d'abord eu la naissance du bonheur ; en tout cas, le droit au bonheur et l'accès aux loisirs et aux vacances. Ce sont les années 1930, le Front populaire. Ensuite, nous sommes passés à la seconde étape de notre progression ; une étape qu'on peut appeler *le droit à l'insatisfaction*. Elle est apparue dans les années 1970, avec la légalisation de l'avortement, et du divorce bien sûr. On oublie parfois que l'adultère était interdit par la loi jusqu'en 1975. Nous avons ainsi acquis le droit de juger notre bonheur. Et nous voilà maintenant, dans la troisième étape, peut-être la plus douloureuse : celle de l'hésitation permanente. Nous avons le bonheur, nous avons le droit de ne pas être satisfaits de ce bonheur, alors s'ouvre à nous la multiplicité des routes. Quel est le chemin à prendre ? Je ressentais profondément la tonalité moderne de mon malaise. Je voulais une vie et son contraire. J'étais amoureux de Louise, j'aimais notre vie et notre enfant, et pourtant il m'arrivait d'étouffer. Je me disais que mon bonheur était peut-être ailleurs, dans une autre ville, avec une autre femme. L'idée de cette possibilité me rendait sec. Je me plongeais alors dans le travail. Je comprenais ce que Louise pouvait me reprocher. J'avais rangé mes désirs. Pire, je crois que je ressemblais alors à mon père. Je pensais à mon hôtel et à mes clients, de la même manière que je l'avais vu toute sa vie penser à ses clients en rentrant de la banque, le soir. Alors, non, je n'écrivais plus. Mais il fallait affronter une bonne fois pour toutes la vérité : je n'avais jamais écrit. J'avais d'autres qualités. Je pouvais être romanesque dans mes attitudes, ma façon de vivre les choses, mais les mots n'avaient pas cessé de m'échapper. Je les voyais flotter près de moi, mais je n'étais jamais parvenu à les attraper pour pouvoir écrire le monde. C'était sûrement la beauté ultime d'éclaircir ce que nous avons au fond de nous.

Ce soir-là, celui où j'ai lu un discours dans son œil, nous avons fait l'amour.

Il y avait une naïveté dans ses courbes, comme si elle s'excusait d'être si belle.

Et nous nous sommes endormis, parfaitement paisibles.

Le lendemain, c'était le premier jour des vacances de la Toussaint. Louise est partie avec Paul à Étretat, chez son père, comme elle le faisait pratiquement à chaque congé. Je les avais tous les soirs au téléphone. Paul me racontait ses aventures sur la plage, ses promenades à poney, les dessins animés qu'il avait vus. Je voulais les rejoindre pour le week-end, mais c'était toujours un peu compliqué. Les vacances scolaires étaient le moment le plus chargé, dans mon métier. Et puis, je dois avouer que j'aimais bien ces jours où j'étais seul à Paris. J'allais au cinéma, je voyais des amis, je buvais. Je me sentais presque célibataire. Je regardais les femmes marcher dans la rue, avec un certain désir il faut dire, et pourtant je n'avais jamais vraiment eu l'intention de tromper Louise. Je ne prônais pas spécialement la fidélité, mais c'était comme ça. J'aimais que les autres femmes demeurent un fantasme un peu lointain. J'avais pourtant des occasions à l'hôtel ; et c'était sans risque de coucher avec une touriste de passage. Au bout de quelques jours, je sentais un manque de Louise. Un manque de Paul. Je voulais les revoir, et j'attendais avec impatience leur retour. Les quelques jours sans eux avaient le don magique de régénérer mon énergie à les aimer. Pourtant, cette fois, les choses se passèrent différemment. Louise me téléphona la veille de son retour pour me dire qu'ils ne rentreraient pas à Paris. J'ai laissé un blanc, car je ne comprenais pas vraiment ce que cela voulait dire. Alors ma femme a été obligée de pré-

ciser sa pensée. C'est ainsi qu'elle a dit lentement :
« Je voudrais qu'on se sépare. »

66

Un souvenir de Paul

Je demande souvent à mon fils quel est son meilleur souvenir : il hésite entre sa rencontre avec Buzz l'Éclair à Disneyland, et la première fois où il s'est couché après minuit. Il regardait partout dehors, dans la nuit. Cela lui paraissait incroyable qu'il y ait des gens qui sortaient le soir. Si je lui demande où nous étions ce soir-là, il peut réciter chaque détail. Se coucher tard était un véritable exploit. Comme s'il avait conquis un nouveau pays. Le pays de minuit. Les autres fois où cela est à nouveau arrivé n'au-raient plus jamais la même intensité. Les premières fois sont la suprématie des souvenirs.

67

Au tout départ, j'ai pensé que c'était passager. J'ai pensé qu'elle avait besoin de faire un peu le vide, et cela pouvait se comprendre. Elle avait trente ans et, plusieurs fois, elle avait exprimé l'angoisse de penser sa vie comme quelque chose de tracé. C'était une crise que je devais respecter. Alors je n'ai rien dit pendant quelques jours. Puis je me suis rendu compte qu'elle était sérieuse. Elle voulait vraiment qu'on se sépare. Elle voulait rester à Étretat. D'ailleurs, elle avait inscrit Paul dans son ancienne école, celle où nous nous étions rencontrés. C'était une information atrocement concrète :

« Quoi ? Tu as inscrit Paul ?

— Ben oui, il fallait bien qu'il aille à l'école.

— Tu aurais pu me prévenir. C'est mon fils. On aurait dû en parler avant. Tu ne peux pas faire ça comme ça. Tu ne peux pas partir en vacances, et ne pas revenir. Et changer Paul d'école. Je vais le voir quand ? Comment on fait maintenant ? Tu y penses, à tout ça ?

— Ce n'est pas loin. C'est à deux heures de route. Tu peux venir les week-ends. Ou je te l'amène. Tu le verras tant que tu veux, tu le sais bien.

— …

— …

— Tu as rencontré un autre homme ?

— …

— Pourquoi tu ne dis rien ? Il y a quelqu'un d'autre ?

— Ce serait plus simple s'il y avait un autre homme… », fut l'étrange réponse de Louise. Puis, elle me dit :

« Je ne t'aime plus.

— Depuis quand tu le sais ?

— Je ne sais pas. C'est venu progressivement. Je ne sais même pas si c'est lié à toi. Mais je n'aime pas ma vie comme ça. »

J'ai demandé à Louise de bien réfléchir. Et de ne pas s'embarquer hâtivement dans la destruction de notre histoire. Je lui ai dit que des choses pouvaient changer, si elle exprimait des désirs. Elle me dit : « Non, il n'y a rien à changer. C'est comme ça… »

J'ai continué à me battre, pour maintenir un état suspensif et non définitif. Devant ma conviction, elle accepta de repousser un peu sa décision. On restait un peu dans cet entre-deux, dans l'impossibilité de se définir. Certaines heures, je me disais que tout cela avait été annoncé, et que j'avais simplement fermé les yeux sur cette évidence qui se tramait ; d'autres heures, je me disais que je n'avais rien vu venir, et que j'avais pris un coup de massue sur la tête. Je ne savais plus très bien où était ma propre vérité. J'avais besoin de parler, j'avais besoin de me sentir moins seul, mais je ne voulais pas me confier à mes amis, ou à des proches. Je ne voulais pas de leur regard sur ma vie. Je ne voulais pas de leur jugement sur le comportement de Louise. J'étais perdu.

Un soir, je suis monté dans ma voiture, et j'ai pris l'autoroute du Havre. Mais ce n'était pas Louise que j'allais voir. Je n'allais pas faire la bêtise de débarquer en pleine nuit pour l'implorer de revenir à la maison. J'ai roulé jusqu'à la station-service ; cette même station où je m'étais arrêté, huit ans plus tôt, au tout début de notre histoire. Quand j'ai ressenti le besoin de parler, j'ai immédiatement pensé au caissier. Il ne devait plus être là depuis longtemps, mais il fallait tenter le coup. Je suis entré doucement, et je l'ai tout de suite vu. Il était assis à sa place, habillé pareil, avec la même tête. Il existe donc des hommes qui ne sont pas soumis à la modification. La seule différence était l'absence du perroquet. Il avait dû mourir. Je ne sais pas quelle est la durée de vie d'un perroquet : il ne doit pas vivre plus longtemps qu'un couple.

Je me suis approché de lui, et suis resté sans bouger devant son comptoir.

« C'est pour quoi ?

— …

— Bon, vous voulez quoi ? Vous savez, si c'est pour un coup fourré… je préfère vous dire tout de suite qu'il y a une caméra là, me dit-il en désignant le plafond.

— Non… non… voilà… il y a huit ans… vous m'avez vendu des Twix.

— Il y a huit ans, je vous ai vendu des Twix… et alors ?

— …

— …

— Et puis nous avions aussi discuté un peu. Vous m'aviez donné un très bon conseil… vous ne vous souvenez pas ?

— Il y a huit ans ? Non, je ne m'en souviens pas. Je vois tellement de monde passer ici. Mais des gens qui viennent me dire que je leur ai vendu un Twix il y a huit ans, ça je dois dire que je n'ai jamais vu. Bon vous voulez quoi ? Un autre Twix ?

— Oui… Enfin, non. C'est ma femme. Elle veut qu'on se sépare. Et je voulais avoir votre avis. Je voulais en parler avec vous. Ça paraît idiot, maintenant que je suis là. Mais tout à l'heure, je me suis dit que vous étiez la seule personne qui pouvait me donner un bon conseil.

— … »

Je devais avoir l'air sincère, de cette sincérité qui désarçonne. Il a rangé son air méfiant, m'a proposé une bière. Il n'y avait personne à cette heure-ci de la nuit. On s'est assis dehors. Le ciel était plutôt clair

279

pour un mois de novembre. Un ciel de fin d'été. Tout était si calme. Au bout d'un moment, il m'a dit : « Il n'y a rien à faire. » Il avait raison, bien sûr. Il n'y avait rien à faire. Je savais très bien que Louise n'était pas du genre à annoncer des choses sans s'y tenir. Les mots avaient toujours eu une importance pour elle. Elle avait inscrit Paul à l'école, je me focalisais sur ce fait : c'était un événement concret qui m'empêchait d'espérer l'étape de la confusion des sentiments. Il n'y avait pas de confusion chez Louise. Elle marchait sur les évidences. La difficulté pour moi était d'accepter la situation alors qu'elle ne reposait sur aucune raison précise. Elle avait toujours été transpercée par l'idée de la fuite, elle prenait ses décisions en souterrain, personne ne pouvait les voir, elle les tramait dans la pénombre comme un attentat. Un attentat dont j'étais la seule victime. Elle voulait vivre. Elle disait souvent cela : je veux vivre. La brutalité de la mort de sa mère la poussait à vivre sa vie de manière totalitaire. Elle était devenue un tyran de son propre bonheur ; sa dictature ne tolérait pas le relâchement de l'épanouissement. Il n'y avait donc rien à faire. Rien à dire, rien à faire. Au bout d'un moment, nous nous sommes levés, et j'ai annoncé :

« Bon, je vais quand même acheter un Twix. C'est toujours ça.

— Allez, je vous l'offre. »

Ça m'a réellement touché ; c'était une virgule dans ma déprime.

Quelques jours ont passé, et je fus plutôt surpris de ne pas souffrir davantage. Investi dans mon travail, il m'arrivait d'oublier que j'allais devoir affronter un divorce. C'est peut-être ça qui m'a fait de la peine. Je me suis dit que les liens affectifs pouvaient se défaire comme ça, simplement. Comme une sorte d'anesthésie progressive. On parlait tous les soirs avec Louise. C'était extrêmement troublant, car nous avions des conversations douces, et il m'arrivait de ne plus savoir si nous étions ensemble ou non. On éprouvait une si grande tendresse l'un pour l'autre. On faisait attention à ne pas abîmer le passé. Parfois, je lui demandais : « Tu es sûre ? » Et elle me répondait : « S'il te plaît. » Je la connaissais si bien. Je savais que ce n'était pas la peine d'insister. Je devrais commencer une nouvelle phase de ma vie. Mais je n'avais jamais été très doué pour commencer des cycles. Je n'étais pas très bon au démarrage. Pour cela, il fallait que j'annonce la nouvelle à mes parents. J'avais retardé le moment. Je me disais : le jour où tu leur avoueras la situation, alors cela voudra vraiment dire que ton présent est devenu du passé. Tout ce que j'avais vécu serait officiellement révolu.

J'ai proposé à mon père qu'on dîne tous les deux dans un restaurant à Paris. Il a commencé par rechigner (il avait l'habitude que j'aille chez lui), puis il s'est laissé convaincre. Il a mis une cravate pour l'occasion. Cela m'a surpris. Il n'en avait pas porté depuis si longtemps ; j'ai compris que ce dîner était *réellement* une sortie pour lui. Nous nous sommes retrouvés dans un petit italien, sur les Grands Boulevards. Quand il m'a vu, il s'est avancé vers moi. Il a tout de suite annoncé que c'était impossible de se garer dans le coin :

« J'ai tourné pendant vingt minutes !

— C'est comme ça que tu me dis bonsoir ? »

Pour se rattraper, il me complimenta sur le choix du restaurant. Il affichait une bonne humeur étrange. Le problème était de choisir entre des pâtes ou une pizza, commenta-t-il pourtant, avec une tonalité schopenhauerienne dans la voix. La serveuse, une jeune fille assez belle, vint nous voir. Dans un premier temps, je me suis dit que je pouvais peut-être tenter de la séduire, de lui laisser mon numéro, je ne sais pas, je devais remettre le costume du célibataire. Puis, je me suis ravisé, subitement conscient que je n'avais aucune chance avec elle. Je ne savais pas comment récupérer les dix chiffres du numéro d'une femme (cela me paraissait vraiment beaucoup dix chiffres ; à la limite, je me sentais capable d'en avoir un ou deux). Face à mon père, je comprenais plus que jamais que j'allais entamer une période de solitude. Toute ma vie, j'avais pensé que je n'avais rien à voir avec cet homme, et voilà que nous étions là, dans une situation quasi identique. On était là, tous les deux, délaissés. Cela accentua mon malaise. Je ne vivais pas trop mal ma condition, mais l'idée qu'elle puisse être semblable à celle de mon père était insoutenable. Il a commandé des pâtes, et moi une pizza ; c'était déjà ça de pris dans la reconquête de la différenciation.

Mais c'était insuffisant. Alors qu'il mâchait péniblement en face de moi, je ne pouvais m'empêcher de continuer à voir en lui une projection de mon propre avenir. Pendant ce dîner, il n'a évoqué aucun projet, aucun livre, aucun film[1]. Il semblait n'avoir aucune perspective. Rien. Tout juste s'était-il épanché sur un problème de voisinage, et il avait fait en sorte de maîtriser à ce moment-là un léger penchant raciste qui progressait en lui de manière irrémédiable. La haine des autres a toujours été la meilleure façon de combler sa propre vacuité. Je ne savais pas trop comment m'y prendre pour lui dire ce qui se passait avec Louise. Comme il observait ma vie avec une pointe d'envie, j'avais peur de détruire le dernier bastion de son espoir. Et pourtant, il fallait que je le lui dise.

« Papa, je voulais te voir aussi pour te parler de quelque chose.

— Moi aussi, tu sais. Ça tombe bien. Je dois même dire que j'ai été surpris quand tu m'as appelé hier pour qu'on dîne ensemble. Car je voulais te dire quelque chose et je préférais te le dire en face, plutôt que par téléphone.

— ... »

Ce dialogue me rappelait un épisode précédent.

Comme d'habitude, il avait la priorité sur les mots.

Alors je l'ai écouté :

« Voilà... tu vas sûrement trouver cela très surprenant... mais il m'est arrivé quelque chose de très beau... oh oui, vraiment... je n'avais jamais pensé que cela puisse exister à nouveau...

---

1. Il avait abandonné le ciné-club. Il s'était avoué que sa subite passion pour le cinéma n'avait été qu'une tentative d'accomplir le désir de ma mère. Une tentative comme une autre de remplir son existence, pour contrecarrer les reproches de son épouse sur sa léthargie. Après leur divorce, il admit assez vite que ça ne servait à rien de continuer. Il s'était avoué qu'il s'en foutait complètement, du cinéma. Et puis, oui, il pouvait bien le dire maintenant : il n'avait rien compris à *L'Avventura*.

— Quoi ? Tu as rencontré quelqu'un ?

— Non.

— Alors quoi ?

— Ta mère est revenue.

— …

— Oui. La semaine dernière. Elle a frappé à la porte, un matin. Je ne faisais rien de spécial. Et j'ai vu son visage en ouvrant. Je n'ai rien dit. Elle est entrée dans la cuisine. Je lui ai proposé un café, et elle a dit oui. Et voilà. Nous n'avons presque pas parlé. Elle est revenue à la maison. Elle s'est mise à pleurer. Elle m'a dit que notre vie lui manquait. Et je me suis mis à pleurer à mon tour. Nous nous sommes retrouvés. Tu te rends compte ? Nous nous sommes retrouvés. On ne savait pas comment te le dire. J'espère que ça te rend aussi heureux que nous le sommes.

— … »

Mon père a dû être déçu par ma réaction, car je suis resté sans voix. Je me répétais en boucle : au moment où je leur annonce mon mariage, ils divorcent ; et au moment où je leur annonce mon divorce, ils se remettent ensemble. Cette phrase tapait dans ma tête, et ce n'était pas le moment d'en tirer une quelconque théorie. Je me sentais mal, tellement mal, incroyablement mal. J'avais l'impression que la vie voulait m'abîmer. Que la vie jouait à agencer les événements dans le but de m'affaiblir. Sur le moment, j'étais bien incapable de déceler le degré d'absurdité et l'humour acide de cette scène pathétique. Et pourtant, ce soir-là, je n'étais pas au bout de mes peines. Histoire de me faire une surprise, ma mère a débarqué pour le dessert. Elle s'est assise sur les genoux de mon père. Je les ai observés, tous les deux, dans leur jeunesse renouvelée. Je les ai observés en train de sourire idiotement comme des miraculés de la vie amoureuse. Leur âge mental semblait avoir fait marche arrière. Au bout d'un moment, mon père m'a demandé : « Et au fait, tu ne voulais pas me dire quelque chose ? » J'ai balbutié que cela pouvait attendre. Et je suis reparti sans libérer les mots que j'avais préparés sur ma séparation.

Une fois seul dans mon lit, je me suis mis à sourire. Je n'étais pas heureux, et je n'allais pas trouver le sommeil, mais tout cela me paraissait dérisoire. J'avais accumulé suffisamment de passé et d'expérience pour pouvoir sourire du désastre. J'étais père, et mes parents redevenaient enfants. Une partie de mon corps était paralysée par l'absence de Louise, mais une autre était heureuse de ce que j'avais vécu avec elle. Étrangement, l'excitation monta en moi ce soir-là. La vie était une mauvaise herbe, et je devais aller l'arracher. Je me suis rhabillé et suis ressorti dans la rue. Il devait être un peu plus de minuit. Quand j'y repense, je me dis que le hasard n'existe pas. Nous sommes propulsés par les bonnes pulsions. J'allais comprendre dans quelques minutes pourquoi j'avais voulu sortir à nouveau.

Il y avait du monde dans la rue, les gens se promenaient et semblaient heureux le soir. La nuit, c'est le monde des adultes. J'étais en accord avec mon âge, et peut-être même étais-je serein pour la première fois depuis longtemps. Je me suis retrouvé devant le restaurant où j'avais dîné, quelques heures plus tôt, avec mon père. La serveuse finissait son service, elle avait toujours beaucoup de charme, malgré la fatigue. Peut-être m'avait-elle plu au point de laisser mon inconscient me ramener ici ? Je ne sais pas. Toutes sortes de phrases se sont mises à éclore dans ma tête, dans une confusion, pour ne pas dire un chaos. Si j'allais la voir… que pouvais-je lui dire ? Je trouve ça ridicule de demander à une serveuse qui vient de travailler pendant huit heures : « Bonsoir, je peux vous offrir un verre ? » Je jugeais absurdes toutes les phrases qui me venaient. « Merci encore pour les pâtes », était peut-être le sommet de mon inaptitude à l'aborder. Je n'avais jamais été très doué pour aborder quiconque ; il valait mieux que j'oublie immédiatement toute pensée concernant cette possible manière de rencontrer une femme. Et d'ailleurs, avais-je vraiment envie d'une rencontre ? Je n'en étais même pas sûr. Je pouvais juste me dire que cette fille me plaisait. Et maintenant qu'elle était là, dans la rue, à quelques mètres de moi, je sentais mon cœur battre comme s'il voulait me dire quelque chose. Elle avait de si beaux cheveux ; on devrait interdire à de telles filles de travailler dans des restaurants italiens. Il y a un degré de féminité qui est absolument antinomique avec le service des pizzas. Comme je n'avais pas les mots, j'ai utilisé mes pieds, et je me suis mis à la suivre un peu. Je sentais que cette soirée ne faisait que commencer.

Malheureusement, quelques mètres plus tard, elle s'est rapprochée d'un homme assis sur une moto. Il lui a donné un casque, mais avant de l'enfiler, elle l'a embrassé à pleine bouche. Leur baiser m'a figé dans la rue. Mon excitation naissante (davantage pour l'histoire que pour la fille) se fracassait avec une rapidité pathétique. Ils sont partis à vive allure à travers la nuit, et j'ai éprouvé de la sympathie pour ce couple. Moi aussi, j'avais été heureux.

*

Et j'étais aussi heureux maintenant. J'aimais cette liberté qui pouvait conduire au désastre comme à la lumière. J'ai pensé que Louise était partie pour me laisser vivre cette vie qui était la mienne, et que je ne vivais pas. Elle avait compris avant moi à quel point je n'étais pas heureux. Le costume d'homme responsable dans lequel je m'étais enfermé m'avait écarté du jeune homme que j'avais été. Notre séparation me propulsait à nouveau dans l'instabilité nécessaire à la création. Ce que je venais de vivre là, même si cela avait paru insignifiant, était la matière de quelques paragraphes. Il y avait quelque chose de l'ordre du balbutiement romanesque. Plus tard dans ma vie, j'allais d'ailleurs vivre des événements étonnants. Au premier rang desquels on pouvait mettre celui-ci : par le plus complet des hasards, j'avais recroisé la fille du cimetière. Cette fille avec qui nous avions échangé des regards des années plus tôt sur la tombe de Sonia Senerson. C'était dans un café. Je l'avais regardée, elle m'avait regardé, et je crois que nous nous sommes tous les deux souvenus de nos regards anciens. J'avais tellement rêvé de la revoir à l'époque que son visage s'était gravé à jamais dans ma mémoire ; mon désir l'avait rendue inaccessible à l'amnésie. Je me suis approché d'elle, les jambes un peu molles.

« Je ne sais pas si vous vous souvenez…

— Oui, je me souviens », a-t-elle répondu.

Nous avons esquissé un sourire, comme l'amorce d'une complicité. Mais après un moment de gêne, assez doux il faut dire, je suis reparti en lui souhaitant une bonne journée. Je laissais au hasard la décision de savoir si nous allions un jour ou l'autre nous revoir.

*

Quelques semaines après cette soirée où j'ai vu filer la serveuse avec son amoureux, ce furent les vacances de février. Paul vint les passer avec moi, à Paris. Ce n'était plus sa ville de tous les jours, mais celle des vacances. On allait la découvrir comme des touristes. J'avais prévu un beau programme. J'ai découvert alors une chose étrange : le bonheur d'être un parent célibataire. Le bonheur d'être seul avec un enfant. J'avais toujours été proche de mon fils mais, depuis le départ de Louise, notre relation était modifiée. Je l'ai emmené voir des tableaux à Orsay, et j'entends encore ses gloussements gênés devant *L'Origine du monde* de Courbet. Nous avons pris le Bateau-Mouche et j'ai été bien incapable de lui expliquer pourquoi ces bateaux s'appelaient ainsi. Et puis, nous sommes allés voir Guignol au jardin du Luxembourg. Comme nous étions en retard, nous nous sommes mis à courir comme des fous dans la rue. Je ne pensais à rien. Nous étions heureux. J'avais oublié que j'y venais déjà avec mon grand-père. En arrivant devant le théâtre, le passé me tapa dans le dos, comme une vieille connaissance. Je fus saisi par une émotion, et je ne savais que faire d'elle. Paul sautillait, et le visage de mon grand-père était là devant moi. J'avais si peu pensé à lui ces derniers temps. Et pourtant, je sentais bien à quel point il naviguait dans mon esprit. Je l'aimais, et il me manquait. Il me manquait atrocement. Mon fils me prenait la main, et j'étais aussi un enfant à cet instant. Tout revenait à moi. Je pouvais sentir mon grand-père, j'entendais sa voix, je sentais sa transpiration, je pouvais presque l'embrasser tant il me semblait proche. J'ai senti une chaleur en moi, une chaleur si rassurante. Je savais que tout était possible maintenant. Nous sommes entrés, et le spectacle a commencé. C'était exactement comme au temps de mon enfance. Il y avait Guignol avec son bâton et les enfants qui criaient tous pour le prévenir de la présence du méchant. Ici, rien n'avait changé.

68

Un de mes souvenirs

Je me souviens du jour où quelque chose s'est débloqué en moi. C'était comme si j'avais accumulé la mélancolie nécessaire à l'écriture. Oui, c'est sûrement à cet instant que les mots sont venus enfin. Quand j'ai repensé à ces instants de bonheur, j'ai pensé aussi à mon grand-père sur son lit de mort, à la maison de retraite avec ma grand-mère. J'ai pensé en souriant à notre visite au peintre de la vache, et je me suis souvenu aussi de cette fille que j'aurais voulu revoir au cimetière. J'ai pensé à la fuite de ma grand-

mère, à notre angoisse, et à la façon dont Louise est arrivée dans ma vie, au bout de ma quête. J'ai pensé à sa première phrase : « Est-ce que je peux vous aider ? » Je me suis souvenu aussi de la phrase de mon père qui est à l'origine de ma vie : « Vous êtes si belle que je préfère ne jamais vous revoir. » Tout est venu d'une manière organisée dans ma tête, et je me souviens d'avoir pensé : c'est le moment.

DU MÊME AUTEUR

Aux Éditions Gallimard

INVERSION DE L'IDIOTIE
ENTRE LES OREILLES
LE POTENTIEL ÉROTIQUE DE MA FEMME (Folio n° 4278)
QUI SE SOUVIENT DE DAVID FOENKINOS?
NOS SÉPARATIONS (Folio n° 5425)
LA DÉLICATESSE (Folio n° 5177)
LES SOUVENIRS (Folio n° 5513)
JE VAIS MIEUX (Folio n° 5785)
CHARLOTTE

Dans la collection Écoutez lire

LA DÉLICATESSE

Aux Éditions Flammarion

EN CAS DE BONHEUR (J'ai Lu)
CÉLIBATAIRES, théâtre
LA TÊTE DE L'EMPLOI (J'ai Lu)

Aux Éditions Grasset

LES CŒURS AUTONOMES (Le Livre de Poche n° 32 650)

Aux Éditions Plon

LENNON (J'ai Lu)

Aux Éditions Albin Michel Jeunesse

LE PETIT GARÇON QUI DISAIT TOUJOURS NON, en
collaboration avec Soledad Bravi
LE SAULE PLEUREUR DE BONNE HUMEUR, en collaboration avec Soledad Bravi

COLLECTION FOLIO

Dernières parutions

Composition Floch
Impression Novoprint
à Barcelone, le 24 novembre 2014
Dépôt légal : novembre 2014
1er dépôt légal dans la collection : décembre 2012

ISBN 978-2-07-045031-2./Imprimé en Espagne.